10
18
12, AVENUE D'ITALIE. PARIS XIIIe

Sur l'auteur

Claude Izner est le pseudonyme de deux sœurs, Liliane Korb et Laurence Lefèvre. Liliane a longtemps exercé le métier de chef monteuse de cinéma, avant de se reconvertir bouquiniste sur les quais de la Seine, qu'elle a quittés en 2004. Laurence a publié deux romans chez Calmann-Lévy, *Paris-Lézarde* en 1977 et *Les Passants du dimanche* en 1979. Elle est bouquiniste à Paris. Elles ont réalisé plusieurs courts métrages et des spectacles audiovisuels. Elles écrivent ensemble et individuellement depuis de nombreuses années, tant pour la jeunesse que pour les adultes. « Les enquêtes de Victor Legris » sont aujourd'hui traduites dans huit pays. Le premier titre de la série, *Mystère rue des Saints-Pères*, a reçu le prix Michel Lebrun en 2003.

Sang dessus dessous est la réédition de leur premier roman policier à quatre mains, paru en 1999.

CLAUDE IZNER

LE DRAGON DU TROCADÉRO

INÉDIT

10
18

Grands détectives

créé par Jean-Claude Zylberstein

Du même auteur
aux Éditions 10/18

Dans la série « Les enquêtes de Victor Legris »

Mystère rue des Saints-Pères, n° 3505
La disparue du Père-Lachaise, n° 3506
Le carrefour des Écrasés, n° 3580
Le secret des Enfants-Rouges, n° 3682
Le léopard des Batignolles, n° 3808
Le talisman de la Villette, n° 3941
Rendez-vous passage d'Enfer, n° 4100
La momie de la Butte-aux-Cailles, n° 4186
Le petit homme de l'Opéra, n° 4345
Les souliers bruns du quai Voltaire, n° 4449
Minuit, impasse du Cadran, n° 4582
► Le dragon du Trocadéro, n° 4782

Sang dessus dessous, n° 4637

ISBN : 978-2-264-05468-5

À notre mamochka, Étia,
qui nous a donné la vie,
l'amour, le goût des livres,
et son nom.

Je fus pendant longtemps ouvrier ébéniste,
Dans la rue du Champ-de-Mars,
d'la paroiss' de Toussaints,
Mon épouse exerçait la profession d' modiste
Et nous n'avons jamais manqué de rien

Quand le dimanch' s'annonçait sans nuage
Nous exhibions nos beaux accoutrements
Et nous allions voir le décervelage
Ru'd'l' Échaudé, passer un bon moment

Voyez, voyez la machin'tourner
Voyez, voyez la cervell'sauter
Voyez, voyez les rentiers trembler

Hourra, cornes-au-cul, vive le Père Ubu !

Alfred Jarry, *Ubu roi.*

CHAPITRE PREMIER

Vendredi 20 juillet 1900

Ils s'arrêtèrent au milieu du pont Alexandre-III. Ichirô Watanabe tenait à ce que son cousin fût ébloui par un coup d'œil unique sur l'énorme ville éphémère érigée au cœur de la capitale.

On avait planté les fondations de palais destinés à surpasser ceux des contes orientaux. On avait édifié une cité mêlant les fastes du passé aux promesses du futur. On avait prononcé des dizaines de discours où il était question de gloire nationale et de rayonnement mondial. On avait martelé aux Français deux mots supposés les distraire de leurs préoccupations : Exposition universelle.

Au bord de la Seine, où les bateaux-mouches zigzaguaient entre les yachts et les péniches, se succédaient des façades de pierre de taille de tous les tons, de tous les grains, agrémentées de sculptures polychromes. Ichirô pointa le doigt vers un amalgame de tourelles, de pignons, de beffrois.

— C'est le Vieux Paris, trois cents mètres de long. Au-delà de la passerelle des Invalides vous pouvez apercevoir les serres du Palais de l'horticulture et de l'arboriculture, le Palais des congrès, le pont de l'Alma et des spectacles à couper le souffle : la Grande Roue, la Lune à un mètre…

Isamu étouffa un bâillement. Il ressentait un incommensurable ennui, il avait chaud, il avait soif. Ces constructions jaillies de l'imagination d'ambitieux architectes lui évoquaient un bazar démesuré. Des couleurs, certes. Un agencement plutôt réussi. Cependant, un homme tel que lui qui avait bourlingué d'un océan à l'autre, roulé sa bosse de San Francisco à Hong Kong, longé les côtes d'Afrique de l'Ouest n'affichait qu'indifférence envers les foires commerciales, si clinquantes fussent-elles.

— Qu'en pensez-vous, Isamu-*san* ? Vous n'aurez jamais le temps de tout visiter, dit Ichirô. Au moins, aujourd'hui, vous vous êtes familiarisé avec une bonne partie des attractions.

Isamu demeura muet. Ichirô lui lança un regard inquiet. Son cousin n'éprouvait-il aucun enthousiasme ?

— Sur le quai d'Orsay, c'est la rue des Nations, enchaîna-t-il. Madrid, Copenhague, Budapest, Venise, Nuremberg ! Venez, cousin, nous allons à la porte 24.

Isamu prit soin de ne rien trahir de sa lassitude. Après tout, le vieux avait été accueillant. Une aubaine de s'être déchargé chez lui de la marchandise et d'avoir eu le temps de la dissimuler. Cela valait bien quelques concessions à sa manie de débiter des informations propres à endormir un insomniaque. Ichirô s'obstinait à lui servir de « l'Isamu-*san* », à croire qu'il avait occulté le fait que ce cousin tombé du ciel était américain et n'avait de japonais que l'apparence alliée à la maîtrise de la langue.

— On dénombre quarante-cinq entrées, sans compter la porte monumentale, place de la Concorde, où soixante mille personnes peuvent emprunter les soixante-seize guichets. Ouverture de huit heures du matin à onze heures du soir. Sept bureaux de poste et… Où ai-je fourré ma liste de restaurants dans Paris ?

Isamu n'avait qu'une envie : se soustraire à ce flux de paroles. Depuis deux semaines il logeait chez son cousin dans un minuscule deux-pièces, rue Lecourbe. Lorsqu'on montait les escaliers, le parfum des tinettes vous prenait à la gorge. Isamu n'était pas particulièrement délicat, mais cette puanteur était plus qu'il n'en pouvait supporter. Une saleté innommable régnait du rez-de-chaussée au sixième étage. Dans les chambres qui jalonnaient les paliers, il avait entrevu des bébés couchés dans des cageots rembourrés de paille et de chiffons moisis. Cela lui rappelait la traversée du Japon à Hawaï, en février 1885, sur l'entrepont du *Tokyo Shi*, parmi neuf cent cinquante immigrants… C'était si loin, si proche ! Récemment, il avait accompli un dur et périlleux voyage, l'avenir restait épicé d'incertitudes, il était soucieux.

— On prévoit plus de cinquante millions de visiteurs. Il y en aurait davantage si la guerre du Transvaal n'avait semé le deuil en Angleterre, sans oublier qu'en France on s'alarme de l'envoi de troupes en Chine. À Pékin, les légations étrangères sont assiégées… Isamu-*san,* vous m'écoutez ?

Les yeux d'Isamu papillotaient, son cousin qui ne cessait de gesticuler le soûlait. Il répondait par des onomatopées et luttait pour éviter les bévues.

— Désolant, dit-il.

— Ah voilà, j'ai récupéré ma liste ! Isamu-*san,* saviez-vous que dans la capitale on recense deux mille cafés et quinze cents restaurants ? *Prunier*, *Durand*, *Weber*, *Maxim's*, *Noël Peters*, *Poccardi*...

L'aveuglante réverbération du soleil, semblable à l'haleine d'un dragon invisible, distordait les silhouettes. Les promeneurs brassaient l'air avec des journaux, des éventails, des morceaux de carton. Sous la vague torride, Isamu repéra un homme coiffé d'un large panama incliné sur le front. Les sens en alerte, il crut distinguer des boutons de cuivre étincelants arrimés à sa veste. L'environnement devint flou, seuls les boutons retenaient son attention.

« Une hallucination ? » s'interrogea-t-il.

Une famille nombreuse lui masqua la vue. L'homme aux boutons de cuivre s'était volatilisé. Isamu se raidit, le sentiment du danger accéléra son pouls. Il y a un prix pour tout. Il ne trouverait aucun répit tant qu'il n'aurait pas la conviction que la marchandise était en lieu sûr. Juste après l'accostage à Saint-Louis du Sénégal, il avait noté à divers petits signes que la confiance dont il jouissait était peut-être illusoire. L'avait-on suivi ?

— Il faut absolument admirer de nuit les illuminations du Palais de l'électricité. Ah, le progrès, Isamu-*san* !

Isamu fit le geste d'écarter une mouche pour chasser sa nervosité. Ses pensées se formaient au hasard : une plantation de canne à sucre… Une poissonnerie… La maison close fréquentée par les équipages de baleiniers… Son amitié avec Robert Tourette, un Français de Floride qui vivait de la vente de ses gouaches d'oiseaux exotiques. Quand Isamu lui avait révélé qu'un de ses cousins habitait Paris, Tourette lui avait demandé son adresse : « Je passerai lui donner de vos nouvelles. J'ai justement l'intention de me rendre à Paris d'ici quelques mois pour tenter de négocier mes études ornithologiques à des éditeurs d'estampes. »

Deux ans auparavant, Tourette lui avait proposé un coup de pouce. Cette aide inattendue galvanisa Isamu. Ce que Tourette lui enseigna, il le concrétisa, il était prêt à tout pour échapper à sa condition de paria. Et maintenant, à l'instant de toucher au but, il errait en compagnie d'un cousin inconnu qui, le soir, se déguisait en samouraï à l'entrée d'un théâtre.

— J'ai bénéficié d'un billet de faveur au musée rétrospectif de l'Armée, poursuivait Ichirô. Autrefois, les adversaires se combattaient à l'aide des mêmes armes, tandis que de nos jours chaque affrontement est caractérisé par une invention inédite. Le fusil à aiguilles, la mitrailleuse, le shrapnel, le cuirassé, le torpilleur, et demain, l'aérostat ! Voler, le rêve de toute nation moderne !

— La frontière séparant le songe du cauchemar est mince, répondit Isamu.

C'était parce qu'il avait eu foi en son rêve qu'il était là aujourd'hui. Il se souvenait de la coupe harassante de la canne à sucre, de sa colère refoulée, de sa fuite à Honolulu où il avait échoué dans la *Maison Cui-cui*, un luxueux lupanar, de son attitude soumise, de sa révolte dissimulée sous un sourire permanent. Laveur de vaisselle ! Des milliers d'assiettes, de verres, de couteaux, de fourchettes plongés dans l'eau savonneuse pendant que ces messieurs-dames se gobergeaient dans des nids d'amour fuchsia ou rose bonbon pavés de miroirs jusqu'au plafond ! Son unique évasion : les leçons de français que lui dispensait Robert Tourette. Au bout de quelques mois il avait fait une importante découverte : l'homme vit dans l'heure qui s'écoule et si une opportunité se présente, il doit s'en saisir. C'est ainsi que, grâce à l'entremise de Robert Tourette, le capitaine d'une goélette de commerce l'avait embarqué à son bord en tant que cuistot.

Il décocha une œillade à une femme et, satisfait, constata son pouvoir de séduction. Le bosco le lui avait garanti, les Parisiennes appréciaient le charme des Orientaux. Cependant, prudence, ce n'était pas le moment de compromettre le succès de son entreprise en collectionnant les aventures. Plus tard, quand la marchandise serait convertie en espèces, il goûterait librement aux plaisirs de la chair avant de quitter ce pays frivole et superficiel.

— Demain, je vous emmènerai explorer le métropolitain, une splendide innovation, déclara Ichirô.

— J'ai déjà utilisé ce genre de transport. À New York, il est aérien. Quant au chemin de fer souterrain, il roule à Londres depuis quatre décennies. À Chicago, il fonctionne depuis huit ans, à Budapest et à Glasgow depuis quatre, à Boston depuis trois et à Vienne depuis deux, rétorqua Isamu d'un ton neutre.

Il était agité, mécontent, ses nerfs à vif ne pouvaient supporter les rodomontades de son cousin. Celui-ci murmura :

— Vous êtes très instruit, Isamu-*san*. J'aimerais faire appel à vos lumières pour compléter ma documentation. Voyez-vous, j'ai le projet d'écrire un livre de statistiques en collaboration avec un de nos compatriotes qui tient une librairie.

Isamu approuva, lui tourna le dos et pénétra dans un dédale composite de minarets turcs, d'Alcazar de Tolède, de donjons de Hongrie, de coupoles italiennes…

— Isamu-*san*, restez près de moi, je vous prie, nous allons nous égarer !

Ichirô s'était faufilé au sein d'une masse humaine agglutinée devant des guichets. Des protestations s'élevèrent sans freiner sa progression.

— À la queue ! À la queue !

— Arrière, les resquilleurs ! Vous ne comprenez donc pas le français !

Profondément mortifié, Isamu fit mine de reculer, mais Ichirô le tira par la manche. C'est alors qu'il sentit une main glisser un papier dans la sienne. Il pivota avec une expression de surprise, mais, ballotté par la foule, il fut contraint de suivre le mouvement en se ménageant une poche d'air.

— Nous y sommes ! s'écria Ichirô. Ce n'est pas pour rien qu'on a baptisé ce trottoir roulant « rue de l'Avenir » ! Regardez là-haut, cousin, il a deux vitesses ! Un plancher fixe permet d'accéder aux plates-formes mobiles. Venez, je vous invite.

Isamu desserra le poing, défroissa le papier et lut :

Safe and sound at home again
Let the water roar, Jack...
Don't forget your old shipmate...

AND REMEMBER MARY CELESTE[1]

Une boule lui obstrua la gorge.

— Hé, vous, les bridés ! Chacun son tour, comme tout le monde ! s'indigna une matrone nantie de trois gamins surexcités.

Ichirô s'inclina.

— Mille excuses, madame, il n'était pas dans mes intentions de...

— Ah, vous causez notre langue ! N'poussez pas, les mômes vont étouffer.

— Rassurez-vous, madame, la vélocité fait grandir. Observez ces jeunes filles en promenade sous les arbres, elles ont une taille moyenne identique à la vôtre, un mètre soixante, à peu de centimètres près,

1. « Sain et sauf à la maison à nouveau, Laissez le rugissement des eaux, Jack... N'oubliez pas votre vieux camarade de bord... Et souvenez-vous de Mary Celeste. »

et, vu la fournaise, elles cheminent à deux kilomètres à l'heure. Si elles empruntaient la portion du trottoir roulant la plus rapide, elles circuleraient à la vitesse de huit kilomètres à l'heure. Essayez donc de les escorter à pied, vous ne le pourrez. Il faudrait que vos jambes soient quatre fois plus longues et que vous atteigniez la hauteur de six mètres quatre-vingts.

Sidérée, la matrone en oubliait de sortir sa monnaie, tandis que son interlocuteur concluait sa démonstration :

— Si l'on va au bout de mon raisonnement, le voyageur d'un train équivaut pour la promptitude du déplacement à un géant de cinquante et un mètres. Vous saisissez ?

— Ben manquait plus qu'ça ! J'n'aurai pas mangé tout mon pain ! Je comprends pourquoi on dit que c'est du chinois quand on n'entrave pas le tiers du quart. Allez, les mômes, pressez-vous de grimper loin de cet évadé de Charenton.

Isamu était plongé dans une accablante léthargie. L'anxiété le disputant à l'exaspération, il accompagna son cousin sur la plate-forme fixe et bondit du trottoir lent au rapide.

— Isamu-*san*, vous allez vous rompre les os ! Rejoignons-nous à la porte 18, panorama du Tour du monde ! lui cria Ichirô.

Sa voix fut avalée par le tumulte.

Isamu se sentait aspiré dans un puits. Il eut la vision fugitive d'un homme en veste à boutons de cuivre devant les hangars de l'embarcadère, à Saint-Louis. Il longea sans les voir les bâtiments de l'Italie, des États-Unis, du Mexique, les Sections françaises, le Pavillon russe en bois ajouré de frises. Il n'avait nul besoin de consulter le papier serré dans son poing pour décrypter la menace. Les paroles de Robert Tourette affleurèrent à sa mémoire : « Ne jamais entreprendre une action dont le résultat est incertain. »

Au-dessus du Champ-de-Mars un pylône orange et jaune trouait le ciel. Il avisa la station, sauta sur le quai, dévala les escaliers et resta immobile, le souffle court, près d'une pagode aux toits bleu et rouge.

— Isamu-*san* ! Vous m'avez fait courir. J'ai cru vous perdre ! Savez-vous qu'il a fallu soixante mille litres de peinture pour rajeunir la tour Eiffel ? On dirait de l'or, n'est-ce pas ?

Isamu passa la main sur son front, débloqua sa respiration. Réfléchir. Brusquement, il tourna les talons.

— Isamu-*san*, attendez-moi ! Je…

— Monsieur Vatab ! tonna une voix de baryton.

Ichirô Watanabe fit volte-face. Une seule personne écorchait ainsi son nom : la mère de Joseph Pignot, l'associé de MM. Mori et Legris. Il voulut s'éclipser, trop tard. Tout de vert vêtue, elle lui barrait la retraite.

— Madame Euflosine, dit-il en s'inclinant.

Il maîtrisait parfaitement le français mais, quand il prononçait le prénom de cette enquiquineuse, il faisait exprès de transformer les *r* en *l*.

« Que porte-t-elle sur la tête, se demanda-t-il, un perroquet échappé de sa cage ? »

Euphrosine Pignot offrait son bras à un tonnelet enrubanné non moins redoutable : la concierge de l'immeuble où logeait Mori-*san*, le libraire. À la vue d'Ichirô, elle pinça les lèvres en une moue méprisante.

— Vous aussi, monsieur Vatab, vous étiez sur cette invention du diable ? s'exclama Euphrosine. J'en suis pantoise, y a de quoi vous chambouler la digestion. Qu'allez-vous visiter ?

— Rien de précis, j'ai rendez-vous avec un ami.

— Nous, en dépit de nos estomacs révulsés, nous jouons les intrépides et nous allons au Maréorama, à côté de la gare du Champ-de-Mars. Il paraît qu'on s'balade sur un navire plus vrai qu'un vrai, ça tangue, ça fume, y a des tempêtes avec des éclairs, des couchers de soleil, des étoiles, la lune ! Parfum iodé et rahat-loukoums en prime, qu'ils annoncent sur le prospectus.

— Je vais rendre tripes et boyaux, prédit la concierge.

— Mais non, Micheline, on a vécu pire sur le trottoir roulant ! Nous sommes des exploratrices modernes ! Pensez, ma bonne, vous allez traverser la Méditerranée en une heure avec escales à Sfax, Tanger, Naples, Venise, Constantinople ! Quel beau périple !

— En ce cas, bon voyage, ne ratez pas le départ, grommela Ichirô en soulevant son chapeau. Mesdames, mes hommages.

Histoire de donner le change, il se dirigea vers le panorama du Club alpin et prétendit s'intéresser aux réclames vantant l'attrait des sommets de France, puis il se rua en direction du Tour du monde. Isamu était invisible. Il se jucha sur une borne de pierre. La main en visière, il repéra une casquette marine sur des cheveux mi-longs.

— Isamu-*san* ! Vous êtes souffrant ?

Le visage en sueur d'Isamu affichait une expression hagarde.

— La chaleur est suffocante. Rentrons.

— Bien sûr, bien sûr, je vous préparerai du thé selon la tradition.

Ils durent céder le passage à un flux de pousse-pousse transportant des indolentes en grande toilette. Ichirô obliqua afin d'éviter le Maréorama. Déçu, il regrettait de n'avoir pu montrer à son cousin le théâtre de la Loïe Fuller où il contrôlait les billets d'entrée.

À mesure qu'ils s'enfonçaient dans les terrains vagues du quartier Dupleix, l'Exposition universelle s'effaçait, pareille au songe d'une ville lassée de gagner son pain quotidien. Une réalité parfois sordide reprenait ses droits. Des palissades entravaient leur progression. Ils les contournaient, se heurtaient à des cuirassiers empanachés harcelant de leurs avances des trottins en vadrouille. Un forgeron martelait une enclume, l'atmosphère empestait la corne brûlée et le fumier que se disputaient les moineaux. Un chien affalé laissait pendre sa langue. Des vagabonds dormaient sur l'asphalte ramolli de la place du Commerce. Prisonnières d'étables malodorantes, des vaches meuglaient. Ateliers de constructions mécaniques et fabriques de produits chimiques s'efforçaient de refouler des successions de jardins maraîchers autour desquels rôdaient des chiffonniers.

Ils longèrent le théâtre de Grenelle, puis une usine à gaz, dépassèrent la Cité universelle qu'un soleil de mortification avait vidée de ses habitants, à l'exception d'une aïeule assoupie sur un tabouret. Ils cheminaient doucement. Ichirô précédait son cousin. Il ralentit pour suivre la course d'un rat vers un mur lézardé. À cet instant, une vibration siffla à ses oreilles, un trait sombre le frôla. Il y eut un choc. Isamu chancela, s'effondra sur le dos. Ichirô le crut victime d'un malaise. Il bondit, se pencha au-dessus du jeune homme.

Les yeux écarquillés, une tige empennée fichée dans la poitrine, Isamu, la nuque rejetée en arrière, contemplait le néant, deux filets de sang coulaient aux commissures de ses lèvres.

Ichirô émit un hoquet étranglé. À la limite de la nausée, il tomba à genoux et lutta pour ne pas s'évanouir. Son regard ne pouvait se détacher de la paume gauche de son cousin au creux de laquelle s'épanouissait lentement un papier chiffonné. Il s'en saisit d'une main tremblante, comme s'il se fût agi d'un insecte répugnant. Les jambes flageolantes, il parvint à se redresser et prit conscience de la situation. Une flèche. On avait abattu Isamu d'une flèche en plein cœur. Terrifié, il inspecta les alentours, inspira profondément et détala.

CHAPITRE II

Samedi 21 juillet

Accoudé au comptoir de la librairie Elzévir, Victor Legris lisait *Trois hommes dans un bateau*[1]. En dépit de l'heure matinale, la porte ouverte sur la rue des Saints-Pères laissait pénétrer un air déjà brûlant. La veille, l'observatoire météorologique du parc de Montsouris avait enregistré un record de 38,6°, on dénombrait quatorze décès à Paris et en banlieue.

Victor avait ôté sa veste. Un verre d'eau à portée de main, il se délectait du récit humoristique d'un voyage de trois camarades au fil de la Tamise. Sa nostalgie de l'Angleterre en fut avivée.

Il s'était accordé deux jours de congé pour emmener à Nogent sa femme et sa fille. Tasha se remettait d'une tâche épuisante. Après des semaines de labeur, elle avait accroché une toile dans l'Exposition Décennale du Grand Palais, elle avait besoin de repos. Ils avaient joui du farniente des bords de Marne, fréquenté des guinguettes bondées où l'on ne

1. Titre original anglais : *Three Men in a Boat (To say nothing of the dog)* de l'écrivain Jerome K. Jerome. Ce livre, publié en 1889, traduit en français en 1894, fut un tel succès populaire qu'on en pirata un million d'exemplaires.

pouvait danser la polka sans avaler un coude, mangé des moules-frites, canoté sur la rivière. Cette escapade improvisée les avait rapprochés, mais pas autant qu'il l'eût désiré. Il avait beau adorer leur fille Alice, il s'était surpris à regretter sa présence qui entravait son intimité avec Tasha. Quand l'occasion d'un tête-à-tête amoureux se produirait-elle à nouveau ? Il faudrait s'octroyer deux ou trois journées d'été pour une virée à bicyclette dans les environs de Paris. Il devrait aussi conduire Alice à l'Exposition et consacrer une partie de ses loisirs à la photographie, négligée ces derniers mois. Il se fit le serment de nettoyer son laboratoire, rue Fontaine.

« Tu cèdes à la procrastination, tu t'encroûtes, vieille branche ! »

Il jeta un œil sur les acquisitions de la salle des ventes empilées au pied des rayonnages, mais n'ébaucha pas un geste pour les ranger. Quant aux parutions littéraires, Joseph les agencerait en vitrine. De toute façon, par ce plat, aucune chance que les clients se bousculent pour acheter *Le Rire*, de Bergson, ou le *Journal d'une femme de chambre*, de Mirbeau.

Il sourit, reprit sa lecture et ne put résister au plaisir de traduire et de copier une phrase à l'intention de Joseph, qui avait laissé tomber la pratique de l'anglais :

> *J'aime le travail : il me fascine. Je peux rester assis et le contempler pendant des heures.*

« Et si nous adoptions cette devise ? »

Une ombre se faufila dans la boutique. Victor se tassa, c'en était fait de la tranquillité. Il releva la tête, mais au lieu d'un client il fit face à une moustache de phoque.

— Monsieur Watanabe, quel bon vent vous amène ? Comment allez-vous ?

— Je me fonds dans le décor, Legris-*san*.

L'amateur de statistiques était en proie à une grande confusion. Il portait un complet froissé, son chapeau était de guingois et ses mains encombrées de sacs et d'une valise.

— Vous déménagez ?

— Je suis frappé par une calamité, il n'y a que Mori-*san*, votre vénérable associé, qui puisse me secourir.

— Il dort. Confiez-vous à moi. Je serai aussi muet qu'une tombe.

Ichirô Watanabe laissa tomber ses bagages et posa l'index sur ses lèvres.

— Chut ! murmura-t-il. N'employez jamais ce mot, les démons sont à l'affût ! Sommes-nous seuls ?

Ichirô frissonnait, des plaques écarlates marbraient ses joues, il émanait de sa personne d'habitude soignée une odeur proche de celle d'un putois. Il s'inclina au-dessus du comptoir et chuchota :

— Mon cousin… On l'a tué. Il logeait chez moi… On lui a décoché une flèche. L'assassin me cherche…

— Allons, allons, monsieur Watanabe, ce climat rend tout le monde nerveux, vous aurez fait un cauchemar. Vous êtes…

Victor marqua une pause, jaugeant mentalement le comportement perturbé de son interlocuteur.

— Tenez, buvez, ça ira mieux.

Ichirô détendit le bras, le verre valdingua. Victor sursauta, suffoqué par la violence du petit homme, puis il s'extirpa de derrière le comptoir et tandis qu'il ramassait les éclats sur le plancher, il constata que les mains d'Ichirô s'ouvraient et se fermaient compulsivement. Il avança une chaise et le força à s'asseoir.

— Une flèche, une flèche, répétait Ichirô en considérant ses chaussures, je l'ai vue. Une flèche avec une plume rouge.

Sa voix trahissait un flegme inquiétant.

— Expliquez-moi, monsieur Watanabe.

— Mon cousin Isamu, je l'ai laissé là-bas, par terre. J'ai couru. J'ai pris des affaires, des vêtements…

— Ensuite ?

— J'ai erré… Où aller ? Votre librairie était fermée, je me suis réfugié sous l'auvent des poubelles, dans la cour de l'immeuble d'à côté, au 18 *bis*, j'ai fini par m'endormir…

Ichirô se balançait d'avant en arrière, ses épaules se mirent à trembler.

— Pardon, pardon, Isamu-*san*, j'avais si peur !

— Calmez-vous, monsieur Watanabe, et racontez-moi depuis le début.

D'un ton monocorde, Ichirô relata ce qui s'était passé la veille.

— Une flèche ? Vous êtes sûr ? se récria Victor.

— Sûr et certain, je connais tous les moyens d'ôter la vie à son semblable, flèches incluses. Ne suis-je pas un marchand de mort honorable ?

— Mais pourquoi ?

— Parce que j'ai enseigné les mille et une manières de se tuer et de tuer son prochain.

— Pourquoi a-t-on assassiné votre cousin avec une flèche ?

Victor soupira. Manifestement, Ichirô délirait.

— Il faut en informer la police, monsieur Watanabe.

— Non ! On m'accusera !

Ichirô se redressa, s'empara de sa valise et la lâcha comme s'il s'était brûlé.

— Vous ne me croyez pas !

— Si, si, je vous crois, mais quand nous refusons d'affronter les événements auxquels notre sort est lié, les conséquences peuvent être désastreuses.

En parlant de la sorte, Victor espérait qu'Ichirô allait cesser de divaguer. Celui-ci abaissa le regard sur ses mains crispées et les dénoua. Il murmura :

— Il faut que je me terre jusqu'à ce qu'on ait arrêté le coupable. Je suis venu supplier Mori-*san* de me prêter asile. Et vous, Legris-*san*, imaginez que vous soyez tombé à l'eau et qu'un homme vous sauve, ne lui porteriez-vous pas assistance à votre tour quand il aurait des ennuis ?

Victor approuva. Ichirô n'était pas si dérangé pour lui rappeler avec tact qu'il l'avait préservé d'un destin funeste l'année précédente.

— Tenez, Legris-*san*, ceci était en possession de mon cousin Isamu-*san*.

Victor lissa un papier et lut :

Safe and sound at home again
Let the water roar, Jack...
Don't forget your old shipmate...

Et, séparé par un interligne, en lettres bâtons :

AND REMEMBER MARY CELESTE

Un souvenir d'enfance fit surface sous les traits d'un homme-orchestre nommé Horatio qui se produisait à Trafalgar Square, au pied de la colonne de Nelson. Vêtu d'un uniforme dépenaillé, harnaché d'une grosse caisse, d'un accordéon et de grelots, il braillait cette chanson de marin du temps de l'ère napoléonienne. Victor en fredonna la mélodie et fut étreint d'un poignant désir de se retrouver à Londres : « *Safe and sound at home again...* »

Mais que signifiait ce prénom de femme ? Il n'était pas dans les couplets d'origine…

Soudain, la porte fut claquée à la volée, le carillon s'affola, Ichirô bondit à l'abri du comptoir. Micheline Ballu fonça sur Victor.

— Ça, c'est la meilleure ! En plein feu de l'enfer, ils ont osé ! C'est pareil que si on supprimait les oasis aux chameaux ! Voyez ce que le service des eaux a placardé !

Victor saisit l'avis, mais renonça à en déchiffrer le texte à moitié effacé.

— Et alors ?

— Alors quoi ! éructa la concierge. Ça ne vous révolte pas, vous, que l'eau soit coupée de six heures du soir à onze heures du matin, et aussi pendant le déjeuner ? Comment que je vais laver les escaliers, moi ?

— Il y a plus grave, qu'allons-nous boire ?

— Et les cabinets ? C'est très joli de nous imposer le tout-à-l'égout, mais si la chasse ne fonctionne plus, bonjour les parfums ! À propos, ça sent drôle, ici, dit-elle en toisant Ichirô d'un œil suspicieux.

Victor tenait la missive énigmatique remise par le Japonais. Il se demandait pourquoi il aurait inventé cette histoire abracadabrante. Une flèche !

L'excitation enfiévra son esprit.

« Et si c'était vrai ? Il a l'air bouleversé. »

— N'prenez pas cette mine d'enterrement, monsieur Legris, on va se débrouiller, faudrait stocker de l'eau minérale…

Victor dévisagea la concierge. Une idée lui vint, et, bien qu'il luttât contre elle, il se laissait séduire. Si Ichirô avait monté cette fiction après avoir été éjecté de son appartement, ce ne serait qu'un coup pour rien, mais si jamais…

« Kenji va me haïr, tant pis. »

— Madame Ballu, cette chambre dont je vous laisse l'usage est, si je ne me trompe, inoccupée, depuis que votre cousin Alphonse est retourné résider rue Violet.

— Ah non ! Hors de question de l'encombrer de brocs de flotte ! J'y ai emmagasiné de la vaisselle, des vieux meubles ! Alphonse l'a d'ailleurs laissée en triste état.

— Il suffirait de regrouper vos possessions, ainsi il nous serait loisible d'y installer un lit, une chaise, un guéridon et une cuvette.

— Vous envisagez de camper au cinquième ? En voilà une lubie ! Et votre épouse, Mme Tasha ? Et votre gamine, Alice ? Il fait une chaleur infernale sous le toit, sans compter qu'à l'étage au-dessous Mme Primolin ne met plus le nez dehors et emploie ses journées à battre ses tapis, complètement toquée qu'elle devient !

— Si vous acceptiez la présence d'un locataire, vous seriez gratifiée d'une mensualité.

L'œil de Micheline Ballu s'alluma. Elle eut la brève vision d'une poubelle emplie d'assiettes ébréchées et de tabourets à trois pattes.

— Je ne dis pas non, seulement faudra m'aider à jeter le fourbi qui s'y accumule. Quand voulez-vous emménager ?

— Il ne s'agit pas de moi mais de M. Watanabe.

— Vous plaisantez ! aboya la concierge.

— Si vous tenez à profiter de l'aubaine, décidez-vous vite, il nous la faut dès aujourd'hui.

— Je ne peux assumer deux loyers, pleurnicha Ichirô, les yeux braqués sur la porte.

Euphrosine Pignot, munie d'un cabas débordant de légumes, franchissait le seuil de la librairie.

— C'est affreux, cette révolte de boxeurs, en Chine ! Pourquoi on les a baptisés comme ça ?

— Ils pratiquent les arts martiaux. Leur nom chinois signifie « Les Poings de la justice et de la concorde », madame Pignot.

— Oui, bon, si ça vous chante, monsieur Legris, moi je préfère boxeurs, c'est plus court. Le vendeur de journaux m'a dit qu'ils avaient découpé des Européens en morceaux !

— Et nous, on nous a coupé l'eau, rétorqua Micheline Ballu.

— Il y en a, je viens de prendre un bain, lança Kenji Mori au-dessus de leurs têtes.

Il descendait l'escalier à vis menant à l'étage.

— Monsieur Watanabe ! Quel plaisir !

« Zut, songea-t-il, ce raseur va encore me gaver de chiffres et me ponctionner de ma monnaie. »

Il se plaqua au mur afin de laisser passer Euphrosine.

— Heureusement que je suis là pour veiller au grain, maugréa-t-elle à son intention, parce qu'avec votre chiffe de Mélie Bellac, vous êtes mal tombés, c'n'est pas un cordon-bleu, c'est un gâte-sauce, à c't'heure elle vous mitonne un ragoût en fibre de bois !

Elle ajouta en sourdine :

— Si j'étais vous, je me débarrasserais de M. Vatab, votre dame ne peut pas le pifer.

— Mme Djina ne s'est jamais plainte, répondit-il sèchement.

— Oui, ben, je sais ce que je sais. Toujours à me contredire ! Ah, j'la porte, ma croix !

Euphrosine monta dignement au premier tandis que la concierge regagnait sa cour, marmottant qu'elle était taillable et corvéable à merci, tout ça pour un étranger plutôt louche qui, si ça se trouvait, était originaire de Chine et non du Japon.

— Qu'est-ce que vous avez, tous ? On se croirait à des funérailles ! C'est la température ? demanda Kenji.

Victor l'attira à l'écart et lui exposa les faits. Kenji eut un sourire forcé et fit la grimace.

— Il a l'air drogué. Et s'il fumait de l'opium ? Une flèche ! Sommes-nous en Arizona ? Son cousin était-il un Indien apache ? Ou bien est-il un mordu de Gustave Aimard ?

— Lui ? Drogué ? Non. Il est fauché, et puis sa fantaisie se limite aux statistiques.

Kenji rejoignit Ichirô planté devant ses sacs.

— Enfin, Ichirô, cette histoire de flèche, ce n'est pas sérieux !

— Si, ça l'est, et M. Legris est l'homme de la situation. Je vous en supplie, Mori-*san*, secourez-moi, mon ami, mon inestimable ami !

— Votre cousin n'était peut-être que blessé, êtes-vous allé quérir assistance ?

— Personne ne pouvait venir à la rescousse, c'était trop tard, il avait incontinent rallié ses ancêtres.

— Vous êtes l'individu le plus fabulateur que je connaisse, poursuivit Kenji en cachant mal son irritation. Qu'est-ce qui vous fait dire qu'on l'a tué délibérément ? Un accident ne vous a pas effleuré la cervelle ? Il est possible que l'un des tireurs à l'arc qui participent aux jeux Olympiques d'été sur la pelouse de Vincennes ait eu l'idée saugrenue de s'entraîner aux abords de votre domicile !

— Les épreuves de tir à l'arc se sont tenues au mois de mai, souligna Victor.

— Puis-je savoir quand vous jugerez approprié d'alerter la police ? insista Kenji sans relever la remarque.

— Jamais ! On me suspectera, on me flanquera aux oubliettes, on me soumettra à la question ! s'écria Ichirô.

La consternation déformait ses traits. Il jeta un coup d'œil sombre aux deux hommes.

— Ne dramatisons rien, intervint Victor. Votre cousin avait-il des relations à Paris ?

— Je l'ignore. Il a débarqué il y a deux semaines, je n'avais jamais entendu parler de lui.

— Quelle profession exerçait votre... Quel est son nom ?

— Watanabe Isamu. Il était marin sur un bateau de commerce. Il jouissait d'une permission d'un mois, il est monté de Marseille pour que nous fassions connaissance.

— Donc, vous recevez chez vous un inconnu qui prétend appartenir à votre parentèle et vous ne vous méfiez pas ?

— Il a produit une lettre de son défunt père, un membre éloigné de la famille qui avait émigré à Hawaï sur le *Tokyo-Shi*, en 1885.

— Cette lettre pourrait être un faux et lui un imposteur.

— Mais pourquoi ? Je suis désargenté ! Et puis il m'a débité par le menu la généalogie de notre clan, il a vraiment vécu à Hawaï, il a même été naturalisé américain !

— C'est du chiqué, grommela Kenji. Seuls les enfants de ressortissants japonais nés sur le sol d'Hawaï après son annexion il y a deux ans ont bénéficié de cet avantage. Monsieur Watanabe, je suis au regret de me répéter, vous allez être contraint de signaler ce décès à la police.

— Non ! Non ! Je vous en conjure !

— Si vous n'aviez pas eu la frousse, vous l'auriez avertie immédiatement comme c'était votre devoir.

— Gardons notre calme, dit Victor. Ichirô-*san*, y a-t-il un concierge dans votre immeuble ?

— Il est à l'hôpital. Je n'ai qu'une voisine, une dame âgée à moitié sourde. Le restant de l'étage est vide suite à un début d'incendie. Vous ne me croyez pas, je le sens.

— Mais si, on vous croit. Je tiens simplement à vérifier, au cas où l'on aurait visité votre appartement. Notez votre adresse et confiez-moi vos clés. Je suppose que votre cousin possédait un bagage ?

— Oui, un sac de matelot. S'il vous plaît, Legris-*san*, ma literie.

— Quoi, votre literie ?

— Pourriez-vous avoir l'obligeance de me la rapporter puisque je vais loger ici ? Un matelas, deux oreillers, un traversin, une courtepointe et des draps.

— D'accord, d'accord, Joseph m'escortera.

— Et le loyer ?

— Quel loyer ? Ah, la mansarde ? Aucun souci, je dédommagerai Mme Ballu sur mes fonds personnels.

Kenji ricana.

— Bravo, Victor, voilà qui dénote un grand cœur. Et les repas, où les prendra-t-il ?

— Ici même. Mélie Bellac les lui montera.

Kenji glissa un doigt entre son cou et le col trop amidonné de sa chemise.

— C'est un plan bancal. Minute ! Monsieur Watanabe, pourquoi goberais-je vos élucubrations ? Qu'est-ce qui prouve que vous dites la vérité ?

— Ma bonne foi, assura Ichirô.

Il eut un sourire enjôleur.

— Il y a le papier avec les mots en anglais que j'ai remis à Legris-*san* !

Kenji attendit en vain une confirmation de Victor.

— C'est ça, dérobez-vous ! Vous exagérez ! Les criminels diffusent-ils des réclames à votre sujet afin que ce soit vous et vous seul qui les traquiez ?

D'un revers de main, Victor balaya tout commentaire.

— Vous pouvez habiter ici quelques jours, monsieur Watanabe, reprit Kenji. Je vais informer moi-même les enquêteurs, à moins que vous, Victor, ne contactiez directement votre relation de la préfecture, le commissaire Valmy ?

À cet instant, Joseph apparut, un quotidien sous le coude.

— Salut, la compagnie ! Ne me servez ni les événements de Chine, ni les problèmes d'eau du département de la Seine ! J'ai mieux. Un Asiatique d'une trentaine d'années a été découvert cette nuit près du théâtre de Grenelle, une flèche fichée dans le buffet.

CHAPITRE III

Dimanche 22 juillet

Victor remerciait la Providence de lui avoir octroyé des voisins aussi serviables que les Baudoin. Le mari, menuisier, avait consenti sans renauder à lui prêter sa carriole et sa jument attelée aux aurores.

— Joséphine n'est pas une mauvaise bougresse, seulement elle a ses caprices comme la majorité des femelles. Pour aller à gauche, faut lui crier « droite » et pour virer à droite, faut lui brailler « gauche » ! C'est la faute à la fermière qui nous l'a vendue, elle confondait les directions, alors… Surtout, m'sieu Legris, si elle doit poireauter au soleil, n'oubliez pas de la coiffer de son pétase, les chevaux aussi sont bien misérables quand il fait chaud.

Pour le moment, Joséphine piaffait rue Fontaine, les oreilles agitées de tics, à l'écoute d'une voix intérieure lui enjoignant de poursuivre un rêve interrompu. Victor dodelinait du chef, les bras serrés autour de son appareil photographique à soufflet. Un pas rapide résonna derrière lui, un corps se laissa choir à son côté.

— Vous, on peut dire que vous vous ingéniez à me compliquer l'existence ! Jamais je n'aurais dû me plier à cette foucade hier soir, tout ça parce que je vous ai relaté un malheureux fait divers !

— Nom d'une pipe, Joseph, perdez cette habitude de râler à tout bout de champ, vous n'avez pas tiqué quand je vous ai fait part de la demande d'Ichirô et que je vous ai appris son lien de parenté avec l'homme transpercé d'une flèche.

— Je ne m'étais pas rendu compte que cette cavalcade à quatre heures du matin allait être si éreintante ! Pas l'ombre d'un fiacre ! Une chance que j'aie mis les voiles il y a un bail, j'ai parcouru la moitié de Paris à pied…

Joséphine n'obéit qu'après force claquements de langue et de « allez, cocotte » sonores qui valurent à Victor une bordée d'injures échappées de fenêtres à l'espagnolette.

— Déjà que les turnes sont des fournaises, et en prime y a des abrutis qui braient !

Par la suite, Victor ne garda qu'un souvenir confus de cette expédition à travers la ville assoupie. Il semblait que Joséphine eût deviné le but de leur équipée. Parfois, lorsqu'il reprenait conscience, il apercevait la place de l'Étoile, moyeu d'une roue gigantesque d'où rayonnaient douze avenues, et, près de l'Arc de Triomphe, la reproduction exacte du stade d'Athènes, comportant une arène de plus d'un kilomètre. Son menton bringuebalait. À demi somnolent, il entrevit les jardins de la Muette où vacillaient les flammes jaunes des réverbères. Un rentier promenait un bouledogue, une femme donnait la main à un enfant estropié. Il s'efforça d'épouser les pensées du gamin et se sentit devenir un Victor très jeune, infirme, agressé par une meute de chiens hargneux. Un cahot le ramena au présent. Joséphine longeait le camp des Nations, marée de tentes semées sur un espace immense entre l'avenue de Versailles et la Seine. D'un pas régulier, la jument franchit le viaduc d'Auteuil. Le fleuve roulait des eaux jaunâtres où dansaient une succession de barges et de chalands nimbés de reflets mordorés.

« On dirait un serpent ocellé », songea Victor qui cria vainement « gauche » à Joséphine. Puis la recommandation de M. Baudoin lui revint en mémoire.

— Droite !

— J'ai les joues en feu, je me suis rasé à vif, marmotta Joseph. Au réveil le robinet était à sec, c'est inconcevable, en pleine canicule !

La carriole obliqua rue Leblanc et embouqua la rue Lecourbe.

— Quelle fiction avez-vous servie à Tasha, cette fois ?

— J'effectue des repérages de prises de vue autour de l'Expo avant l'ouverture au public. Je me suis engagé à rentrer tôt et à l'emmener passer la journée au frais avec la petite. Elle m'a laissé le choix entre les égouts et les catacombes.

— Ah, je comprends, cet attirail n'est qu'un subterfuge. Moi, j'ai prétexté un achat. Iris n'en a pas cru un mot, mais elle s'est tue. Maman fulminait, elle m'a traité de père indigne, elle a dormi à la maison pour s'occuper d'Arthur, Daphné a un début d'otite, mais maman jurait ses grands dieux que c'était les oreillons. Le Dr Reynaud nous a rassurés.

— Pauvre puce, ça fait mal, une otite.

— Elle va mieux. Le Dr Reynaud l'a soulagée avec des applications d'eau chaude dans le conduit auditif et une médication au calomel… Les oreillons ! Manquerait plus que je chope les oreillons, je tiens à ma virilité, moi.

Victor haussa les épaules.

Ils accostèrent la Cité universelle décrite par Ichirô. Joseph sauta en marche, faillit s'étaler, imagina les policiers penchés sur son cadavre. Augustin Valmy serait-il chargé de démêler les causes de son décès ? À quelles conclusions aboutirait-il ?

« Messieurs, ce jeune écrivain prolifique a été tué par une jument revêche baptisée Joséphine de Beau Harnais. Meurtre prémédité. »

« Il faut que je note cette réplique pour mon prochain feuilleton. »

— Joseph, nous y sommes, c'est à côté.

— De l'asile de fous ?

— Voici la maison d'Ichirô.

Ils menèrent Joséphine vers un atelier de bourrelier jouxtant celui d'un loueur de charrettes. Un percheron hennissait derrière la cloison de bois. Joséphine lui répondit avec vigueur.

— Qu'est-ce qu'on fabrique ici ? Tout le monde roupille.

— Nous observons, Joseph. S'il s'agit d'un meurtre, l'endroit est bien choisi, peu d'habitations, des recoins en pagaille. Si c'est un accident, qui aurait eu envie de s'exercer au tir à l'arc dans un tel lieu ? Le bois de Boulogne ou celui de Vincennes auraient été plus adéquats.

— Minute, papillon, je n'ai pas encore accepté de vous seconder. Nous avions décidé que l'impasse du Cadran[1] sonnait le glas de nos investigations.

— Supposons que le tireur habite le secteur, hein ?

Victor s'appuya à une barrière délimitant un enclos où un pépiniériste avait planté quatre rangées de pommiers malingres. Il alluma une demi-cigarette.

1. Voir *Minuit, impasse du Cadran*, 10/18, n° 4582.

Il n'avait pas fumé depuis la veille et se maudissait d'avoir promis à Tasha de renoncer au tabac.

— Il faudra interroger les naturels quand ils seront debout, nous ne saurions refuser notre concours à ce pitoyable Ichirô. Kenji nous y encourage.

— C'est gentil de sa part, il pionce, lui, grogna Joseph. On n'est pas dans un quartier de fenêtres joyeuses, c'est un coupe-gorge, ici, je...

Un grondement roula au-dessus de leurs têtes. Ils virent flotter entre ciel et terre un ballon oblong nanti d'une selle et de roues de bicyclette.

— C'était quoi, ce cigare à pédales ? s'écria Joseph.

— On m'a dit qu'un Brésilien, un certain Alberto Santos-Dumont, accomplit des essais de vol à l'aide de la machine qu'il a construite et qu'il entrepose dans le parc aérostier de Vaugirard, à moins que ce ne soit dans celui de Saint-Cloud. Mais peut-être est-ce un rival, ce sport attire de nombreux adeptes.

— Ouais, ben si ces gars-là prévoient qu'un jour on va chevaucher les nuages dans leurs engins, ils sont bons pour la camisole ! Vous avez une idée de ce que signifient les mots inscrits sur le papier qu'Ichirô vous a remis ?

— C'est une chanson évoquant la nostalgie du foyer, avec une allusion à une femme. Une lettre d'adieu ? Un message crypté ? Je sèche.

Les étoiles pâlissaient. Au loin, un choral de coqs entamait une aubade. L'immeuble d'Ichirô s'encastrait entre deux hangars à foin. On franchissait une cour, on s'enfonçait dans un escalier obscur et branlant, aux émanations méphitiques.

— Je l'aurais parié, c'est au sommet, décidément, je suis voué aux escalades. J'en ai marre, mais j'en ai marre !

— Ichirô m'a assuré qu'il n'y avait personne, hormis une voisine âgée.

Ils n'eurent pas besoin d'utiliser de clé, la porte du logis d'Ichirô était entrebâillée. À la lueur de l'aube naissante, ils distinguèrent l'enfilade de deux pièces.

— On a fouillé les chambres, chuchota Victor. Les placards sont sens dessus dessous.

— Le pageot ! On dirait un poulailler dévasté après un combat de volailles furibardes !

Joseph éternua en rafales et se cogna en pestant contre un tabouret renversé.

Victor réfléchissait. Soit Ichirô avait définitivement renoncé à retaper son lit, soit quelqu'un s'était ingénié à ménager un orifice dans le traversin, la courtepointe, les oreillers et le matelas pour en explorer l'intérieur.

— Joseph, au fond de la cambuse, j'ai vu des sous-vêtements suspendus à un fil de fer.

— Qu'espérez-vous dénicher ? La carte au trésor de Billy Bones[1] dissimulée dans un caleçon ?

— Prenez les pinces à linge, nous allons colmater l'hémorragie de duvet. Tant que vous y êtes, regardez s'il y a un sac de matelot.

— Où c'qu'y a de la gêne, n'y a pas de plaisir ! glapit une voix flûtée. Fichez le camp ou j'ameute le quartier !

Ils tournèrent casaque et se heurtèrent à une vieille dame à bonnet de dentelle et chemise de nuit fleurie, un bougeoir à la main.

— Qui êtes-vous ? Que fricotez-vous chez M. Ichirô ?

1. Référence à l'un des personnages de *L'Île au trésor*, de Robert Louis Stevenson (1883).

Joseph se fût volontiers esquivé. Victor choisit de parlementer.

— Nous sommes des relations de M. Ichirô, il a dû s'absenter inopinément. Un ami a-t-il cherché à le contacter ?

— Comment ?

De sa main libre, la vieille dame avait plaqué un cornet acoustique à son oreille.

— A-t-il eu de la visite depuis son départ ? articula Victor en haussant le ton.

— Abstenez-vous de beugler, jeune homme, vous me saturez le tympan ! De la visite ?… Oui, hier après-midi, un monsieur.

— Quel monsieur ?

— À mon avis, un Russe ou un Espagnol, à sa façon de rouler les *r*. Il souhaitait faire signer des papiers importants à M. Ichirô.

— Il possédait une clé ?

— Vous avez noté l'état des lieux ? C'est une ruine ici. Il y a juste un verrou à l'intérieur, on le tire la nuit. Le monsieur a paru étonné que ce soit ouvert à tout venant. Il m'a dit qu'il repasserait. Je n'ai pas insisté, je me suis bouclée chez moi.

— Seriez-vous en mesure de nous décrire ce Russe ou cet Espagnol ?

— C'était un homme poli, proprement vêtu, avec un chapeau, une canne, des gants. Un monsieur, quoi ! Probablement un monsieur de la haute, parce qu'il portait une chaîne de montre sur son gilet et puis il sentait bon.

— Son visage ?

— Quelconque. Moustache…

Elle poussa un cri, de la cire chaude avait coulé sur son poignet. Victor s'empara du bougeoir.

— Barbe ? Barbiche ?

— M'en souviens pas. J'avais liché ma Bénédictine, ça me permet de dormir, à mon âge le sommeil vous fuit, faut l'épauler. Puis je m'occupe pas des autres, même s'il est très correct, M. Ichirô.

— Le visiteur vous a cuisinée ? lança Joseph.

— Il m'a réclamé les noms des connaissances de M. Ichirô, à cause d'un legs ou un truc de ce genre. J'y ai répondu qu'il était de tempérament solitaire, M. Ichirô, mais qu'il allait souvent chez un débitant de papier qui tient boutique loin, loin, du côté de l'hôpital de la Charité. Moi, je ne bouge jamais du quartier.

— Un débitant de papier ?

— Dame, il en noircit des cahiers, M. Ichirô, à force de noter ses observations, il est très instruit. Il m'a appris qu'en 1868 il y avait à Paris sept mille sept cent vingt-huit aliénés, et en 1895, seize mille huit cent quatre-vingt-sept. Plus du double, c'n'est pas Dieu possible ! Tout ça c'est la faute au progrès, on ne sait quelles machines inventer. Les gens courent à gauche, à droite, ils perdent la boule, et puis les femmes triment à cause du coût de la vie. Et qui élève les gosses, hein ? Moi qui vous parle…

— À défaut de mémoire visuelle, vous maîtrisez celle des chiffres.

— C'est un don. Chez les bonnes sœurs je faisais des concours de tables de multiplication. Les chiffres, ça me connaît. Le pompon, c'est le nombre d'enfants malades dans les hôpitaux : trente-quatre mille neuf cent quatre-vingt-six. M. Ichirô, il va le mettre dans son livre.

— Et le locataire qu'il hébergeait ?

— Le locataire ? Quel locataire ? Vous me prenez pour qui ? Je suis dure de la feuille mais je ne perds pas mes journées à épier les voisins. Remarquez, j'aurais dû, avec le vieux gâteux qui a fichu le feu à sa cheminée. Résultat, l'étage a été évacué, sauf moi et M. Ichirô. On a refusé de partir, pour aller où ? Il est tout seul, M. Ichirô. Il rentre, il se réchauffe son riz, il fait des tonnes de salamalecs pour préparer son thé et il gribouille. Il va rappliquer en vitesse, j'espère, j'ai la trouille, moi, ici, toute seule !

— Vous ne recevez personne ?

— Si, ma petite-fille, Mariette. Chaque matin, elle m'apporte mon manger, mais elle ne s'attarde pas, elle a du boulot.

— Tranquillisez-vous, M. Ichirô regagnera ses pénates la semaine prochaine, il nous a priés de prendre son couchage, la rassura Victor. Tenez, voici ma carte. Si quelqu'un se présente, envoyez-le à cette adresse.

Pliés sous le faix d'oreillers, d'un matelas et de l'appareil photographique à soufflet, Victor et Joseph entamèrent une ultime descente hasardeuse, semant dans leur sillage un nuage blanc qui s'éparpillait en flocons cotonneux. Joseph, le nez agité de frémissements, ne cessait de grogner :

— Aucun égard. Pourtant, vous savez que je suis sujet à une intolérance ! Quelle vie !... Ah ! Seigneur, quelle vie ! Au fait, nulle trace d'un sac de matelot.

Au débouché de la cour, ils évitèrent de justesse une porteuse de pain et entassèrent leur fardeau dans la carriole. Le soleil, derrière les toits des usines, jetait des tons d'or en fusion sur la ville.

— Ichirô ? Rentrer la semaine prochaine ? Vous êtes optimiste, ironisa Joseph.

— Il fallait apaiser sa voisine.

— Dites donc, qu'est-ce que c'est que cette histoire de type espagnol ou slave ? Il est vraisemblablement revenu chambouler l'appartement quand la voisine s'est barricadée, elle n'aura entendu que pouic. Que cherchait-il ?

— Si nous le savions… Je commence à me poser des questions. J'aimerais beaucoup étudier la flèche qui a tué Isamu.

— Moi, ce que j'aimerais beaucoup, c'est me recoucher, je suis vanné, je m'anémie chaque année davantage.

— Cela s'appelle vieillir, Joseph.

Joséphine renâcla à clore le dialogue avec son compère le percheron, puis, lassée des agaceries prodiguées sur sa croupe par le chapeau de Victor, se résigna à démarrer.

Mitoyenne de la bourrellerie, une blanchisserie étirait sa façade bleu pâle. Un coin du rideau de la vitrine fut soulevé. Le visage tourmenté d'une jeune fille guettait l'attelage qui s'éloigna cahin-caha.

Robert Tourette achevait son petit déjeuner dans la salle à manger du *Palace Hôtel* où, la veille, il était arrivé en soirée depuis la gare Saint-Lazare. Le paquebot en provenance des États-Unis sur lequel il avait voyagé s'était ancré à Cherbourg deux jours plus tôt.

Il se tamponna les lèvres du coin de sa serviette. Une jeune femme en costume grège s'avançait à pas comptés. Il évalua ses charmes et lui attribua un six sur dix. Puis il se demanda quelle note la péronnelle lui accorderait.

C'était un homme corpulent. Ses joues hâlées, couronnées d'une tache rose, ses paupières allongées, les épaisses touffes de cheveux argentés encadrant son front lui composaient une physionomie quelque peu démoniaque, accentuée par le pli ironique de sa bouche.

Robert Tourette aimait à le répéter, il n'était pas né de la dernière pluie. Aussi, gare aux fâcheux ! Il n'avait pas rallié Paris dans le but de batifoler parmi des ouvriers à casquette, des nationalistes à monocle, des gandins à tube et leurs perruches à la démarche fatale. Sous le couvert de monnayer plusieurs contrats d'éditeurs qui lui avaient commandé des gouaches, il devait régler une affaire importante. Ensuite il repartirait dare-dare pour son refuge où l'attendaient, à l'écart des indiscrets, dans une vaste baraque, deux femmes au teint mat et une flopée d'enfants conçus afin de protéger le trésor qu'il s'était constitué au fil des ans.

Il termina son café et se plongea dans la lecture du *Figaro*. Les événements de Chine occupaient la première page, ceux du Transvaal étaient relégués juste avant le bilan des insolations dues aux fortes températures.

> « Précautions à prendre contre la chaleur : Ne sortir que le soir. Dîner en plein air. Se coucher tard et bénéficier ainsi de la fraîcheur relative de la nuit… »

Robert Tourette ne put réprimer un sourire. « Décidément, ces Européens sont des petites natures, ils tombent comme des mouches ! »

Il se délecta des faits divers :

> « Tramway contre omnibus… Créancier malmené… L'incendie de la rue des Trois-Bornes… Les dévaliseurs de débits de tabac… Nouvel accident sous le pont Alexandre-III. »

Il allait reposer le journal quand un titre accrocha son regard :

> UNE MORT HORS DU COMMUN.
>
> « Le cadavre d'un homme d'origine asiatique a été découvert aux environs de cinq

heures du matin par Mme Adeline Fichet, porteuse de pain, qui se rendait à son travail rue de la Croix-Nivert. L'homme gisait, la poitrine transpercée d'une flèche, à quelques centaines de mètres du théâtre de Grenelle. »

Pensif, Robert Tourette extirpa de sa poche un carnet d'adresses et le feuilleta. Puis il héla un serveur et lui réclama un plan de Paris.

CHAPITRE IV

Même jour, fin d'après-midi

À mesure que Frédéric Daglan[1] s'en approchait, les quatre immeubles neufs édifiés entre le boulevard Delessert et le quai de Passy adoptaient l'apparence de quatre portes monumentales. Lui octroieraient-elles l'accès au repos auquel il aspirait avec une telle intensité ? Depuis son départ de Paris sept ans auparavant, il avait usé ses semelles à travers les rues de Londres où il exerçait avec dextérité ses talents de pickpocket. Celle qui l'accompagnait en exil s'était lassée de leur vie dissolue et l'avait abandonné dès qu'elle eut maîtrisé suffisamment l'anglais pour voler de ses propres ailes. Le souvenir de Josette Fatou était si vif qu'il n'eût pas été surpris de la croiser dans la foule, ses cheveux noirs relevés en mèches crêpelées, son panier de fleurs au bras, sollicitant les couples qui recherchaient la fraîcheur de l'ombre. « Un petit bouquet ? Ça vous portera bonheur. » Le bonheur ? Foutaises ! Il se promit d'éviter la rue des Boulets où son cœur s'était laissé piéger. Parfois, son esprit se brouillait, il éprouvait la sensation d'être revenu

1. Voir *Le Léopard des Batignolles*, 10/18, n° 3808.

en arrière. Il avait eu envie de susciter la tendresse de Josette, mais ce n'était pas à cause de cela qu'elle lui avait rendu un semblant d'amour, seul l'appétit de vivre débarrassée des contingences de la misère l'avait incitée à le suivre. Si encore elle l'avait quitté pour un autre, il aurait pu la détester et la renvoyer au néant. Il ne s'était plus remis en ménage, préférant des friandises consommées en quelques nuits à un fricot de plusieurs mois. Désabusé, fatigué, il avait gagné la vaste fête de la Seine dans l'espoir de s'étourdir et de hausser sa maestria à son point culminant. Sa pelote était déjà ronde, il eût pu se dispenser de cette croisière, n'eût été son orgueil. Il avait décampé de Paris en gibier, il le ralliait en prédateur. Frédéric Daglan allait démontrer à l'engeance du tourisme international qu'il était le roi des détrousseurs, et bien malin serait celui qui s'aviserait des griffes plantées dans son portefeuille. Désirs, regrets ? Au diable ! Il se détendit, son tumulte intérieur s'apaisa. Au moins, ici, il était en terrain connu.

Il avait réservé une chambre dans le troisième bâtiment des *Grands Hôtels du Trocadéro*. Le forfait de cent trente-cinq francs la semaine incluait l'hébergement, trois repas par jour, quatorze billets d'entrée à l'Exposition agrémentés de bons de réduction pour diverses boutiques de Paris. La location se faisait auprès de la Compagnie des wagons-lits, 3, place de l'Opéra. Frédéric Daglan avait étudié le prospectus, tandis qu'il résidait dans le premier d'une succession de garnis afin d'enchevêtrer les pistes au cas où, malgré ses précautions, il serait repéré.

Cette fois, il avait décidé d'utiliser une tactique employée deux ans plus tôt à l'occasion d'une virée dans un palace de Brighton. Il se présenta sous l'identité de William Finch, commerçant originaire de

Bristol. Le réceptionniste l'invita à remplir le registre, négligea sa lettre d'accréditation mais se soucia de ses bagages.

— Je n'ai que cette sacoche. J'irai demain à la gare d'où l'on livrera ma malle, monsieur... Félix Jodier, acheva-t-il après avoir déchiffré sur le comptoir une plaque de cuivre affichant le nom de l'homme gras et rubicond préposé à l'accueil.

— Parfait. Gédéon va vous montrer le chemin, nous vous avons soigné, monsieur Finch.

Le groom, un adolescent à la stature imposante, mena à sa chambre ce client très chic, bel homme, la cinquantaine, le cheveu grisonnant, un British à en juger par son léger accent.

— Les meubles proviennent du Bon Marché, un magasin *fancy*, monsieur ne sera pas dépaysé.

Frédéric Daglan fit le tour de la pièce. Un lit, une table, une armoire, un fauteuil, une salle de bains attenante, des waters. Il gratifia Gédéon d'un pourboire royal, bénéficiant ainsi de sa sympathie immédiate.

Quand il fut seul, il retourna contre le mur la reproduction de *La Joconde* accrochée au-dessus du canapé. Il ne pouvait supporter ce regard qui semblait le blâmer, pas plus que ce sourire vaguement ironique. Il ne comprenait pas pourquoi l'on portait aux nues cette fameuse beauté qu'il estimait insipide. Il ouvrit la fenêtre. De l'étroit balcon, on apercevait la Seine. Sur la gauche, quai de Billy [1], à l'extrémité ouest des jardins, l'Andalousie au temps des Maures, avant-poste de la Section des colonies, occupait la colline de Chaillot. Au sommet, le palais du Trocadéro dominait les constructions aux toits chatoyants. Sur la rive opposée, le Champ-de-Mars, gâteau piqué

1. Avenue de New-York depuis 1945.

d'une bougie géante, et, tout autour, une cité d'opérette attirant des nuées de badauds lestés de clinquants souvenirs de l'Expo dignes du trésor de la Couronne britannique.

Il referma la croisée et considéra attentivement le sol couvert d'un tapis à fleurs du plus mauvais effet. Il en examina les bords, cloués au parquet, puis il consulta son oignon. Six heures cinq. Il allait s'allonger un quart d'heure, effectuer un brin de toilette et souper. Mieux valait surseoir jusqu'à la nuit pour s'adonner à la tâche qu'il s'était assignée.

Dans le restaurant quasiment plein, une place lui avait été retenue parmi des tables de quatre personnes où dînaient des solitaires, surtout des hommes. Face à lui, un individu au teint fleuri, à la panse rebondie, se présenta sous le nom d'Archibald Young, de Glasgow et, sans plus de façons, se concentra derechef sur son assiette. À sa droite, un Américain – du moins il le supposa à son *okay* aboyé à une serveuse qui l'appelait « Monsieur Walter » avec déférence –, un type renfrogné aux pupilles torves, les joues mangées d'épais favoris bruns et d'un collier de barbe. À la gauche de l'Écossais, un Anglais aux manières affectées, toupet calamistré, fine moustache, se dressa à demi et se manifesta avec volubilité.

— *Pleased to meet you*, Anthony Forester, de Londres… Je parler mal *french, but no problem*, avec argent et sourires *it's very simple* de *amuse oneself in this wonderful* Paris !

— William Finch, *from* Bristol, dit Frédéric Daglan en déboutonnant sa veste.

Anthony Forester, les yeux écarquillés, le dévisagea avec étonnement.

— *Sorry*, *I thought you were French.*

La carte proposait un menu unique, servi par les établissements des Bouillons Duval. Potage, viande ou poisson, légumes, fromages, entremets, fruit. Anthony Forester avait pris de l'avance. Au moment où Frédéric Daglan, alias William Finch, plongeait sa cuiller dans son velouté de champignons, Forester repoussa sa chaise et prit congé avec un salut, imprégnant son sillage d'une senteur de violette qui fit éternuer l'Américain grognon à favoris, sans troubler Archibald Young en train de se couper une portion de roquefort.

Frédéric Daglan s'était couché tôt, victime d'une neurasthénie qui l'accablait davantage de mois en mois. Cela avait débuté par une brève morsure de lassitude au cours d'une errance dans la National Gallery au printemps 1896. Il y avait longuement contemplé les toiles de Turner. Ces huiles et ces aquarelles l'entraînaient au sein d'un univers illuminé par la lueur intermittente d'éclairs qui le propulsaient vers certaines scènes de sa vie et attisaient sa nostalgie. Ces crises, d'abord espacées, s'étaient multipliées, battant en brèche son insouciance du lendemain. Afin d'anticiper les infirmités de l'âge, il s'était constitué un magot, dispersé dans diverses cachettes sûres, destiné à choyer sa vieillesse. La mélancolie s'emparait parfois de lui et le dépouillait de ses forces. Lorsqu'elle se retirait, il devait reprendre son souffle pour se consacrer à une nouvelle occupation.

Ce soir-là, une bonne heure s'écoula avant qu'il ne se relevât, pantelant, assoiffé. Il courut à la salle de bains, mais, quand il ouvrit le robinet, aucun filet d'eau ne s'en échappa. Il jura. Impossible de protester auprès de la direction, son projet risquait d'avorter. Il saliva, alluma la lampe de chevet et alla à la fenêtre pour s'assurer que les rideaux étaient tirés.

De sa sacoche, il exhuma une pince qu'il utilisa à libérer un coin du tapis de six des clous qui le fixaient au plancher. Il s'intéressa particulièrement à l'agencement des lattes. Le davier dérobé à un dentiste se révéla être l'outil parfait pour les déboîter.

Agenouillé, en nage, procédant par à-coups délicats, il s'imaginait être un chirurgien incisant la chair d'un patient. Il préférait sacrifier à la lenteur plutôt que de provoquer le moindre craquement. Il fut récompensé de ses efforts quand, au milieu de la nuit, il examina la cavité ménagée dans le parquet. Il ôta son pantalon, le roula en boule et l'y enfouit avec son portefeuille qu'il avait pris soin de vider.

Les jambes endolories, il surprit son reflet dans la glace qui surmontait la cheminée, image indistincte d'un homme torse nu en caleçon long. Son visage aux traits énergiques avait un aspect maladif, un éclat dur émanait de ses yeux. Brusquement, son angoisse remonta à l'assaut et il se demanda s'il ne commettait pas une folie. Il s'adressa un hochement de menton, fut tenté de se recoucher mais renonça, sa besogne n'était pas terminée. Il dissimula une liasse de billets de banque et ses papiers personnels entre le mur et le trumeau. Les lattes furent emboîtées. De sa sacoche, il tira un pinceau et un pot de vernis qui sentait la résine et en enduisit le rectangle de plancher.

Il s'étira, alla jeter un coup d'œil au-dehors. Il était trois heures du matin, l'obscurité régnait dans la cour. Il ouvrit la croisée. L'odeur de pin s'évapora. Il n'avait plus peur, c'était fini, il n'avait qu'à suivre son plan et tout irait bien.

Il passa dans la salle de bains, plaqua sa bouche au robinet, parvint à aspirer quelques gouttes d'un liquide ferrugineux. Assis sur le rebord du bidet, il savoura un cigare, le temps que le vernis sèche, puis il revint dans la chambre. Du plat de la main, il rabattit le tapis et enfonça les clous sans difficulté.

Reculant d'un pas, il inspecta son œuvre. Travail soigné. Il tira de sa besace un sac de coutil dans lequel il plaça la pince, le davier, le pinceau et le pot. Il entrouvrit prudemment sa porte, scruta le couloir où luisaient des veilleuses. Sur la pointe des pieds, il gagna l'ascenseur auquel était accolé un cagibi où l'on rangeait instruments et produits ménagers. Il en avait emprunté la clé alors que le groom le précédait à l'étage. Il se glissa à l'intérieur, posa le pot entre des paquets de détergent. La pince, le davier, le pinceau furent camouflés derrière des pièges à souris. Il enterra son sac sous une pile de chiffons.

Au sortir du local, il prit la précaution de remettre la clé dans la serrure. En catimini, il fila se boucler chez lui. Assoiffé, épuisé, il s'effondra sur le lit sans déborder la couverture. Sa gorge se serra, un voile noir l'enveloppa dans ses plis, une crise d'anxiété le projeta dans une suite de cauchemars qui, tous, aboutissaient à une conclusion identique : des policiers le poursuivaient jusqu'à la crête d'une falaise d'où il basculait au sein d'une mer démontée.

CHAPITRE V

Lundi 23 juillet

Il n'y avait toujours pas d'eau. La veille au soir, Anthony Forester avait pris la précaution de se lester de deux bouteilles de Vichy Célestins obtenues grâce à un pourboire exorbitant. Ce n'était pas l'idéal pour se raser, mais faute de mieux... Le miroir lui renvoyait le reflet d'un homme mince, aux traits réguliers. Une cicatrice dentelée au creux de la joue gauche soulignait son charme, mais en y regardant de près il voyait des ridules autour de ses yeux et des sillons aux commissures de ses lèvres.

— Encore une journée à tirer. Vivement qu'on règle cette affaire, je perds patience, maugréa-t-il en ouvrant une commode où son linge était plié en bon ordre.

Il enfila une chemise blanche à même la peau, s'y reprit à trois fois pour nouer sa cravate, aplatit son toupet, vérifia le contenu de son portefeuille, endossa une veste et quitta sa chambre.

Appuyé contre une colonne Morris, l'homme au panama peinait à rester éveillé. Cela faisait deux heures qu'il guettait Anthony Forester. Il ressentit un vif soulagement lorsqu'il le vit apparaître au débouché de l'hôtel. Il ajusta son couvre-chef et lui emboîta le pas, les yeux fixés sur son yo-yo en bois coloré qu'il faisait aller et venir le long d'une ficelle d'un balancement souple du poignet.

« Tu parles d'une promenade de santé ! songeait-il sans cesser de faire danser son yo-yo. Où va-t-il me conduire, ce lascar ? »

Ils atteignirent la station de la plate-forme roulante et, séparés par une distance respectable, s'engagèrent sur le trottoir le plus rapide.

Anthony Forester descendit avenue de Suffren, mais au lieu de se diriger vers l'Expo, il lui tourna le dos et s'aventura dans l'enceinte d'un amoncellement de montagnes et de rochers. Au loin, la Grande Roue dominait ce paysage champêtre semé de chalets, de moulins, de scieries et d'une importante figuration en costumes de paysans, de laitières et de pâtres.

— Tu en as de la veine, mon vieux, grommela l'homme au panama, Guillaume Tell et son assortiment de pommes sont absents !

Anthony Forester baladait son spleen dans le Village suisse et s'efforçait vainement d'attirer l'attention d'une autochtone de l'Oberland bien en chair offrant aux flâneurs des verres de lait tiède et mousseux. Une aversion native envers ce breuvage l'éloigna de la belle. Mains dans les poches, il feignit de s'intéresser à une vache au lourd collier de cuir où ballottait une cloche. Lassé des ruminations de la bête, il s'attarda devant une toile peinte représentant un pâturage des Alpes bernoises piqueté d'edelweiss. Il allait fuir les yodles d'armaillis en culotte de peau, quand une voix féminine susurra près de lui :

— La montagne m'ennuie. La mer m'ennuie. La campagne m'ennuie. Je ne connais pas plus assommant qu'un troupeau de bovins sur fond de neiges éternelles. Je suis venue me réfugier ici pour y trouver le frais, mais macache ! Rien ne vaut le bitume ramolli par un chaud crépuscule d'été et les réverbères qui scintillent dans les avenues brûlantes. N'êtes-vous pas d'accord ?

Anthony Forester n'avait pas compris un mot de ce discours, mais le ton interrogatif exigeait une réponse. En même temps qu'il répliquait au hasard un *yes* amusé, il considéra son interlocutrice et succomba aux sortilèges de ses yeux sombres, de sa poitrine avantageuse et de sa chevelure de jais.

Eudoxie Allard, ex-archiduchesse Maximova, avait jadis frayé avec le prince de Galles et maîtrisait suffisamment d'anglais pour conter en termes précis son passé houleux. D'abord secrétaire au quotidien *Le Passe-partout*, elle était devenue danseuse de cancan à la grande époque du Moulin-Rouge sous le sobriquet de Fifi Bas-Rhin. Divorcée de son époux Fédor Maximoff, colonel de la garde équestre de Nicolas II, elle avait troqué sans regret Saint-Pétersbourg pour son cher Paris, sans pour autant délaisser les nuits blanches. Le théâtre et le cinématographe avaient eu recours à sa sensualité ainsi que nombre d'aristocrates sur le retour.

— Mon ordinaire manque de piquant, je m'étiole. Pourtant je suis jeune encore, et disponible. Où est-il, celui qui m'emmènera participer au banquet de l'existence ? J'en suis réduite à me gaver à la maison de hors-d'œuvre face à un birbe ! Vous êtes un milord, je le devine, je suis certaine qu'avec vous on ne se morfond pas !

Flatté, séduit par les courbes et la vulgarité bon enfant d'Eudoxie Allard, Anthony Forester l'avait incontinent menée à l'écart des génisses helvètes et de leurs clarines.

— Oserai-je vous inviter ? J'ai des billets pour une attraction qui remporte un franc succès.

— Ah oui, laquelle ?

— Le Palais sibérien.

— La Sibérie ! Cette terre gelée d'exil, de déportation et de bagne ! Vous vous moquez !

— Chère madame, prononcer « sibérien » par cette chaleur me revigore. Je suis curieux de découvrir le panorama du Chemin de fer de la ligne Moscou-Pékin, il paraît qu'on y admire des sites captivants. Ne dites pas non, franchir le fleuve Amour en votre compagnie sera un avant-goût du nirvana.

Eudoxie fit la moue, pesa le pour et le contre. L'homme était attirant, prévenant, élégamment vêtu, il serait toujours temps de l'envoyer sur les roses si sa fréquentation s'avérait trop envahissante.

— Mais c'est au diable ! s'exclama-t-elle.

— Au Trocadéro, à quelques encablures de mon hôtel. Je suis un gentleman, je ne vous infligerais pas un marathon sous ce soleil ardent, nous prendrons un fiacre jusqu'à la sortie. Ensuite nous déjeunerons au restaurant russe, vous m'apprendrez à déguster des spécialités exotiques.

L'homme au panama avait saisi leur conversation.

« Le Palais sibérien, et en fiacre, ça va être coton ! Faut faire fissa, mon ami, implore le ciel pour que cette mignonne plus appétissante qu'un sorbet ne change pas d'avis ! »

Il traça sa route parmi des groupes impatients de visiter le logis de Jean-Jacques Rousseau, évita la queue à l'établissement de Bourg-Saint-Pierre où Napoléon Bonaparte s'était sustenté et se rua vers la plus proche station de fiacres.

Après avoir parcouru les wagons du Transsibérien jalonnés de salons, de salles à manger, de fumoirs, de bars, de chambres à coucher avec cabinet de toilette, Anthony Forester et Eudoxie Allard virent défiler des étendues d'épaisses forêts, de steppes et de toundras brossées en trompe-l'œil sur un interminable décor en mouvement, tandis que les trépidations du train immobile leur donnaient la sensation de progresser. Légèrement écœurée, Eudoxie conjura son chevalier servant de renoncer au restaurant russe.

— J'en ai soupé des pommes de terre, du chou, des betteraves et de l'oignon ! J'ai la migraine, mon corset m'étrangle, je rentre chez moi.

Anthony Forester joua son va-tout.

— Soit, ma chère, en ce cas permettez-moi de vous régaler ce soir à dîner. Qu'est-ce qui vous ferait plaisir ?

— Allons reluquer le beau monde, chez *Maxim's*, c'est un bar à la mode, vous allez adorer.

— Où dois-je vous prendre ?

— Ma dernière adresse en date est 14, rue Saint-Augustin, premier étage gauche.

L'homme au panama les repéra au moment où ils sortaient du Palais sibérien. Il fit tournoyer son yo-yo sur orbite, puis cala des lunettes teintées en équilibre sur son nez et s'approcha nonchalamment du couple. Deux joueurs de balalaïka distillaient une ritournelle mélancolique :

Otchi tchornye...

— Traduisez-moi, chuchota Anthony Forester à l'oreille de sa compagne.

Les lèvres d'Eudoxie s'entrouvrirent, humides, voluptueuses.

— « Des yeux noirs, pleins de passion. Des yeux noirs ravageurs et sublimes », susurra-t-elle en battant des cils.

Le yo-yo de l'homme au panama remonta dans sa main. La femme prit place dans un pousse-pousse en intensifiant les déhanchements de sa croupe.

L'homme au panama détendit son poignet, le yo-yo sembla rester suspendu en l'air.

— À moi l'honneur, murmura-t-il.

D'une allure chancelante, il vint percuter Anthony Forester. Accroché à ses épaules, il l'entraîna dans une valse-hésitation et, d'un geste vif, introduisit une enveloppe dans la poche de sa veste.

De retour à l'hôtel, allongé sur son lit en caleçon et fixe-chaussettes, Anthony Forester ressassait la mauvaise nouvelle. Tout marchait comme sur des roulettes et il avait fallu qu'un grain de sable grippe l'engrenage bien huilé de l'opération, c'était trop bête. Il avait cru à une plaisanterie, mais la signature ne laissait planer aucun doute. C'était probablement cet hurluberlu aux verres teintés qui lui avait glissé cette enveloppe. Un complice dont il aurait ignoré l'existence ? Ou une tierce personne chargée de cette mission en échange d'une rémunération ? Comment savoir ? Et pourquoi utiliser un intermédiaire pour le contacter ? Il relut plusieurs fois le message. Il ne s'exécuterait pas, non, trop dangereux. Le boss était-il devenu cinglé ? Pourquoi lui fixer rendez-vous en un lieu qui risquait d'être surveillé ? Pure folie ! Il plia le mot dans son portefeuille et décida d'occulter ce fâcheux désagrément.

« Je n'irai pas. J'ai rempli ma part du contrat. J'en ai ma claque, un de ces jours… »

Sur la banquette étroite qui sentait le cuir et la sueur, Anthony mêla son odeur de violette à l'*Eau de Lubin* dont s'était aspergée Eudoxie Allard. Le temps d'un baiser approfondi et de l'exploration du corsage de la courtisane, le fiacre acheva sa course et se gara au bord du trottoir de la rue Royale, au milieu d'une file d'automobiles De Dion-Bouton et Clément-Gladiator.

Les noctambules massés devant *Maxim's* piétinaient à l'entrée, ils eurent ainsi le loisir d'examiner à satiété la porte monumentale de l'Exposition universelle, place de la Concorde. La statue de La Parisienne, perchée au sommet de trois arches recouvertes de cabochons multicolores, trônait sur une boule d'or. Coiffée du navire de la capitale, elle ressemblait à une déesse descendue de l'Olympe pour guider les voyageurs égarés. Tel était du moins le sentiment d'Anthony Forester. Eudoxie doucha son exaltation.

— Ce n'est certes pas un Rodin. À la rigueur, une gourgandine lourde et disgracieuse qui aurait perdu le nord. Ou Junon expulsée d'une maison de tolérance. D'ailleurs, le vrai point de ralliement des hôtes de marque, c'est ce restaurant, parce qu'il est le plus proche de l'entrée principale.

Non sans peine, ils se frayèrent un chemin dans la foule.

— Hé, Irma, ça gaze ? Salut, Liane, oh, excuse-moi, Cléo, je ne t'avais pas remise, on se bouscule au portillon.

Eudoxie s'égosillait dans le brouhaha des voix dominées par les crescendos de l'orchestre attaquant *Les Deux Figues d'Ursule*[1]. Ses relations lui servaient du Fifi ou du Fiammetta et la détaillaient derrière

1. Éditions Voiry et Cie, 81, rue de Richelieu, Paris.

leur face-à-main en s'interrogeant sur l'identité de son cavalier. Les jupes froufroutaient, s'empêtraient dans les basques des queues-de-pie, les cannes à pommeau d'argent côtoyaient les ombrelles de tussor, on acclamait tantôt la princesse de Caraman-Chimay, née Clara Ward, qui arborait ce titre quoiqu'elle fût divorcée, tantôt le duc Auguste de Morny.

Ils s'échouèrent à la place retenue l'après-midi par Anthony. Eudoxie lui fit remarquer que, dans le bar-galerie, baptisé « l'Omnibus », où Gérard, le chasseur stylé, les avait installés, les tables 16 et 23 étaient allouées au gratin. Il écoutait d'une oreille, fasciné par le décor tarabiscoté où des miroirs encadrés de bois sculpté alternaient avec des fresques de naïades folâtrant parmi des nénuphars.

— Qu'en dites-vous, mon cher ? s'enquit Eudoxie, cela vous change de la prude Albion, n'est-ce pas ? Ici, c'est le fief de la noblesse en jupon, quoique les demi-castors tiennent le haut du pavé. Tenez, là-bas, celle qui explose dans son corset c'est Aphrodite d'Enghien, et plus loin, à gauche, la décharnée armée de pinces à asperges, c'est Mélusine de la Pateline. Si vous désirez vous mettre au parfum, renseignez-vous auprès de Gérard, le gotha il connaît. Et je te donne du « Mon prince », du « Votre Altesse », du « Monsieur le duc »... Il vous indiquera tous ceux qui espèrent rétablir l'empire ou la royauté, il suffit de demander.

— J'avoue que j'ai rarement vu autant de perles, de boucliers de plumes et de baudriers de satin. Qui est ce type au crayon qui va de table en table ?

— Le petit myope en frac de casino ? C'est comme qui dirait le Lautrec de chez *Maxim's*. Il caricature la clientèle, il s'est attribué le sobriquet de Sem, l'un des fils de Noé, vous savez, le Déluge, l'Arche, la colombe, le rameau d'olivier et tout le toutim. On se l'arrache. En réalité il se nomme Georges Goursat, c'est le rejeton d'un épicier de Périgueux. Ce lieu est bourré de roturiers. Tenez, le pékin au chapeau Cronstadt et à la lavallière à pois, c'est Godefroy de Bouillon junior, son papa exerçait la profession de boucher.

— Plaît-il ?

— L'usage de sobriquets dénote un certain sens de l'humour. Vous, les Angliches, c'est votre spécialité, non ? Godefroy, ou ci-devant Alexandre Duval, est l'héritier des fameux bouillons.

— Bouillons ? Potages ?

— Mais non, des restaurants bon marché qui mitonnent des plats roboratifs, quoi ! Il se la coule douce, Alexandre, c'est qu'on en amasse, des sous, avec le prolétariat !

Lorsqu'on leur présenta la carte, Anthony Forester évalua illico le prix du menu, les trente francs par personne l'épouvantèrent, il objecta qu'il avait déjà dîné et se contenterait d'une coupe de champagne.

« Quel rat ! » songea Eudoxie qui, bien qu'elle ne fût guère affamée, commanda une douzaine d'huîtres d'Ostende, une sole à la Polignac, une escalope viennoise et une salade chinchilla, rien que pour le plaisir de voir blêmir son protecteur.

— C'est économique ici, on peut s'en tirer pour un louis si on dîne avant dix heures. C'est plus coûteux quand on débarque ensuite, mâchonna-t-elle perfidement.

Anthony Forester avala de travers. L'adjectif « coûteux » avait ranimé le souvenir d'un nom confiné dans les abysses de sa mémoire : Raymond Lacouteux. Quand il avait accepté de participer au projet, Anthony avait préféré faire l'impasse sur le sort funeste réservé à cet homme. L'ignorance ne voit pas même ce qui frappe ses regards, s'était-il dit. Pour se donner bonne conscience, il s'était forgé de Lacouteux le parfait cliché d'un trafiquant de bas étage : un sale type en costume colonial, stick au poing, trônant sous l'auvent de son bungalow au fin fond du Sénégal, deux boys empressés à ses côtés, l'un lui offrant une citronnade tandis que son alter ego l'éventait à l'aide de plumes d'autruche. Soudain, à la pensée que l'assassin de Lacouteux résidait à Paris, une brusque flambée de terreur lui fit l'effet d'une lame glacée sur son cou.

— Vous en faites une tête, mon cher. Faut-il incriminer le champagne ? Ou êtes-vous hypnotisé par ce grossier personnage ?

Eudoxie désignait un magnat américain de l'acier à gilet vert pomme et habit crème, une créature trop fardée sur chaque genou.

— Non, non, je réfléchissais.

— Tout s'éclaire ! Ma main à couper que vous envisagiez de me conduire terminer ces agapes à la *Brasserie du Derby*, faubourg Montmartre. Une collation nous y sera servie par des dames jockeys somnambules.

— Ma parole, vous êtes insatiable !

— Oui, et j'ai soif ! Garçon ! Un cassis à l'eau.

— Madame, n'aimeriez-vous pas mieux un rosé de Provence subtil et fruité ? Nous n'avons presque plus d'eau minérale, et il y a une coupure qui menace de durer.

— En ce cas, un magnum. Vous disiez, mon ami ? demanda-t-elle à Anthony, lequel semblait partagé entre l'inquiétude liée à la dépense et l'admiration envers cette pépie.

— Non, rien.

— Quand minuit aura sonné, il sera temps de me montrer votre tanière, mon bon. Je meurs d'envie de me glisser dans votre intimité.

Anthony régla l'addition, trop salée à son goût, à la fois choqué et satisfait de la franchise de cette femme. Il tremblait légèrement et renversa sur lui sa flûte à demi pleine. Il eut beau éponger la poche de son veston avec une serviette, le liquide imprégna son portefeuille. Cela lui remit en tête le billet alarmant qu'on lui avait fait parvenir d'une façon rocambolesque. Malgré la moiteur, il frissonna. Pourquoi le boss baissait-il sa garde au risque de tout compromettre ?

CHAPITRE VI

Mardi 24 juillet

Frédéric Daglan avait largement les moyens de séjourner plusieurs mois dans l'un des *Hôtels du Trocadéro*. Sa conduite était dictée non par la nécessité ou l'avarice mais par le besoin de se prouver à lui-même qu'en dépit de ses cinquante ans il était encore susceptible d'échafauder un stratagème pour flouer son semblable.

En l'occurrence, son semblable se nommait Lambert Doutremont et était l'administrateur principal d'un des quatre hôtels jusqu'à la fin de l'Exposition, après quoi il comptait briguer le poste de directeur d'un grand établissement des Boulevards.

Lambert Doutremont avait été averti par le réceptionniste, Félix Jodier, lui-même sous le choc d'un appel téléphonique provenant de la chambre de William Finch.

Tous deux toquèrent chez le commerçant de Bristol qui leur ouvrit, en bannière, gilet et serviette de toilette nouée autour des reins.

— Ce n'est pas trop tôt ! Vous parlez d'une auberge ! Cette nuit, on m'a dérobé mon pantalon. J'y avais rangé mon portefeuille avec tout mon argent, mes papiers et le ticket destiné à récupérer ma malle à la gare. J'exige qu'on alerte la police !

Frédéric Daglan s'exprimait avec un brin d'accent britannique. Ses mots, clairement prononcés, paraissaient toutefois réclamer de lui un effort de réflexion. Lambert Doutremont afficha une mine consternée.

— C'est incroyable. Il n'y a jamais eu de larcins chez nous. L'honnêteté la plus absolue…

— Un nid de crapules, oui !

— De plus, ajouta Félix Jodier qui n'avait pas confiance en ce client indigné, nous ne sommes responsables que de ce qu'on nous prie de garder dans le coffre.

— Parce que vous auriez voulu que je laisse mon pantalon en garde dans votre coffre !

— Je reconnais là l'ironie spécifique à votre pays, rétorqua le réceptionniste en se contraignant à sourire.

— Mais enfin, c'est ridicule, n'aviez-vous pas enclenché la serrure ? s'exclama Lambert Doutremont.

— Et comment ! Le voleur aura utilisé un passe, il n'y a aucune trace d'effraction. Quand je pense que votre prospectus prône la sécurité de votre établissement !

— Pourquoi se serait-on contenté de votre pantalon ? La coupe en était-elle unique ? demanda le réceptionniste en pointant l'index vers la veste jetée sur un fauteuil.

— Est-ce que je sais ? L'escarpe a sans doute agi à l'aveuglette, il aura voulu gagner du temps et aura saisi ce qui lui tombait sous la main. Alors, la police ?

Lambert Doutremont et Félix Jodier s'entre-regardèrent. S'il était clair que ce William Finch était un aigrefin, il était tout aussi limpide qu'il était prêt à déposer plainte et à provoquer un esclandre qui discréditerait les *Hôtels du Trocadéro*. Les journaux monteraient le scandale en épingle, la clientèle emporterait ailleurs ses cliques et ses claques, adieu les promotions tant espérées, la carrière des deux hommes serait flétrie.

— La somme contenue dans votre portefeuille était-elle importante ?

— Trois mille francs, repartit sans se troubler Frédéric Daglan.

Lambert Doutremont déglutit avec difficulté.

— Je ne vous propose pas un remboursement intégral, car rien n'indique que ce soit la vérité, mais une cote mal taillée. Vous serez également logé et nourri gratuitement chez nous le temps qu'il vous plaira, et je vais vous envoyer un tailleur afin qu'il vous confectionne un costume neuf.

Frédéric Daglan feignit d'estimer l'offre.

— Cela me va.

— À la condition que ce compromis demeure secret, précisa Félix Jodier.

— Et ma malle ?

— Nous la récupérerons, avec ou sans ticket, trancha le réceptionniste en ébauchant un rictus hostile. Est-ce réglé ?

— Oui. Non, un problème de plomberie m'empêche de procéder à mes ablutions.

— Vous n'êtes pas le seul à en pâtir. L'eau a été coupée cette nuit par la Ville de Paris vu le gaspillage qu'en font les citadins en cette période de sécheresse, je vous informe que l'ascenseur hydraulique est immobilisé.

— Je le sais. Hier soir, j'ai remarqué que les grilles d'accès à la cabine étaient légèrement entrebâillées, j'ai tenté de les fermer, elles ont résisté. Vous pourriez tout de même vous payer un liftier !

— L'alimentation sera rétablie d'ici une demi-heure, répliqua Lambert Doutremont sans relever la réflexion. Même si l'eau est trouble, les ingénieurs nous assurent qu'elle est excellente grâce aux bassins qui la filtrent à Saint-Maur et à Ivry. Sur ce, un petit déjeuner va vous être apporté avant l'arrivée du tailleur.

Comme ils prenaient congé avec une courtoisie relative, ils aperçurent un homme planté dans le couloir.

— Bonjour, monsieur Walter. Tout va selon vos désirs ?

— Okay, okay.

Frédéric Daglan identifia l'Américain taciturne aux larges favoris entrevu dans la salle à manger. Celui-ci lui décocha un coup d'œil aussi peu avenant que la veille au soir et s'éloigna d'un pas pesant.

Philaminte Demeilhan avait deux bêtes noires : la Révolution française et les ascenseurs hydrauliques. La première avait privé ses ancêtres de leur particule et de leur richesse, les précipitant dans une roture qui menaçait de perdurer plusieurs siècles. Les seconds, dont l'apparition récente avait soulagé sa phlébite chronique, se révélaient de faux amis, enclins aux pannes en série.

— Mes pauvres guibolles, ce qu'elles endurent avec cette cochonnerie de temps ! C'est plus des veines, c'est des cordes, ça m'élance ! J'ai dîné comme un colibri pour pas les enflammer davantage, eh ben, c'est du pipeau. Le bouquet, c'est que l'ascenseur est bloqué suite à la coupure de flotte !

Celle que ses collègues nommaient la Tortue à cause de ses régimes de famine et de son allure mollassonne emplissait depuis une bonne heure la cuisine de ses jérémiades.

— Si ça vous arrange, je peux délivrer les plateaux des chambres du deuxième à votre place, dit servilement Aimable Courson, le garçon de cuisine embauché en extra à mi-temps.

— Vous feriez ça ? C'n'est pas de refus. Pour la 24, M. Finch, un thé de Chine avec des tartines et de la marmelade d'oranges, pour la 26, M. Forester, un thé au lait avec des œufs pochés, du bacon et des toasts.

— Deux plateaux ?

— Un à chaque bras, simplet ! Ensuite vous redescendrez en quérir d'autres et vous dégagerez ceux de la 24 et 26. C'est entré dans votre tête ?

Aimable Courson, dont le travail habituel se bornait à emplir théières et cafetières et à disposer dans des coupelles du beurre et de la confiture, maudit la Tortue jusqu'à la septième génération.

— Hep, enfilez un costume propre, votre veste est constellée de taches !

Aimable Courson se barricada dans le vestiaire afin de se changer. Il appartenait à cette catégorie d'individus qui, ayant très tôt adopté l'apparence d'hommes mûrs, défient le temps d'altérer leur silhouette. Puisque pour tous il paraissait quarante ans, il avait décidé d'avouer cet âge jusqu'à ce qu'un surcroît de rides l'oblige à subir le fardeau d'une décennie supplémentaire.

Sa carcasse renâclait toutefois sous le poids de ce mensonge, et ses articulations craquaient de façon à lui signaler qu'elles couraient à leur perte.

Le client de la 24 l'accueillit vêtu d'une étrange tenue, chemise, gilet et serviette autour des hanches.

— Ce tailleur, savez-vous s'il va tarder ?

Après s'être débarrassé de son plateau en marmonnant une réponse incompréhensible, Aimable Courson se hâta vers la chambre 26.

Trente minutes plus tard, une salve d'applaudissements ovationna le retour de l'eau.

— Philaminte, nous manquons de personnel. L'ascenseur fonctionne de nouveau, vous aiderez donc la fille d'étage à faire les chambres, décréta Lambert Doutremont en tournée d'inspection. Je vous charge de la 26, où loge M. Anthony Forester. Paulette, vous direz à Philaminte où sont les draps.

La jeune Paulette, ravie de se savoir déchargée d'une corvée, adressa un sourire suave à la vieille Philaminte, résolue à bâcler le ménage de cet ennemi héréditaire de la France.

Dotée d'un passe, elle pénétra dans la chambre qui sentait le cigare et le parfum à la violette. Elle s'empara du plateau, le posa sur le paillasson, puis alla ouvrir les persiennes. Au passage, elle ramassa une jarretière et esquissa une moue dégoûtée. Il recevait des femmes, ce bifteck-là ! Nul doute que la literie serait maculée, quels gorets ces hommes, elle avait eu le nez creux de rester fille ! Elle balaya mollement, enfourna la poussière sous le tapis, affranchit un vase d'un napperon de dentelle qu'elle utilisa en guise de chiffon pour lustrer le dessus des plinthes et des dossiers de chaises. Elle le secoua à la fenêtre avant de s'attaquer à la salle de bains.

Le lavabo résumait à lui seul le laisser-aller du genre humain. Bien que la lumière fût dispensée avec parcimonie par un hublot percé dans le mur du fond, point n'était besoin d'une loupe pour discerner les cheveux collés à l'émail. Les festons savonneux, traces d'antiques rasages antérieurs à la coupure d'eau, évoquèrent à Philaminte les algues abandonnées par la mer sur la plage de Barneville, bourg du Cotentin où elle avait usé sa jeunesse à trimer dans une ferme.

Découragée, elle considéra la glace éclaboussée de mouchetures semées par une brosse à dents. Elle se pencha vers son reflet, rajusta son chignon, ébaucha un sourire qui se figea. Elle n'était pas seule. Derrière son visage, une forme sombre semblait clouée au carrelage, tel un monstrueux animal empalé.

Philaminte demeura paralysée, ses muscles refusaient de lui obéir. Par un effort surhumain, elle pivota sur elle-même.

Recroquevillé entre le bidet et la baignoire, un homme la contemplait de ses yeux révulsés, les lèvres retroussées sur les gencives. Une rigole vermillon imbibait sa chemise, une flèche empennée d'une plume rouge lui trouait la poitrine.

Philaminte porta les mains à ses joues puis à son cœur défaillant. Ses hurlements frénétiques répercutés d'étage en étage déclenchèrent des résultats variés.

Paulette s'immobilisa dans la chambre 22 et constata que sa vessie lui jouait un mauvais tour.

Délaissé par son maître dans la chambre 18, un roquet pointa sa truffe au plafond, la gorge ensablée par un gargouillis impuissant à se muer en aboiement.

Une matrone s'empêtra dans ses nombreux jupons et s'effondra les quatre fers en l'air.

Chambre 24, Frédéric Daglan, alias William Finch, jaillit des cabinets où il oublia la serviette qui lui servait de pagne. Il se précipita sur le palier, prit conscience de sa tenue indécente, courut chercher la serviette et attrapa le corridor à l'instant où une femme de ménage caracolait vers l'escalier en bramant :

— Un macchabée ! J'ai trop mal aux jambes ! Je vais mourir !

Elle se boucla dans l'ascenseur qui entama sa descente.

Quelques pas sur la droite permirent à Frédéric Daglan d'atteindre la chambre voisine laissée ouverte. Il s'avança, ne nota rien d'anormal, gagna la salle de bains.

La découverte d'un cadavre n'eut pas sur lui d'effet immédiat. Il avait déjà tutoyé la camarde et, sans être insensible, ne ressentit que l'inquiétude d'être impliqué dans une sale affaire.

Pourtant ses mains furent agitées d'un léger tremblement quand il palpa les poches du veston de cet affable Britannique qu'il identifia pour l'avoir côtoyé dans la salle à manger. Ce même Anglais qui, la nuit précédente, avait reçu une femme.

À peine éclose, une idée lumineuse fut mise à exécution. Frédéric Daglan s'empara du portefeuille d'Anthony Forester, dénoua les lacets de ses chaussures, les lui ôta, déboutonna sa ceinture, souleva son corps et tira sur le pantalon. Cette opération rondement menée lui requit davantage de temps qu'il ne l'eût souhaité. Le vêtement et le portefeuille serrés contre lui, il se hâta de rallier sa chambre, échappant de justesse à une collision avec une troupe galopante.

À l'affût du brouhaha qui s'amplifiait, Frédéric Daglan songea à décamper, puis il réalisa qu'il était en bannière.

On frappa. Il enfonça son butin sous son matelas avant d'affronter un individu compassé aux paupières lourdes, muni d'une trousse de cuir.

— Monsieur Finch ? Je suis M. Morland, le tailleur. On m'a prié de vous confectionner un costume. Je viens prendre vos mesures.

Frédéric Daglan lui céda le terrain. Le tailleur fouilla dans sa mallette et brandit un mètre à ruban dont il emprisonna les épaules de son nouveau client. La porte fut rouverte. Les membres du personnel qui venaient d'étayer la véracité des dires de Philaminte investirent la chambre.

— Monsieur Finch ! Auriez-vous par hasard entendu des bruits en provenance de la 26 ?

— Parfaitement. Je vous ferai remarquer que votre publicité est mensongère. Calme, votre hôtel ? Laissez-moi rire ! C'est un caravansérail, on va, on vient, on pousse des cris d'orfraie. Prévoyez-vous un carnaval ?

— C'est pour vous que vous dites ça ?

Philaminte Demeilhan, le chignon de guingois, encore sous le coup de sa frayeur au contact de la mort, fixait d'une mine furibonde ce malotru en gilet-serviette.

— Je vous prierai de ne pas quitter les lieux, un... accident s'est produit, la police est avertie et va certainement vouloir interroger tant le personnel que les résidents de cet hôtel, décréta Lambert Doutremont.

— Comment quitterais-je les lieux ? Si je sortais accoutré de la sorte, on m'embarquerait manu militari au poste. Et puis je croyais qu'il ne fallait rien confier aux... quel est le mot français ?... cognes pour ne pas salir la bonne réputation de votre établissement, rétorqua Frédéric Daglan.

Outragé, il arpentait la pièce, suivi par le tailleur désespérant de réussir à consigner ses mensurations.

— Aucun rapport avec l'histoire qui nous concerne, encore que... l'absence de pantalon... Oui, les circonstances vont hélas nous obliger à mentionner le préjudice que vous avez subi.

— Je ne comprends pas un traître mot de votre discours.

— On a dérobé un second pantalon, seulement, cette fois... son propriétaire a été occis.

Frédéric Daglan eut besoin de toute sa présence d'esprit pour simuler l'étonnement. Sa serviette glissa sur le tapis, dévoilant des caleçons longs dont la braguette exposait un attribut viril que la pudeur interdit d'exhiber à tous les vents.

Félix Jodier pointa le menton en direction de cet interstice vestimentaire.

Interloqué, Frédéric Daglan le dévisageait, enfin statufié au grand soulagement du tailleur.

— Euh... là, en bas, boutonnez votre...

Le pseudo-négociant de Bristol répara son oubli fâcheux, sans tenir compte des gloussements de Paulette.

— Vous n'allez tout de même pas prétendre qu'une bande organisée truciderait les hôtes masculins de ce palace dans le seul but de leur chaparder leur pantalon ?

— Et leur portefeuille, souligna Lambert Doutremont.

— En ce cas, j'ai eu de la chance, une sacrée chance ! Y a-t-il eu d'autres clients supprimés ? s'enquit-il d'un air détaché.

L'inquiétude déforma les traits de Lambert Doutremont.

— Cette boutade est de mauvais goût.

— Les journalistes vont se pourlécher. Au fait, par quel moyen mon voisin a-t-il été expédié de vie à trépas ?

— On lui a décoché une flèche en plein dans le mille ! s'exclama Gédéon.

— C'est une plaisanterie ?

— Peut-être que les habitants d'outre-Manchc ont coutume de s'amuser de tels actes. Nous, les Français, nous ne badinons jamais avec les assassins, nous les pourchassons et nous leur coupons cabèche ! déclara Philaminte.

— Nous, nous nous contentons de les pendre, repartit Frédéric Daglan. Ce qui prouve que nos deux peuples, au nom de la justice, sont aussi barbares l'un que l'autre.

— Ouais, ben n'vous plaignez pas qu'on exécute les criminels, sinon y aurait des meurtres comme s'il en pleuvait ! riposta Philaminte, à qui Lambert Doutremont intima le silence.

— Monsieur Finch, notre clientèle est choisie, je vous mets au défi d'avoir croisé chez nous des personnages équivoques, affirma Félix Jodier.

— Vous avez raison, les filous susceptibles de subtiliser des pantalons fréquentent de préférence les hôtels select, mais en y réfléchissant, j'ai remarqué un quidam dont la figure ne me revient guère, il porte d'épais favoris et ses yeux sont de vraies torpilles.

— Ce doit être M. Matthew Walter, il vient de Boston, intervint Félix Jodier, le réceptionniste.

— Il est aussi sociable qu'une sœur tourière, précisa Gédéon.

— Vous m'en direz tant ! Cet hôtel n'a rien d'un monastère, on s'y heurte à des particulières qui vivent de leurs charmes, mon défunt voisin était en galante compagnie aux alentours de minuit, il m'a imposé des ébats sonores, les murs sont en papier.

— Messieurs, messieurs, comment travailler si vous ne cessez de harceler ce gentleman ? gémit le tailleur, qui s'efforçait en vain de mesurer le torse de Frédéric Daglan.

— La police démêlera cet imbroglio, marmonna Lambert Doutremont.

— Je ne recevrai les inspecteurs qu'en tenue convenable, alors laissez M. Morland œuvrer en paix, ordonna Frédéric Daglan. Et débarrassez ce plateau, par la même occasion.

La chambre se vida. Le tailleur acheva sa besogne et prit congé en promettant de livrer le costume d'ici deux heures.

Frédéric Daglan laissa s'écouler quelques minutes, puis il se risqua dans le corridor, fila jusqu'au cagibi et plongea à la recherche de ses instruments. Il faillit de nouveau perdre la serviette nouée autour de ses reins. Le retour fut compromis par deux jeunes femmes qui guettaient l'ascenseur. Dès qu'elles furent dans la cabine, Frédéric Daglan courut à sa chambre. À vive allure il étala son matériel, souleva le tapis et descella les lattes. Le pantalon d'Anthony Forester s'ajouta au sien. Si les policiers décidaient de pratiquer une fouille en règle, leur pêche ne serait que trop fructueuse. Par conséquent le portefeuille d'Anthony Forester échoua sous le plancher avec les papiers et l'argent placés derrière le trumeau. À regret, Frédéric Daglan referma sa cachette, repassa une couche de vernis, recloua le tapis. Vite, vite, les flics allaient débarquer. Reporter les outils dans le réduit, revenir, allumer un londrès – le vernis empestait –, boire un verre d'eau. Cette gymnastique n'était plus de son âge, son cœur dansait la gigue. Il perçut un carré de papier blanc taché de rose au pied du fauteuil. D'où était-il tombé ? Il se souvint d'une enveloppe dépassant du portefeuille de Forester.

Le rabat était décollé. Il en tira une page griffonnée qu'il eut du mal à déchiffrer, certaines phrases étaient en partie effacées sous une auréole. Il l'inclina au-dessus de la lampe de chevet, impossible de lire les lettres manquantes. Il s'installa à la table. Ce n'était pas un spécialiste de la science du langage chiffré qui allait se laisser démonter par cet inconvénient.

Muni d'un crayon, il se mit à l'ouvrage. À mesure qu'il comblait les vides, son visage se rembrunissait. Soucieux, il camoufla la missive dans son caleçon, espérant que la méfiance des policiers ne les inciterait pas à le déshabiller. Dès qu'il serait possesseur d'un complet, il se rendrait à l'adresse gravée dans sa mémoire, il s'acquitterait de sa dette, il mettrait en garde celui qu'il n'avait jamais oublié. Il lui devait bien ça. Par bonheur, il lui restait assez de monnaie pour emprunter un fiacre. Demain, il irait demain. Il fit valdinguer les oreillers, s'affala sur les draps froissés et attendit l'irruption de la police.

Au même étage, chambre 20, Archibald Young effilait sa moustache quand on toqua à sa porte. Prêt à envoyer promener une femme de ménage indésirable, il demeura coi face à un homme à l'expression sévère. L'individu présenta une carte soulignant sa qualité de commissaire principal et, sans y avoir été convié, gagna le milieu de la pièce où il se figea, aussi rigide qu'un réverbère.

— Commissaire Valmy, de la préfecture, dit-il d'un ton doucereux.

Archibald Young trouva que son maintien rappelait celui d'un ecclésiastique anglican, en dépit de son complet gris, de sa chemise molle et de sa cravate beige. Il remarqua qu'il portait de très beaux souliers impeccablement cirés.

— Que me vaut l'honneur de cette visite ? demanda-t-il dans un français à peine teinté d'une pointe d'accent britannique.

— J'irai droit au but. Un meurtre a été commis chambre 26. L'homme se nommait Anthony Forester. Un Anglais, comme vous.

Archibald Young gonfla sa bedaine afin d'en imposer davantage.

— Erreur, commissaire, je suis écossais.

— Ne chipotons pas sur les détails, je souhaite connaître votre emploi du temps depuis hier soir.

— J'ai dormi, en ronflant selon mon habitude, et en me levant une ou deux fois pour satisfaire un besoin naturel.

— N'avez-vous entendu aucun bruit suspect ?

— Si, et je compte m'en plaindre auprès de la direction. Un roquet a aboyé à plusieurs reprises.

— Avez-vous noté les heures auxquelles ce roquet s'est manifesté ?

Archibald Young toisa le policier et s'humecta les lèvres.

— M'imaginez-vous recopiant dans un journal intime les lubies d'un cador ?

— Cela aurait eu son utilité. M. Anthony Forester, l'occupant de la 26, a été brutalement molesté avant qu'on ne l'assassine d'une flèche entre minuit et huit heures du matin.

L'Écossais extériorisa un début d'émotion.

— J'espère que vous ne me soupçonnez pas. Je n'ai jamais été capable de me servir d'un simple lance-pierre.

— Je soupçonne tout le monde, c'est mon métier. J'eusse aimé vous confronter au serveur qui a monté son petit déjeuner à M. Forester, car, selon une rumeur colportée par un de ses collègues, il aurait prétendu que le mort n'est pas celui qui s'est régalé du breakfast. Hélas, ce serveur a été engagé en extra, il va, il vient, ce qui complique mes investigations.

— Son attitude n'a rien d'étonnant. S'il a vu le coupable, il est normal qu'il redoute d'être exécuté à son tour. Il s'est envolé en conjurant le ciel de l'épargner. Quant à moi, j'ai dû me contenter d'un porridge brûlé, donc inutile de vous préciser que j'eusse évité de renouveler l'expérience dans la chambre d'un hôte inconnu.

Augustin Valmy le jaugea d'un regard défiant.

— Cette déduction ne vous innocente nullement, monsieur Joung. Pas plus que les autres clients de cet hôtel, tous sollicités de se tenir à la disposition de mes inspecteurs tant que nous n'aurons pas agrafé le meurtrier, qui n'en est pas à son premier forfait perpétré d'une manière similaire.

— Young. Mon nom est Young. Vous ne me ferez pas avaler que la totalité de mes voisins ainsi que moi-même sommes assignés à résidence !

— Nous vous prions de nous avertir de vos déplacements. Où avez-vous passé la matinée ?

— J'ai fait du lèche-vitrines sur les Boulevards. C'est interdit ?

— Aucune accointance à Paris ? Aucun ami, aucune relation ?

— Si tel était le cas, je ne serais pas descendu dans ce fondouk où l'on élimine la clientèle.

— Quelle est votre profession, monsieur Joung ?

— Young, avec un *y*. J'exporte et je vends. Je me spécialise dans ces colifichets que les touristes se croient obligés d'offrir à leur parentèle et à leurs relations ou bien qu'ils alignent sur des étagères comme des trophées. Je compte acquérir des bibelots représentant divers pavillons de l'Exposition, et des tours Eiffel miniatures qui remportent chez nous un franc succès.

Valmy consulta un carnet.

— Connaissez-vous M. William Finch ?

— Non.

— Et M. Matthew Walter ?

— *For Christ's sake!* Devrais-je copiner avec la foultitude des Anglo-Saxons qui arpentent l'Exposition ?

— Juste deux, monsieur Joung, William Finch, un Anglais de Bristol qui exerce une profession identique à la vôtre. Sa chambre jouxte celle où M. Forester a été assassiné. Savez-vous qu'on lui a ratiboisé son pantalon et son portefeuille pendant son sommeil ? Il a provoqué un scandale auprès de la direction, mais, fait plus étrange, le pantalon de M. Forester a également disparu.

Archibald Young resta silencieux et se cala dans le fauteuil d'un air circonspect.

— Le second, M. Matthew Walter, a emménagé ici le 18 juillet, il occupait une chambre au troisième, la 36, située au-dessus de celle de feu M. Forester. C'est un touriste américain du Massachaussette, des yeux de buse, un collier de barbe, de larges favoris. Peu amène, au dire du personnel. Ce client a réglé sa note et pris la clé des champs avant l'arrivée de la police.

— Massachusetts, commissaire. M. Walter se serait-il lui aussi retrouvé en caleçon ? Non, je n'ai pas l'heur de fréquenter ces messieurs. Il est possible que nous nous soyons croisés dans la salle à manger, mais je ne leur ai prêté nulle attention. Pourquoi cet intérêt envers ceux-là ? Sont-ils incriminés ?

— Pas plus que l'ensemble de la clientèle ou du personnel, seulement vous avouerez…

— Quel rapport avec moi ? J'occupe la 20, au fond du couloir.

Le commissaire Valmy le fixait avec ironie. Au bout d'un moment, il reprit d'un ton neutre :

— Il ne faut guère plus de trente secondes pour aller de la 20 à la 26.

— Vous me causez bien du désagrément, commissaire, rétorqua Archibald Young en contenant sa colère. Je vais déposer une plainte à mon ambassade.

— Déposez, monsieur Joung, déposez, mais ne quittez pas Paris, il y a tant de belles choses à y découvrir ! répliqua le commissaire Valmy en effleurant son chapeau.

Archibald Young se moucha bruyamment.

— Commissaire, vous avez signalé un meurtre perpétré d'une façon similaire, la victime séjournait-elle dans cet hôtel ?

— Non. Il s'agissait d'un Asiatique dont nous n'avons pu déterminer l'origine. Était-il tonkinois, annamite, chinois, siamois, coréen, japonais ou natif de je ne sais quelle contrée d'Extrême-Orient ? Mystère. Agréable lèche-vitrines, monsieur Joung, et n'oubliez pas de regagner vos pénates ce soir, l'enquête ne fait que débuter, lança Augustin Valmy en tirant sur les pans de sa veste au risque de la déchirer.

Il s'esquiva sans un au revoir.

Archibald Young se laissa choir au creux du fauteuil, tira un autre mouchoir de sa poche et se tamponna le front. Puis il entrebâilla la porte de sa chambre, accrocha à la poignée le carton « Ne pas déranger », donna un tour de clé et passa dans la salle de bains. Il ôta sa veste, dégrafa son pantalon, dénoua les lacets qui ceignaient son torse et déroula des bandes d'épais molleton appliquées sur son estomac en poussant un soupir de soulagement. Adieu brioche ! Supporter cet accoutrement qui malmenait sa prestance était un véritable supplice mais le jeu en valait la chandelle : une nouvelle vie, une identité toute neuve. Il avait d'abord opté pour Quentin Dundee, mais ce patronyme détonnait avec le physique qu'il s'était choisi. Finalement, Archibald Young correspondait à merveille au type de bourgeois bedonnant qu'il allait incarner durant quatre semaines. Archibald, en hommage à Archibald Douglas, noble écossais du XIVe siècle, et Young, parce qu'il était le cadet d'une fratrie de cinq enfants. Facile à mémoriser. Il se pencha vers le miroir et débarrassa son crâne d'une perruque roussâtre qu'il serra dans un coffret. Barbe, moustache et sourcils suivirent le même chemin. Trois heures de répit.

Nu sous la douche, il laissa l'eau froide ruisseler sur son corps mince.

La boutique du marchand de vin jetait une traînée de lumière le long du trottoir. L'ombre d'un homme se dessina sur les tomettes, les conversations s'éteignirent. L'homme fit rouler une pièce sur le zinc, glissa une bouteille sous son coude et sortit sans un mot.

— Ben c'lui-là, il n'est pas bavard, remarqua un purotin affalé contre le comptoir, je n'l'ai jamais croisé dans l'quartier.

— Ferme-la, c'est un malfaisant, marmotta le patron.

— Ah oui alors, renchérit la patronne. Moi, il me fiche la pétoche. Vous avez vu ses yeux ? Un oiseau de proie, j'vous dis, un vautour à l'affût de ce qui pourrait lui emplir le gésier !

Matthew Walter remontait la rue d'une démarche lourde. Affranchis d'une journée de labeur, des apprentis qui aiguillonnaient des brunisseuses s'écartèrent sur son passage. Ronde comme une futaille, une tapineuse affairée à pêcher des clients au bord du caniveau traversa vivement la chaussée.

Matthew Walter bifurqua au fond d'une cour. À l'abri de son rideau crasseux, empaquetée dans son jupon d'indienne, la mère Cloporte surveillait les allées et venues. Elle aurait monnayé les étoiles du ciel si elle avait pu les capturer. Lui, elle ne le vendrait pas, et ce pour deux raisons : primo il lui avait fait admirer la ferblanterie tranchante qu'il portait en permanence à la ceinture, secundo il la rémunérait grassement. Le refuge provisoire qu'elle lui louait à la journée était minable. Le mobilier bringuebalait, le sommier défoncé recrachait ses ressorts. Cela lui était indifférent, il avait toujours vécu à la dure. Sur son bras gauche, un tatouage : *La liberté ou la mort* enjolivait un dragon rouge, emblème du drapeau du pays de Galles où il était né.

À l'âge de six ans, son père, devenu veuf, l'avait placé dans une maison de travail. Tondu, revêtu d'une livrée de futaine, transformé en petit bagnard, il avait usé son enfance à s'échiner quatorze heures par jour dans une manufacture de cordages. Affamé, épuisé, régulièrement fouetté pour la moindre vétille, il s'était s'enfui par une nuit de printemps la veille de ses douze ans. Il avait longuement erré sur les routes et atteint Liverpool. C'était la première fois qu'il voyait un port.

Une Terre promise s'étendait-elle au-delà des bassins où flottaient des forêts de mâts ? Vers quelles contrées inconnues appareillaient ces bateaux aux voiles gonflées par le vent ? Bombay, Le Cap, Shanghai, Sydney ? La liberté avait une odeur d'iode, d'épices et de goudron mêlés.

Matthew Walter évoquait rarement son passé. Froid, compétent, dénué de sens moral, doué d'un esprit d'analyse aiguisé, il s'était colleté à nombre de situations dangereuses. C'était un solitaire sans foi ni loi, toujours efficace. À quarante-deux ans, il estimait avoir expérimenté plusieurs existences, il était temps de jouir de la prochaine.

Il prit la feuille de papier sur laquelle était noté le déroulement du plan. Depuis son arrivée à Paris, deux semaines auparavant, le tour imprévu des événements n'avait pas bouleversé ses projets. Encore quelques jours de patience et son rêve deviendrait réalité.

CHAPITRE VII

Mercredi 25 juillet, matin

Décidément, cette librairie était un hall de gare, les clients s'y succédaient, empêchant tout entretien confidentiel avec Victor Legris. Posté sur le trottoir, son chapeau incliné sur le front, Frédéric Daglan épiait les ombres qui se profilaient derrière les vitrines où se détachait l'inscription :

LIBRAIRIE ANCIENNE ET MODERNE ELZÉVIR
MORI-LEGRIS-PIGNOT ASSOCIÉS
18, rue des Saints-Pères
Ouverte du lundi au samedi
De 8 h 30 à 18 h 30

Tant pis, il lui faudrait ronger son frein jusqu'à ce que ces fâcheux libèrent la place. Il sortit un mouchoir de sa poche et se le plaqua sur le nez pour échapper à l'odeur nauséabonde. Depuis le matin, le tout-à-l'égout ne fonctionnait plus en raison des coupures d'eau, Paris empestait.

« Cette ville a tout d'une fosse d'aisances, pensa-t-il. Tiens, un Japonais. Serait-ce le fameux K. Mori ? Il est mal fagoté. »

Si âpre était l'altercation opposant Raphaëlle de Gouveline à Helga Becker que l'entrée d'Ichirô Watanabe dans la boutique ne provoqua aucun remous. Soulagé, il se faufila vers l'escalier en colimaçon et s'assit sur une marche.

— Puisque je vous affirme que l'Académie française a opté pour le masculin !

— C'est du dernier ridicule ! Jamais je ne consentirai à dire « un » automobile ! J'ai toujours nommé cette machine une auto, et je n'en démordrai pas.

— En ce cas, rabattez-vous sur « teuf-teuf », un terme qui sied aux professionnels. Il rend parfaitement le bruit du moteur de cet horrible engin !

Depuis que ses fiançailles avec son cher Wilhelm avaient été rompues, le caractère d'Helga Becker s'était aigri. Quatre jours avant les noces, le marchand de véhicules motorisés de Francfort, brusquement peu désireux d'introduire dans le silence de sa villa une femme au caquetage incessant, avait opté pour le célibat. Elle esquissa un geste menaçant, respira à fond, extirpa un étui argenté de son sac, l'ouvrit et porta une cigarette à ses lèvres.

— Vous fumez ! s'exclama Raphaëlle de Gouveline.

— À défaut de voter, oui, ça me calme. Mme la comtesse de Paris concurrence bien une caserne de pompiers, et feu l'impératrice d'Autriche consumait chaque jour ses soixante cigarettes, sans compter deux ou trois gros cigares !

— Quoi, l'infortunée Sissi ? Je n'en crois rien.

— C'est la stricte vérité.

— Comme il vous plaira, Fräulein Becker, seulement chez moi c'est défendu, décréta Kenji. Je ne sais si vous l'avez remarqué, ici nous sommes cernés de papier, et le papier est un combustible de choix.

Inquiète, Raphaëlle de Gouveline attrapa ses chiens adorés, Belinda et Chérubin, et voulut reculer, mais se heurta à son inséparable Mathilde de Flavignol. Celle-ci tenta de jouer les conciliatrices.

— J'ai ouï dire que deux Viennois, un propriétaire de café et un négociant, ont entrepris de gagner Paris *pedibus cum jambis* en poussant chacun devant soi un tonneau vide pouvant contenir sept hectolitres et pesant deux cents kilos. Ils envisagent de couvrir vingt-cinq à trente kilomètres par jour, l'enjeu est de cinq mille couronnes.

— Voilà qui devrait galvaniser votre ami amateur de statistiques, monsieur Mori, lança Helga Becker d'un ton acerbe en désignant Ichirô Watanabe recroquevillé au pied de l'escalier à vis. Quant à moi, cela ne m'importe guère. Qu'ai-je à voir avec l'Autriche ? jeta-t-elle en remballant son tabac.

Kenji choisit de demeurer sourd et continua d'empiler sur le comptoir des exemplaires de *Quo vadis ?*

Victor ignorait tant les œillades enamourées de Mme de Flavignol que l'écharpe en chantilly brodée au point de Tarare que la même dame nouait et dénouait afin de capter son attention. Il prétendit se passionner pour une éraflure causée par la brosse à récurer de Mélie Bellac au buste de Molière posé au milieu de la cheminée. Armé d'un pinceau enduit de peinture blanche, il effaçait peu à peu l'affront infligé à la perruque du sieur Poquelin.

Joseph fit une apparition en fanfare. Il brandissait un journal et fondit sur son beau-frère. Le pinceau dérapa, dessina une virgule sur l'occiput de Molière.

— Regardez ça ! C'est en première page du *Passe-partout* :

MEURTRE DANS UN DES QUATRE HÔTELS DU TROCADÉRO

Votre intuition se confirme une fois de plus ! Ichirô avait raison, son cousin a été assassiné. La victime du Trocadéro est morte de façon identique. Ce coup-ci, il s'agit d'un Anglais, un certain Anthony Forester. Une femme de ménage a vécu hier matin la trouille de sa vie en zyeutant ce pauvre type, transpercé d'une flèche empennée d'une plume rouge. Il gisait dans sa salle de bains. Vous subodorez le nom du policier chargé de l'affaire ?

— Augustin Valmy ! s'écrièrent tout de go Raphaëlle de Gouveline, Helga Becker et Mathilde de Flavignol.

Kenji avait délaissé la décoration de la devanture et, la bouche contractée, observait le visage fripé d'Ichirô. Il eut tôt fait de le rejoindre.

— Pas d'affolement, c'est une simple coïncidence, vous n'avez rien de commun avec ces meurtres, lui murmura-t-il.

— Penser que je suis allé travailler hier et que je vais y retourner ce soir ! Je n'en aurai pas la force, on va me décocher une flèche entre les omoplates, j'en suis persuadé !

— Vous vous terrez déjà pendant la journée dans la chambre que Victor met à votre disposition, vous n'allez quand même pas y rester aussi la nuit !

Ichirô rentra la tête dans ses épaules. S'il perdait son emploi, jamais il ne serait apte à payer son loyer, son riz, son thé et ses maigres dépenses. Il redressa lentement le menton, ses yeux fixèrent ceux de Kenji.

— J'ai conçu une solution temporaire, jusqu'à ce que la police appréhende le coupable.

— Ah oui, laquelle ?

— Un remplaçant, vêtu comme moi. Un Japonais, de préférence.

L'étonnement de Kenji se mua en indignation.

— Je refuse net !

— Vous auriez le privilège de goûter au spectacle. L'actrice Sada Yacco est exquise, ses pantomimes vous raviraient. Quant à la Loïe Fuller, les volutes de ses voiles multicolores soulèvent l'enthousiasme.

— Hors de question.

— Mori-*san*, mon inestimable ami…

— Kenji ! Puis-je vous parler un instant ? demanda Victor.

— Une seconde.

Kenji attrapa une grande enveloppe contenant sa plus récente acquisition, une xylographie de Torii Kiyonaga représentant l'intérieur d'un bain public, qu'il comptait donner à Djina dès qu'elle s'éveillerait. Il se méfiait de la curiosité d'Ichirô.

— Cet homme me rendra fou, grommela-t-il.

— Si vous voulez que nous nous débarrassions de lui, il va falloir me laisser l'initiative. Je suppose que vous avez entendu ?

— Oui, oui, un homme occis d'une flèche, un hôtel près du Trocadéro, libre à vous d'y courir, mais gare si Tasha et Iris l'apprennent. Quand les chats flairent le sang, leur convoitise les trahit, enseigne un proverbe.

— Que vous venez d'inventer. Il vaut mieux que j'opère seul, Joseph est averti, je l'ai raisonné.

Un coup d'œil à son gendre déconfit convainquit Kenji.

Enfin, ils sortaient. Frédéric Daglan assista au départ d'une femme tirant deux petits chiens récalcitrants, talonnée par deux clientes empêtrées dans des falbalas et des volants de gitanes. Le hic, c'est qu'elles entouraient Victor Legris de leur groupe jacassant et faisaient ainsi de lui une proie inatteignable.

Frédéric Daglan renonça. Il s'approcha de la librairie et distingua deux Japonais plongés dans une discussion animée sous le regard d'un troisième personnage aux cheveux raides et blonds accoudé à un comptoir.

« Il y a deux Asiatiques, constata Frédéric Daglan, lequel est le bon ? »

Un des Asiatiques menaçait de l'index l'autre, à demi courbé en une posture déférente. Subitement, il se précipita vers un escalier en colimaçon, son interlocuteur collé à ses basques. Le blond accoudé au comptoir ébaucha un geste d'impuissance, haussa les épaules et s'absorba dans la lecture d'un quotidien.

Joseph entendit la sonnette émettre un faible tintement. Elle commençait à s'essouffler, il faudrait le signaler à Kenji. Machinalement, il salua le nouveau venu et déplia son journal. Au bout de deux minutes, intrigué par le silence, il releva la tête. L'homme le dévisageait d'un air railleur.

— Ce n'est pas le libraire que je viens consulter, mais le détective-littérateur. Vous me remettez, monsieur Pignot ?

— Euh… Non.

— Nous avons déjeuné ensemble en compagnie d'une accorte jeune personne, votre fiancée, Mlle Iris, je crois. Vous m'avez conté la trame d'un de vos feuilletons… *L'Étrange Affaire des Ancolies*, si mes souvenirs sont fiables.

— Ben ça, alors ! J'ai oublié. C'était quand ? Parce que maintenant je suis marié depuis une paie, j'ai deux enfants, un garçon, une fille et…

— Félicitations. C'était l'été 93. En ce temps-là j'étais l'as du camouflage, je le suis toujours.

Décontenancé, Joseph considérait l'inconnu en sondant sa mémoire. Ces traits séduisants qui devaient ensorceler les femmes, ce sourire ironique… Oui, c'était lui ! Hormis quelques mèches argentées il n'avait pas changé.

— Les actions Ambrex ! Le léopard !

— J'ai troqué cette défroque contre la peau d'un furet, je me glisse dans la cohue, je me consacre à la menue monnaie qui encombre les habits de mes congénères. Enfin, menue, pas toujours…

— C'est dangereux…

— Tout métier comporte des risques.

— Je veux dire, c'est dangereux de fouler le sol français, vu vos antécédents.

— Oh, ça…

Il claqua des doigts.

— C'est de l'histoire ancienne, la police a d'autres chats à fouetter. Un tueur à l'arc sévit dans les méandres de l'Exposition, c'est autrement plus alléchant qu'un modeste voleur à la tire.

À l'étage, un gramophone crachotait une aria de Mozart.

In Italia seicento e quaranta,
In Allemagna duecento e trentuna,
Cento in Francia, in Turchia novantuna,
Ma in Ispagna son già mille e tre[1]*…*

— *Mille e tre*, répéta Frédéric Daglan. J'ai collectionné davantage de portefeuilles que Dom Juan de femmes. Encore que je ne puisse me plaindre de ce côté. Victor Legris sera-t-il bientôt là ?

1. L'aria de Leporello, valet de Don Giovanni.

Joseph se gratta la nuque.

— Ma foi, j'ai l'intuition qu'il a filé pour un bon moment.

— Toujours par monts et par vaux, ce Legris. J'irai donc le cueillir au nid. Notez-moi son adresse, s'il vous plaît.

S'avisant que Joseph renâclait à obtempérer, Frédéric Daglan fronça les sourcils.

— Qu'y a-t-il ? Vous tergiversez ? N'avez-vous pas confiance en moi ?

— C'est que… C'est confidentiel.

— Allons, quel mal ferais-je à un homme qui m'a tiré d'un fichu pétrin ? Me prenez-vous pour un ingrat ? Ce que j'ai à lui communiquer est d'une importance cruciale.

— Je pourrais vous renvoyer votre réflexion, rétorqua Joseph, vexé. Pourquoi vous en remettre à lui seul ? Je suis son associé en toutes circonstances.

— Mazette ! À l'époque vous étiez commis.

— Le secret de la réussite, c'est d'être adroit, non d'être utile. Ça vous connaît, non ?

Un gloussement fit écho à ce propos.

— On voit que vous êtes un écrivain, et un bon, vous avez le sens des reparties, monsieur Pignot ! J'ai beaucoup de respect pour ceux qui manient le mélodrame avec un tel talent.

— Vous aimez mes livres ? demanda Joseph, flatté.

— J'en raffole. J'ai fortement prisé *L'Étrange Affaire des Ancolies,* mais mon favori est *Le Canard démoniaque*. Quelle imagination, quelle faconde ! Vous êtes le roi de la littérature populaire, un de ces jours on vous accordera la Légion d'honneur !

Écarlate, Joseph griffonna sans plus barguigner l'adresse de Victor sur une feuille détachée du calepin où il collait les coupures de presse relatives à des événements hors du commun. Un grincement attira son attention. Vêtu d'un complet de percale ivoire et coiffé d'un melon, Kenji descendait l'escalier à vis. Il salua Daglan et dit à Joseph :

— Je m'absente. N'oubliez pas de préparer les livres commandés hier par M. Mendole.

Son gendre attendit que la porte se fût refermée pour constater :

— Il me croit encore simple commis !

— Qui est-ce ? demanda Daglan.

— M. Mori, mon beau-père, grommela Joseph en lui glissant l'adresse de Victor.

Frédéric Daglan empocha prestement le feuillet avant d'effectuer une volte-face et de gagner la rue.

Il repéra sans peine Kenji qui flânait en direction du boulevard Saint-Germain et traversa afin de l'observer depuis le trottoir opposé. Une longue expérience l'avait rompu à graver en lui l'image d'un quidam, même brièvement entraperçu.

« Ainsi donc, voici l'associé de Victor Legris. Il ne manque pas d'allure. »

Demeuré seul dans la boutique, Joseph fixait les vitrines pendant que le gramophone crachouillait des borborygmes. Ce Daglan était-il sincère ou l'avait-il roulé comme un pupazzo ? Mieux valait sans doute taire leur entrevue et ne pas avouer à Victor que son adresse avait été divulguée par son beau-frère.

La femme lui tournait le dos, aussi ne pouvait-il que supputer son charme. Malgré la blouse informe dont elle était revêtue, la minceur de sa taille et l'épaisseur de ses cheveux roux retenus en chignon jouaient en faveur d'un physique agréable, mais le visage restait invisible, orienté vers le tableau calé sur un chevalet. Il représentait une fillette de deux à trois ans en robe écossaise et souliers vernis, épanouie, près d'un cerceau qu'elle serrait de sa main droite tandis qu'elle pointait la gauche en direction d'un spectateur. Cette scène évoquait une photographie prise sur le vif. À sa spontanéité s'ajoutaient la joie de l'enfant et ses boucles emmêlées, d'une teinte similaire à celles de l'artiste.

Incapable de bouger, la gorge obstruée, le rythme de son cœur accéléré, Frédéric Daglan éprouvait une émotion gommée depuis longtemps : humer la Femme à travers une image indistincte, sentir vibrer en lui un instinct de conquérant qui conjurait les idées moroses fleurissant à foison dans son esprit sevré de rêves érotiques.

Sans qu'elle en eût conscience, il l'observait tandis qu'elle hésitait sur le choix des couleurs. Elle en était arrivée à adopter la théorie de certains peintres selon lesquels le noir, loin d'attrister une toile, permettait d'en rehausser l'éclat. Elle opta donc pour quelques touches sombres autour de la silhouette d'Alice et recula d'un pas. Oui, sa fille acquérait ainsi du relief, une réalité plus évidente. Son regard dévia à gauche et s'attarda sur la chatte étalée sur le carrelage. Kochka vieillissait. Elle s'adonnait au sommeil le plus clair de son temps. Seule la fraîcheur de la nuit la tirait de sa somnolence. Elle s'empâtait et attaquait d'une patte alanguie le bouchon d'une ficelle qu'Alice secouait devant elle. Tasha posa son pinceau sur sa palette. « Moi aussi je vieillis », se dit-elle, fortement tentée de s'allonger sur le lit, dans l'alcôve. Ce matin encore, elle s'était arraché un cheveu blanc, le troisième de la semaine. Victor continuerait-il à la chérir lorsqu'elle grisonnerait et que son teint perdrait sa fraîcheur ? Elle savait qu'elle-même supporterait les altérations que l'âge commençait à opérer sur lui, et que sa tendresse à l'égard de son mari en serait renforcée. Mais n'affirmait-on pas que les hommes se lassent de leurs épouses quand elles franchissent le seuil de la trentaine ?

La femme remuait dans la pièce, révélant un profil fugitif, prometteur, puis quittait son champ visuel. Il la découvrit face à lui et ressentit un choc. Elle était telle qu'elle était sept ans auparavant. Pas un Botticelli ni un Léonard, plutôt un de ces petits maîtres hollandais qu'il préférait aux génies italiens. Une beauté simple, des courbes sensuelles, une expression mélancolique sous laquelle perçait la gaieté. Sa plastique lui remémorait ses premiers ébats avec Lison, la bonne de M. Daglan, l'instituteur qui l'avait recueilli, gratifié de son nom et l'avait élevé en individualiste empli de compassion envers les exploités. Federico Leopardi était devenu Frédéric Daglan. Lison l'avait initié aux plaisirs de la chair. Un matin, elle s'était enfuie avec un maçon. Le jeune Frédéric en avait conservé une blessure l'empêchant de se fier totalement à ses maîtresses successives. Cependant, cette défiance était tempérée par le souvenir du corps nu, tiède comme du pain frais, malléable et souple grâce auquel il sacralisait les rondeurs féminines.

Tasha s'aperçut qu'elle était épiée. Un homme, planté dans la cour, derrière la fenêtre, la scrutait attentivement. Elle se figea. Crier ? Personne ne réagirait. Les Baudoin avaient décidé de s'octroyer une journée de vacances en famille à La Varenne et avaient proposé d'emmener Alice avec eux. La porte !... Fermée ? Non, elle n'avait pas actionné la clé dans la serrure après être allée boire un verre de citronnade dans l'appartement quelques minutes plus tôt. Ce qui signifiait que l'homme allait entrer à tout moment. Une arme, vite. Elle attrapa une spatule.

Déjà, l'intrus s'était éclipsé. Hypnotisée, elle fixa le loquet. Il allait s'abaisser, la porte allait s'entrebâiller. Elle s'escrima à maîtriser sa peur. Il ne l'aurait pas si facilement. Elle se battrait, elle le grifferait, elle le mordrait. L'extrémité de la spatule était assez coupante pour infliger des estafilades.

On frappa. Elle tressaillit. C'était inattendu. Se cadenasser, puis ouvrir la fenêtre, tel était le meilleur moyen d'affronter la situation. Elle tardait néanmoins à bouger. De nouveau des coups résonnèrent. Alors elle bondit, enclencha le verrou et courut à la croisée.

— Vous désirez ? jeta-t-elle en se penchant.

L'inconnu sursauta, hésita et marcha jusqu'à se trouver vis-à-vis d'elle dans la cour. Il ôta son feutre grège et la salua d'un bref hochement de menton. Elle apprécia sa prestance, son nez aquilin, sa moustache blonde piquetée de blanc. Sa mimique narquoise. L'attrait de ses mèches cendrées l'emportait sur ses rides.

— Bonjour, madame. Pourrais-je m'entretenir avec M. Legris ?

— Mon mari est absent, répondit Tasha en insistant bien sur le mot « mari ».

— Savez-vous à quelle heure il regagnera ses pénates ?

— Je l'ignore. Je suppose qu'il travaille dans sa librairie.

— Il n'y est pas non plus, j'en viens.

Tasha et son interlocuteur possédaient à présent un point commun : la contrariété. Et Victor en était responsable.

D'un ton plus badin que son humeur, elle se contraignit à riposter :

— Il déteste demeurer longtemps cloîtré.

— Je le comprends. Ce monde est une geôle d'où l'on doit s'évader le plus souvent possible. Je hais ceux qui essaient de me rogner les ailes.

Pendant cet échange de paroles, il n'avait cessé de la détailler. Elle avait l'impression qu'il la déshabillait, évaluait ses appas et, ne s'arrêtant pas à la barrière de sa peau, lisait ses pensées. Elle rougit et s'obligea à contempler ses mains sur le rebord de la fenêtre. Elles étaient longues et fines. Des mains habituées à palper, à caresser. Celles de Victor étaient courtes et carrées, des mains… naïves, conclut-elle. Aussitôt, une image qu'elle s'efforça de chasser s'imposa, ces doigts nerveux sur ses seins, ses hanches, son ventre, la dévêtant de ses dessous. Devenait-elle folle ? Un étranger !

— Vous êtes peintre ? C'est une compétence que j'envie. Et ce tableau est remarquable. C'est votre fille ?

— Oui, notre fille.

— Bravo. Victor a beaucoup de chance. Une épouse fort séduisante, artiste de surcroît, et une enfant adorable.

Elle posa la spatule et s'en empara derechef, impuissante à contrôler son trouble.

— Je vous remercie. Êtes-vous un client de Victor, ou avez-vous des livres à vendre ?

— Oh non, je ne vends ni n'achète, je voulais me rappeler à sa mémoire. Nous nous sommes connus il y a pas mal d'années, je lui suis redevable d'un immense service. De passage à Paris, j'escomptais le rencontrer. Je vais lui laisser un mot. Auriez-vous l'obligeance de me fournir une feuille de papier et une enveloppe ?

— Bien sûr.

Après s'être débarrassée de la spatule, elle alla fouiller dans le fond de l'atelier, Kochka sur ses talons. La chatte miaulait, l'estomac tiraillé par une légère crampe. Tasha la repoussa du pied, elle devinait que l'homme suivait chacun de ses mouvements et s'attardait sur sa chute de reins. Elle lui tendit un bloc et un crayon, il se courba pour s'appuyer au chambranle.

— Vous seriez mieux assis à une table, suggéra-t-elle.

Il releva la tête, sourit en avisant la spatule qu'elle avait saisie et manipulait machinalement.

— Ce ne serait pas convenable, madame Legris. Vos voisins jaseraient.

Il considéra les alentours.

— Apparemment il n'y a personne. Mais qui sait ? Derrière ces rideaux, quelque amateur de ragots est peut-être en train de nous surveiller. Le monde est aux trois quarts constitué de mauvaises langues disposées à colporter des mensonges qui font le régal des fauteurs de troubles. Les braves gens…

— Vous tenez l'humanité en piètre estime.

Elle lui offrit une enveloppe dans laquelle il inséra la lettre et dont il colla le rabat.

« C'est beau, la confiance », pensa-t-elle.

— Inutile d'être savant pour constater que l'histoire de notre espèce est jalonnée de guerres et que les traités de paix sont ratifiés par des hypocrites n'ayant qu'un but : recommencer le combat afin d'engraisser leurs avoirs. Le commerce des armes est une activité lucrative. Les riches sont de plus en plus riches au détriment des pauvres qu'ils ratiboisent. Et le reste n'est que vaines palabres. « *Words, words, words* », a écrit Shakespeare. Vous exposez ? s'enquit-il tout à trac. J'ai moi-même un modeste talent de calligraphe.

— En ce moment, un de mes nus est accroché au Grand Palais, à l'occasion de l'Exposition Décennale, dans la Section française. Cela n'a pas été sans peine, des amis ont parlé en ma faveur.

— Un nu ? répéta l'homme avec gourmandise.

— Un nu masculin.

— Mazette ! Vous avez du cran, on est accoutumé au contraire : le sexe qualifié de faible peinturluré en tenue d'Ève par des messieurs.

— On nous accuse d'avoir croqué le fruit défendu, libre à nous de nous venger en croquant le sexe supposé fort.

Il s'inclina.

— Victor ne doit pas s'ennuyer en votre compagnie.

— Ni moi en la sienne, sinon nous ne vivrions pas ensemble depuis plus de dix ans.

— En somme, vous êtes un vieux couple. N'éprouvez-vous pas quelquefois le besoin d'un extra ?

Elle soutint son défi, consciente du sous-entendu de cette question. Elle secoua la tête, espérant qu'il n'avait pas décelé en elle un infime vacillement.

— Je vous approuve, ce serait fâcheux de tout gâcher pour une aventure sans lendemain. Je compte sur vous, vous lui remettrez cette enveloppe ? Je vous quitte à regret, chère madame – cher maître, devrais-je ajouter, puisque le féminin de ce mot serait inconvenant. Dommage, j'aurais volontiers brodé avec vous à propos de toiles. Je raffole des peintres du Nord, Avercamp, Ruysdael, Frans Hals. J'honore la truculence de Bruegel l'Ancien.

— Je les aime aussi, mais j'ai d'autres attirances.

— Peut-être un jour prochain serons-nous attirés en un même lieu. D'ici là, à vous revoir !

Il s'éloigna en agitant son feutre.

— Je me prénomme Frédéric, lança-t-il avant de s'esquiver.

— Et moi Tasha, murmura-t-elle.

Elle s'approcha de la fenêtre. La cour était vide.

En raison de la chaleur, Victor avait renoncé à sa bicyclette. Il s'égara, erra d'hôtel en hôtel. On l'orienta vers le bâtiment où s'était produit le meurtre, et, à la faveur de l'animation qui régnait dans le hall, il se coula jusqu'au comptoir de la réception. Félix Jodier avait déserté son poste, occupé par le groom, bouffi d'orgueil. Le jeune Gédéon prenait des poses de propriétaire et saluait ceux qui entraient ou sortaient sans lui prêter la moindre attention. Aussi, quand Victor l'accosta, manifesta-t-il un plaisir décuplé et fit-il mine de feuilleter le registre posé devant lui.

Avec une négligence affectée, Victor tira deux coupures de son portefeuille. La convoitise arrondit les pupilles de Gédéon.

— Que puis-je pour vous, monsieur ?

— Oh, trois fois rien. Quelques renseignements sur le meurtre d'Anthony Forester. Je suis journaliste.

— Ces gratte-papier de la presse m'ont interrogé, de même que les policiers, répondit Gédéon, sur la défensive mais toujours fasciné par les billets discrètement étalés sur le comptoir et recouverts d'un menu.

— Je suis certain qu'aucun de mes collègues n'aurait eu l'idée de rémunérer vos services, répliqua Victor avec un clin d'œil.

— Vous avez vu juste. Qui se soucie du petit personnel ? Pourtant j'en sais long sur les habitudes des clients. Je suis comme qui dirait l'intermédiaire entre le paraître et l'alcôve.

Victor patienta jusqu'à ce que deux sergents de ville aient traversé le hall puis se pencha vers Gédéon.

— Cet Anthony Forester se comportait-il de manière étrange ?

La face de lune qui servait de visage au groom se fendit d'un sourire.

— Je ne suis pas bien vieux mais je connais les règles. Les occupations des humains sont limitées. L'appât du gain, la bonne cuisine, l'attrait du pouvoir et donc de l'ambition sociale, la sensualité, tels sont les pivots de l'existence pour la plupart des gens.

— Si jeune et déjà philosophe, marmotta Victor, le pouce droit dressé en signe d'admiration.

— Ce M. Forester, je n'ai guère eu l'occasion de le sonder, mais il ne m'a pas échappé qu'il avait un faible pour les brunes pulpeuses. Au cours de son ultime nuit, il a reçu une de ces théâtreuses qui améliorent leur ordinaire en jouant les horizontales. Et tiens, puisque vous êtes un homme du monde, en remerciement de votre générosité, je vais vous montrer quelque chose.

Non sans inquiétude, Victor regarda le groom s'extraire du comptoir. Malgré sa jeunesse, le garçon était presque aussi grand que lui et beaucoup plus large. Gédéon observa subrepticement les parages et, tranquillisé, ouvrit son poing. Une boucle d'oreille ornée d'une pierre brillait au milieu de sa paume.

— La dame est partie si vite qu'elle a oublié cette bagatelle. Je l'ai ramassée hier matin entre les franges d'une descente de lit. Ni les employés de l'hôtel, ni la police, ni les reporters ne l'ont vue.

Victor étudia le délicat anneau d'or agrémenté d'une pendeloque bleutée.

— Soupçonnez-vous l'identité de sa propriétaire ?

Gédéon rit sous cape et, tout faraud, saisit une carte postale écornée au fond de sa poche.

— Elle a eu beau calter comme une volaille, je l'ai reconnue, allez, c'est une demi-mondaine qui a eu son heure de gloire sur les planches sous le nom de Fiammetta, elle a même tâté du cinématographe. Mon père en était fou, il est allé l'applaudir à l'Éden-Théâtre, autrefois.

Il tendit la carte postale à Victor.

— Eudoxie, murmura celui-ci. Oui, je me souviens… C'est loin.

Il retourna le cliché et lut :

> « La devise de Mlle Fiammetta, *Ad aperturam libri*, montre qu'elle ne saurait rien cacher. C'est plutôt une déesse romaine, elle nous donne le goût des plaisirs épicuriens et des réalités terrestres. Rien n'égale sa débordante splendeur. Le public s'en délecte. Elle atteint son but qui est de nous faire croquer la pomme sans fauter. Allez voir *Le Petit Coucher de l'Infante*, vous serez conquis. »

« Où loge-t-elle, cette coquine ? songea-t-il. Elle ne cesse de déménager… Qui pourrait me renseigner ?… Je sais ! Faire un saut à l'Éden-Théâtre, elle y a probablement laissé son adresse. »

— Elle doit se ronger les sangs, la mignonne gazelle, remarqua Gédéon en récupérant la photo. J'envisage de passer une annonce lui proposant de lui restituer son bien contre une récompense en nature.

— Même si elle est coupable ?

— Oh ça, pas de danger ! M. Forester a été supprimé après son départ. Et puis, je conçois mal qu'une telle femme neutralise son amant avec un arc.

— Comment en êtes-vous si convaincu ?

— Parce que je venais de quitter la mansarde de Paulette et que j'allais prendre mon poste. J'ai aperçu le bonhomme sur le pas de sa porte envoyant un baiser d'adieu à sa conquête. Il avait l'air émoustillé, elle ne s'est même pas retournée.

Victor jaugea l'adolescent taillé en armoire à glace et réagit à retardement à ce qu'il avait déclaré cinq minutes plus tôt.

— Une rétribution en espèces me paraît plus appropriée qu'une récompense en nature. Considérez ceci comme une avance, ajouta-t-il en poussant le menu vers le groom.

Celui-ci trahit sa joie par un hoquet réprimé.

— Confiez-moi la boucle d'oreille. Fiammetta est une de mes amies. Je ne doute pas de sa reconnaissance et de sa libéralité si vous lui épargnez un scandale menaçant d'entacher sa réputation.

Gédéon hésita, examina sa paume puis, avec la dextérité d'un prestidigitateur, échangea le bijou contre les billets.

— Au fait, puisque vous m'êtes sympathique, je vais vous divulguer un écho de première que le serveur a passé sous silence, tellement il redoute les flics. Le type à qui il a servi le petit déjeuner dans la chambre 26 n'avait pas du tout la même bouille que le macchabée.

La nuque de Victor fut parcourue de picotements. L'affaire se corsait.

— Comment se nomme-t-il, ce serveur ?

— Aimable Courson, une grande courge, un affreux poireau sur la joue droite, la quarantaine. Il a les foies, il se planque dans le Vieux Paris. Il est loufiat en costume dans une taverne, *Le Pot-au-feu*, *Le Pot cassé*, *Le Pot*… de je ne sais quoi, vous n'aurez qu'à demander. Si vous me refilez une rallonge je vous livrerai une pièce à conviction de derrière les fagots.

— De quoi s'agit-il ?

— Da la casquette du type qui se trouvait dans la chambre 26 quand Courson y est allé. Je l'ai subtilisée avant l'arrivée des flics. Ça vous tente ?

— Combien ?

— Deux thunes.

Victor s'exécuta et, en contrepartie, prit possession d'un sac en papier contenant l'objet du troc. Il s'apprêtait à poursuivre l'interrogatoire du groom quand une main emprisonna son bras. Il fourra vivement le sac dans la poche de sa veste.

— J'étais persuadé que je me heurterais à vous, mais je ne pressentais pas l'imminence de la rencontre. Je suis surpris, quelles étaient vos accointances avec ce Forester ? Ah, mais j'y songe, le premier trophée de chasse, cet Asiatique embroché, serait-il apparenté à votre associé, M. Kenji Mori ?

Victor se dégagea de l'étreinte infligée par Augustin Valmy, la dernière personne qu'il eût souhaité affronter. Parfait dandy, le commissaire principal avait adopté une tenue estivale, redingote élégante, chemise Charvet, bottines vernies à claque de daim de chez Hellstern.

« Ses émoluments doivent être à la hauteur de sa promotion pour lui permettre d'arborer ces vêtements, il ne lui manque que le huit-reflets de Gélot », pensa Victor qui répliqua ingénument :

— Ma présence est due au seul hasard, je m'informais des tarifs parce qu'un de mes lointains cousins britanniques a eu la lubie de visiter l'Exposition.

— Le hasard fait bien les choses, vous rendriez des points à Machiavel lui-même, vous surgissez alors qu'on a justement trouvé dans sa salle de bains un de vos demi-compatriotes pris pour cible par un tireur à l'arc. Si vous comptez me persuader que votre beau-frère n'a pas établi une corrélation entre ce meurtre et celui de Grenelle, c'est que vous êtes menteur comme un marchand de chiens.

Tout en le sermonnant, Augustin Valmy dirigeait doucement Victor vers la sortie, une porte à tambour qui évoquait le guichet d'une prison. En l'occurrence, la prison était l'extérieur, où Victor allait renouer avec son quotidien. Tant pis, il pisterait plus tard cet Aimable Courson. Le commissaire principal l'escorta jusqu'à l'allée menant au quai.

— Un meurtre ? s'étonna Victor.

— Ça va, Legris, vous me prenez pour un enfant de chœur ?

— Où en êtes-vous de votre enquête ?

— C'est un peu prématuré. Je vais transmettre à l'instant même le signalement du client en fuite.

— Quel client ?

— Il occupait une chambre au-dessus de celle du défunt. Il a pris la poudre d'escampette hier.

— Comment s'appelle-t-il ?

— Matthew Walter, un Américain. Ne vous faites pas d'illusions, Legris, cette fois je ne solliciterai pas vos lumières. Je suis quasiment certain de tenir le coupable. Un conseil, surveillez le sol sous vos pieds, même si vos réflexions sont toujours pertinentes.

— Est-ce une invitation voilée ?

— Cette histoire est incohérente, fulmina Augustin Valmy, sans relever l'allusion à une éventuelle collaboration, elle semble démarquée d'un feuilleton de M. Joseph Pignot. J'ai cuisiné clients et valetaille sans résultats positifs. Quel rapport entre le décès d'un Asiatique d'une trentaine d'années et celle d'un dandy britannique en proie au démon de midi ? D'autant que ce pauvre M. Forester n'est pas mort illico, on l'a violenté, son visage était tuméfié, comme s'il avait subi un interrogatoire en règle. Sans parler d'un détrousseur qui a dérobé deux pantalons, celui d'un représentant de Bristol et celui de notre refroidi anglais.

— J'admets que c'est insolite.

— Ces pièces de puzzle s'insèrent mal dans le dessin général. Ceci me déplaît, l'opinion publique s'affole facilement et en ces temps d'affluence les journalistes vont s'empresser de vibrionner autour de cette baudruche afin de multiplier les ventes de leurs torchons. J'aurai peut-être recours à vos services, monsieur Legris. Mais ne piétinez pas trop mes plates-bandes.

Le regard de Valmy se fixa sur un quidam à la bedaine proéminente qui s'avançait vers eux, le nez plongé dans un journal.

— Bonjour, monsieur Joung, toujours en quête de babioles à exporter ?

Archibald Young abaissa son journal.

— Young, monsieur le commissaire. Je vous salue. Et vous ? Toujours sur les traces du prédateur ? J'espère que la flânerie m'est encore autorisée ?

— Mais bien sûr, monsieur Joung, bien sûr, à condition de rester à ma disposition.

Archibald Young grimaça et lui tourna le dos.

— Qui est-ce ? s'enquit Victor.

— Un Écossais, représentant de commerce, client de l'*Hôtel du Trocadéro*.

— Louche ?

— A priori personne n'est innocent.

Victor souleva son chapeau et s'éloigna.

Soucieux, Augustin Valmy le suivit des yeux.

« Un Américain en cavale, un cambrioleur qui escamote des pantalons, un larbin introuvable et ce fouineur de Legris sur les bras, ça promet !... On étouffe ! »

Il avisa une minuscule tache sur son poignet.

« Il faut que je change de veste. »

La sueur plaquait ses cheveux à son crâne, ses mains étaient moites. Il eut un frisson de dégoût, tira un mouchoir et se frotta frénétiquement les paumes.

Frédéric Daglan, alias William Finch, avait pris sa décision : il ne quitterait pas l'*Hôtel du Trocadéro*, ce serait une sottise parce que son absence ferait de lui un coupable idéal.

Ô mon Dieu, vous m'avez blessé d'amour
Et la blessure est encore vibrante...

murmura-t-il.

Perdu dans la poésie de Verlaine, il bouscula un homme empêtré dans la porte à tambour du troisième bâtiment des hôtels. Le melon du quidam roula au sol. Frédéric Daglan le ramassa, le rendit à son propriétaire en se confondant en excuses. L'homme, un pékin ventripotent aux allures de voyageur de commerce, lui adressa un sourire et se présenta :

— Archibald Young, import-export.

— William Finch, de Bristol.

Tandis qu'ils échangeaient des banalités sur le temps, l'eau rationnée et la monotonie des repas, Frédéric Daglan observait d'un œil exercé la physionomie de son interlocuteur. Un détail l'intriguait dans le physique de ce rondouillard débonnaire : ses favoris roussâtres assortis à une moustache et une barbe du même ton semblaient factices tant ils étaient impeccables. Mais ce qui lui mit la puce à l'oreille, ce furent ses cheveux. On eût dit que le type portait une perruque. Pensif, Frédéric le vit s'engager dans l'ascenseur. Était-ce l'un des détectives de l'hôtel ?

Ou un sbire de la préfecture ? À vérifier. Il interpella le groom.

— Dites-moi, mon ami, ce monsieur qui vient de monter, quel est le numéro de sa chambre ?

Gédéon le considéra avec une expression bovine.

— Il faut demander à la réception, rétorqua-t-il.

Frédéric Daglan lui glissa une pièce.

— Allons, mon garçon, je connais M. Young et je tiens à lui offrir un verre.

— Deuxième étage, la 20, souffla Gédéon en se précipitant vers une dame encombrée de cartons à chapeau.

Planté devant la porte de sa chambre, Archibald Young engagea sa clé dans la serrure.

« Ainsi, voici le fameux William Finch, l'un des suspects désignés par ce crétin de commissaire, décidément nous nageons en plein mélodrame ! »

Archibald Young gloussa à l'idée du scandale causé par la disparition des pantalons du sieur William Finch et du cadavre percé d'une flèche.

— Ce Finch est charismatique, on lui donnerait la communion sans l'hostie. Ne jamais se fier aux apparences, mon vieux, confia-t-il à son reflet dans la glace. Serait-ce un gentleman cambrioleur ? En tout cas, ce n'est pas lui qui me taillera des croupières. Ce soir, je coincerai le fauteuil devant ma porte. Vite, de l'air !

Il ôta vêtements et postiches en prenant soin d'extirper de sa poche le seul objet qui le rattachait à son passé : une pomme de touline, son grigri.

CHAPITRE VIII

Même jour, après-midi

Au pied de la colline de Chaillot, Victor marqua une pause dans un parc sinueux planté de buis replets et d'hortensias trapus. Il savoura la fraîcheur d'un jet d'eau qui se diluait au milieu d'un lac miniature à l'orée du pavillon du Japon. Il guigna les douze geishas dont les visages impassibles ne trahissaient en aucune circonstance combien elles devaient trouver cocasses les badauds attroupés autour d'elles. Il leur sourit et longea le quai de Billy jusqu'au pont de l'Alma où s'élevait le Vieux Paris. Il était guilleret, Eudoxie Allard avait bien déposé sa dernière adresse à l'Éden-Théâtre.

Sitôt derrière les remparts de la porte Saint-Michel, il se heurta à une sentinelle en casaque de buffle, un javelot à l'épaule. « J'espère que cet accessoire est en carton », songea-t-il en jetant un coup d'œil aux soudards du poste de garde armés jusqu'aux dents. Mêlés aux pickpockets bien décidés à remplir leurs escarcelles, des mille-pattes formés d'ombrelles, de melons, de canotiers, de bibis fleuris piétinaient en tous sens, sautant sans transition du Moyen Âge au règne de Louis XIV. Ils étaient venus des brumes de l'Angleterre, des dunes de Belgique, des pampas de l'Argentine et de toutes les villes éparpillées à la surface de la planète, pour une traversée des siècles.

Victor déboucha sur la place du Pré-au-Clerc et se retrouva cerné de femmes coiffées de hennins, de pages, de nobles en pourpoint, de gueux, de capons qui naviguaient entre des logis à pignons et la haute tour du Louvre. Il hésita. Où débucher Aimable Courson dans ce dédale chaotique parcouru par des personnages qui semblaient sortir en vrac d'un manuel scolaire ? Le groom lui avait révélé qu'il travaillait dans une taverne, *Le Pot de*… ? Le Pot de quoi ? Trouver ce satané Pot !

Il négligea la rue aux Remparts bordée d'arbres et bifurqua rue des Vieilles-Écoles. Les maîtres d'œuvre de cette cité hors du temps ne s'étaient pas encombrés de chronologie : à sa droite se dressait la demeure natale de Molière, né en 1622, jouxtant celle de Nicolas Flamel, le faiseur d'or, qui tenait une échoppe de calligraphe et d'enlumineur deux siècles avant que le célèbre auteur de comédies ne voie le jour. Puis on repassait au XVIIe siècle avec la maison de Théophraste Renaudot, le précurseur du journalisme qui, en 1631, avait lancé le premier numéro de *La Gazette*, modeste carré de papier relatant les nouvelles politiques de la France et de l'étranger.

Les visiteurs laissaient percer leur enthousiasme. Les parents distillaient à leurs rejetons des leçons d'histoire qui les laissaient de bois. La convoitise de leurs chérubins les entraînait vers les marchands de beignets, de gaufres ct de berlingots. Les adultes s'agglutinaient autour des boutiques de souvenirs. Bientôt, les buffets, les dessus de pianos, les manteaux de cheminées crouleraient sous les faïences, les pichets, les services Vieux Paris et les assiettes peintes.

Victor se laissait porter par le flot humain. Il dépassa le collège Fortet peuplé de figurants costumés en escholiers. Jouant des coudes, il parvint à franchir le chevet de l'église Saint-Julien-des-Ménétriers et, incrédule, s'immobilisa devant la *Taverne du Pot d'étain*. Un docte bourgeois échappé d'un dessin de Christophe expliquait au trottin pendu à son bras que Boileau, Molière, Racine, La Fontaine, Lully, Mignard y avaient tasté d'excellents crus de Bourgogne.

— Mais non, papa, protestait la donzelle, tu confonds avec *La Pomme de Pin* ! C'est là qu'Eugénie Buffet va pousser la chansonnette. Mets tes lunettes, c'est marqué sur les affiches : « La chanteuse réaliste la plus populaire de Lutèce ! » T'as promis d'm'emmener l'entendre.

Aimable Courson correspondait à la description du groom : une grande courge affligée d'un poireau sur la joue droite, vêtue d'une blouse flottant sur des braies moulantes enfilées dans des bottes, le chef surmonté d'une perruque hirsute. Il oscillait d'une table à l'autre, tel un équilibriste, en évitant de renverser son plateau qu'il tenait maladroitement à hauteur d'épaule, les doigts écartés. Victor attendit qu'il en ait terminé.

— Monsieur Courson ? Aimable Courson ?

— Qu'est-ce que vous voulez ?

— J'aurais quelques questions à vous poser.

— Fichez-moi la paix. Comment m'avez-vous déniché ?

— Peu importe, je suis journaliste, j'ai mes sources. Je veux que vous me décriviez l'homme qui occupait la chambre de M. Forester, la 26.

— C'est ce foutriquet de groom qui a cafté ? Fichez le camp, vous allez me faire perdre mon boulot.

— Décrivez-le sans rien omettre.

— Le groom ?

— L'occupant de la 26, bon sang !

— Je ne crois pas que je devrais, vous êtes probablement de mèche avec les flics.

— Je vous jure que non.

— Prouvez-le.

— Mon nom est Victor Legris, je suis libraire, j'écris des chroniques pour *Le Passe-partout*. Voici ma carte.

— C'est que je n'ai aucune envie de me mouiller dans une affaire comme celle-là. Vous garantissez que mon nom ne sera pas cité ?

— Promis.

— Quand je suis revenu à la 26 avec les autres et que j'ai regardé le cadavre, j'ai vu que ce n'était pas celui à qui j'avais monté le petit déjeuner.

— Il était grand ?

— Le cadavre ?

— L'homme que vous avez servi, nom d'une pipe !

— Si vous vous imaginez que je prête attention à la stature des clients… J'ai laissé le plateau et je suis descendu.

— Ses cheveux ?

— Qu'est-ce que ça va me rapporter si je vous renseigne ? Je suppose que ça vous titille de savoir s'ils étaient frisés ou raides, clairs ou foncés ?

Ignorant l'insolence et le sourire ironique d'Aimable Courson, Victor extirpa son portefeuille.

— Je paie si je suis satisfait, dit-il.

— Ils étaient bruns et raides, ça vous va ?

— Vous êtes sûr de ne pas inventer cette histoire ?

— Non mais, espèce de pisse-copie, quand on bûche dans la restauration, on garde ouverts les yeux et les oreilles. Je sais pertinemment que le type n'était pas le locataire de la chambre 26.

— Ah oui ? À quoi le savez-vous ? Vous vous contredisez. D'abord vous me soutenez ne prêter aucune attention au gabarit de vos clients, ensuite, vous me certifiez être aussi vigilant qu'un Peau-Rouge sur le sentier de la guerre !

— Aboulez le pognon.

Victor fit craquer un billet de dix francs, le déchira en deux, en tendit une moitié au serveur.

— La suite au prochain numéro, bonne journée.

Il tourna les talons.

— Hep, monsieur !… La Philaminte braillait : « Y a un macchabée ! Y a un macchabée ! » On est tous montés et j'ai reçu un choc. L'homme assassiné dans la salle de bains de la 26 était vêtu d'un complet à carreaux, alors que le type qui avait réceptionné mon plateau était affublé d'une chemise de toile et d'un largeot de velours à côtes…

— Un peintre ?

— Ou un chasseur de faisans, ou un aristo, il était chaussé de guêtres. Il n'arrêtait pas de se brosser les omoplates, comme s'il voulait en déloger la poussière. J'ai remarqué une casquette à pont sur le lit. Là, j'ai eu un doute sur l'identité du locataire de la 26. La casquette, ce n'était pas le style de ce M. Forester, mais après tout, avec ces English excentriques on peut s'attendre au pire.

— Vous avez mis le responsable de l'hôtel au courant ?

— Je l'ai bouclée, m'attirer des ennuis, merci.

— Vous vous êtes pourtant confié au groom.

— Sous le sceau du secret, faut protéger ses arrières, au cas où…

— Ensuite ?

— M. Doutremont a alerté la police. Ça m'a fichu les jetons, je me suis carapaté. Bon, ça vaut l'autre moitié du biffeton, non ? Salut, j'ai du boulot, oubliez-moi.

Il empocha l'argent et disparut à l'intérieur du cabaret.

Victor fit demi-tour. Le témoignage du groom se confirmait, il y avait bien un inconnu dans la chambre 26 quand le cadavre d'Anthony Forester gisait dans la salle de bains. Il franchit la distance entre *Le Pot d'étain* et la sinistre prison du Châtelet, atteignit l'emplacement de la foire Saint-Laurent et avisa une enseigne : *À Jean Nicot*. Le besoin de fumer le titillait, il décida de s'offrir un paquet de cigarettes. Il se trouvait à quelques mètres du débit de tabac quand sa semelle dérapa sur une frite écrasée. Il trébucha, tenta de se retenir à une barrière mais ne put freiner sa glissade. Au même instant, un trait noir frôla son cou. Il porta la main à son omoplate endolorie et grimaça de douleur. Hébété, il examina sa manche accrochée à un éclat de bois. Il tira dessus et lacéra le coude de sa veste. Un passant l'aida à se relever. Ses jambes, ses bras se mouvaient lentement, comme en rêve. Un brouillard l'enveloppait, puis il finit par accommoder sur son environnement et discerna, fichée dans la barrière, une flèche dont l'extrémité s'ornait d'une plume écarlate. Il faillit s'étrangler quand il comprit que sa chute providentielle lui avait sauvé la vie. Il n'éprouva qu'un désir : fuir.

Autour de lui, un attroupement s'était formé, il percevait un lointain brouhaha où se détachait le mot « docteur ». Il secoua la tête, parvint à marmonner :

— C'est la chaleur.

On lui tendit un verre d'eau qu'il but avidement. Les curieux s'égaillèrent. D'un geste furtif, il cassa l'empenne de la flèche, la fourra dans sa poche et constata qu'il avait égaré son chapeau. Il se heurta à son reflet voûté dans la glace d'une vitrine, irréel, pâle, les cheveux en bataille.

La peur déferla en vagues successives. Il s'adossa à un arbre. Tantôt il se sentait étranger à ce qui venait de se produire, tantôt il paniquait à l'idée qu'il aurait pu basculer de l'autre côté. Tasha serait veuve, Alice orpheline. Il entendit une réflexion proférée par une forte dame accompagnée de son époux : « T'as vu ça, Auguste, si c'n'est pas honteux, on devine ses attributs ! » s'exclama-t-elle en désignant l'aiguillette rebondie d'un valet qui papotait avec une suivante en brocart.

Il n'avait pas envie de rire, mais frôler la mort avait mis ses nerfs à rude épreuve. Des gloussements le gagnèrent sans qu'il pût les contrôler. Les visiteurs lui jetaient des regards insistants. Un titi se tordit le bout du nez en le pointant du doigt.

— Il est gris !

Il quitta à regret la fraîcheur du feuillage. Rentrer, retrouver la sécurité de la librairie. À pas comptés, il rallia la station des fiacres. Il se sentait épuisé, son omoplate éraflée le brûlait.

Ils s'étaient retranchés au sous-sol de la librairie, dans l'ancien laboratoire photographique à présent aménagé en cabinet de lecture. Victor venait de conter par le menu ses investigations de la matinée à Joseph. Celui-ci pianotait nerveusement sur la table en contemplant son beau-frère baigner son visage et son torse. Sur son omoplate gauche, une large marque rouge virait au bleu.

— Voilà ce qu'il en coûte de faire cavalier seul. Votre entêtement à me tenir à l'écart aurait pu se terminer par un drame. Vous avez vu le tireur ?

Joseph manipulait le talon de la flèche empennée d'une plume rouge qui avait manqué tuer son beau-frère.

— Non. Il m'a vraisemblablement filé depuis l'hôtel et m'a observé alors que je discutais avec Aimable Courson. Mélie en aura pour longtemps à raccommoder ma veste ?

— Un petit quart d'heure.

— Cette flèche qui m'était destinée est sûrement la sœur de celle qui a supprimé Isamu.

— Je peux conserver cet indice ?

— Oui. Prenez-en soin. Ah, j'oubliais. Ce sac contient la fameuse casquette, c'est une pièce à conviction.

Joseph l'inspecta sous toutes les coutures.

— Vous parlez d'une pièce à conviction ! L'étiquette du fabricant a été coupée, des viscopes de cet acabit, on en dénombre des milliers dans Paris, grommela-t-il en enfonçant le sac dans l'une de ses poches.

Soudain, il se souvint de Frédéric Daglan et se mordit les lèvres.

« Si jamais Victor apprend que je lui ai refilé son adresse personnelle, il va en faire une jaunisse, motus. »

— Vous devriez consulter le Dr Reynaud.

— Inutile, un simple hématome.

Victor se sécha, enfila sa chemise.

— On s'aventure en eau trouble.

— Vous laissez tomber, Joseph ?

— Non, mais… Vous allez visiter Eudoxie Allard aujourd'hui ?

— Oui. Vous direz à Kenji que je suis souffrant.

— Il ne me croira pas. Il vaudrait mieux enquêter en duo. Je vous escorte.

— Non. Ce n'est pas un criminel qui va saborder mes intentions.

— Un criminel qui a déjà tué deux fois et raté son troisième essai. Je me fais du mouron, moi.

— Cessez de vous inquiéter, à partir de demain, je vous jure que nous établirons un plan d'attaque.

— Je suis la victime d'un inqualifiable ostracisme. Je sais pourquoi, allez.

— Vous faires erreur, j'aime Tasha et Eudoxie Allard n'est pas mon type de femme. Allons, Joseph, n'avons-nous pas toujours trimé la main dans la main ? Je serai de retour avant la fermeture, promis.

— On dit ça.

Quand il eut dépassé la Bibliothèque nationale, le fiacre ralentit et, afin d'éviter un encombrement, se gara rue de Louvois, devant le dépôt des décors de l'Opéra-Comique. Victor n'eut que peu de mètres à parcourir avant d'embouquer la rue Saint-Augustin. Il doutait de cueillir l'oiseau au nid et fut agréablement surpris qu'une soubrette lui accorde avec une révérence le droit de passage dans l'antichambre. Eudoxie ne tarda pas à paraître, drapée dans une robe d'intérieur en ottoman violine, la mine chiffonnée. À la vue de Victor, ses traits se détendirent.

— Vous, mon libraire de prédilection... Vous m'avez retrouvée, lâcheur ! On peut dire que vous tombez à pic, je suis au bord d'un gouffre qui m'attire, j'ai besoin d'un homme courageux, jeune et si possible séduisant qui me sauve de ce cauchemar où je m'enlise !

— Répétez-vous une pièce destinée à concurrencer les drames qui font la gloire de Sarah Bernhardt ?

— Moquez-vous, cruel. Mais ne restons pas là, on étouffe, cette andouille de Sidonie n'a pas aéré.

Il la suivit dans un salon bicolore surchargé de meubles et de bibelots. Un sofa bleu, un piano blanc, deux fauteuils indigo, des angelots de plâtre, des lampes à globe d'opaline, des tapis aux motifs orientaux turquoise. Les fenêtres étaient ornées de vitraux, les murs de miroirs ovales et de gravures licencieuses, et le moindre espace libre était occupé par une plante exotique. Une porte entrouverte révélait un lit Henri II à colonnes et une salamandre revêtue de carreaux de Delft.

Eudoxie s'échoua sur le sofa qu'elle tapota en battant des paupières vers son visiteur qui s'assit à contrecœur. Bien qu'il gardât ses distances, elle se tortilla de manière que leurs corps se touchent.

— Ah, mon cher libraire, les années passent trop vite, me voici déjà sur l'autre versant de mon existence, une vieille femme délaissée de tous, réduite à enjôler des barbons pour payer le loyer de ce misérable appartement. Et justement, au cours de la nuit dernière, un malencontreux événement m'est advenu. Le monsieur dont j'ai froissé la couche a été refroidi après mon départ, *ziiip*, une flèche comme à l'époque de Robin des bois. Or, à peine rentrée ici, j'ai constaté qu'une de mes boucles d'oreille manquait.

— Celle-ci ?

Il s'écarta légèrement, au risque de chavirer dans le vide, l'anneau à pendeloque entre le pouce et l'index.

Interloquée, Eudoxie se pencha, attrapa le bijou et se redressa, rayonnante. Libéré, Victor reprit ses aises.

— Vous êtes extraordinaire ! Par quel miracle avez-vous… ?

— C'est mon petit secret. Soyez rassurée, le chasseur qui a mis la main sur cette preuve de votre présence ne vous ennuiera pas, j'y veillerai personnellement, et la police ne saura rien de votre court séjour à l'*Hôtel du Trocadéro*.

— Ma réputation était en jeu, vous l'avez blanchie. Comment une ruine telle que moi réussirait-elle à vous témoigner sa reconnaissance ?

Elle échancra sa robe de façon à dégager la partie supérieure d'une fort appétissante poitrine et s'installa derechef à côté de Victor, l'emprisonnant de ses bras.

— Mufle, je me traite de débris et vous ne protestez même pas, alors que j'aborde timidement le rivage de la trentaine.

Un rapide calcul permit à Victor de majorer cet âge d'une dizaine d'années. La figure qui s'efforçait de se plaquer à la sienne affichait quelques rides que le maquillage ne suffisait pas à dissimuler.

Il se chapitra sans conviction, tenté par les chatteries de celle qui le poursuivait de ses avances depuis plus de dix ans.

— Te souviens-tu, polisson, de nos premières rencontres au *Passe-partout* ? Tu m'as préféré ton artiste peintre, ah, le pouvoir des rousses... Avec moi, tu aurais vécu des heures chaudes, pour ne pas dire torrides !

Victor parvint à repousser les assauts de l'ex-danseuse de cancan et alla entrebâiller une fenêtre.

— Ne pensez-vous pas que nous pâtissons déjà beaucoup de la canicule ?

— Vos rebuffades ne me berneront pas, j'ai senti que vous étiez près de céder, votre stupide sens de l'honneur et votre éducation puritaine sont vos pires ennemis, sans quoi il y a longtemps que nous serions amants, toi et moi.

Elle soupira, désappointée, mais sa tristesse, feinte ou réelle, se dissipa en un éclair et, guillerette, elle s'écria :

— Décidément, je suis née sous une bonne étoile, Anthony Forester ne sera pas la source de ma déchéance !

Elle se rembrunit.

— Pourvu qu'il ne soit pas cause de ma perte !

— La sienne n'a pas l'heur de vous émouvoir.

— Je le connais d'hier. Est-ce ma faute s'il a avalé sa cartouche ?

— À propos, a-t-il manifesté quoi que ce soit susceptible d'expliquer sa disparition brutale ?

Elle sauta sur ses pieds et le rejoignit en jouant d'un éventail.

— Nous y voici, coquin, tu as mis le temps, mais je prévoyais que tu finirais par me soutirer des renseignements en échange de ton beau geste. Détective avant tout ! L'enquêteur tue l'homme en toi, quel dommage ! murmura-t-elle.

Il alluma une cigarette pour se donner un air indifférent, elle recula, dégoûtée.

— Fi, la vilaine odeur !

— Que vous a-t-il appris ?

— Rien de très palpitant. C'était un capitaine de marine, oh pas un pirate des Caraïbes ni un chasseur de baleines, non, un type aussi insipide qu'un plat de navets. Il commandait un bateau de commerce, l'*Esméralda*. Il s'est vanté d'avoir été cité dans le *Times* de Londres, au printemps, en mai 1899 si ma mémoire est bonne. Confidences sur l'oreiller destinées à faire mousser ce hâbleur dont les performances laissaient à désirer. Et rapiat, avec ça. J'avais dû lui extorquer un vrai repas chez *Maxim's*, sinon il m'aurait laissée mourir d'inanition. C'est mon triste sort, rester sur ma faim, ma faim d'amour est la plus dure à supporter, je terminerai ma vie seule, dans une soupente, oubliée des hommes à qui j'ai tout sacrifié !

Victor opposa à cette prédiction un sourire sceptique. Eudoxie n'avait pas tort, l'enquêteur prenait le pas sur le mâle, il n'avait plus qu'une envie, partir, tandis qu'en lui vibrait la petite musique du mystère à élucider. *Un bateau de commerce... L'*Esméralda... *Le* Times *du printemps dernier...*

Quand Victor rentra rue Fontaine, il gagna la cuisine de l'appartement où Tasha se creusait la cervelle pour convaincre leur fille d'achever son dîner. Alice avait depuis peu décidé qu'elle n'avalerait qu'un minimum de bouchées et, bras croisés, lèvres serrées, détournait la tête chaque fois qu'une cuillerée lui était présentée.

— Qu'est-ce que c'est que ce bébé de trois ans ? D'ordinaire, tu nous dispenses de ces simagrées ! susurra Victor en s'asseyant près d'elle.

Il lui dédia un sourire de connivence, envoya un baiser à sa femme puis eut recours à une tactique avérée :

Un polichinelle
Grimpe sur une échelle,
Un, deux, trois, il écosse des pois,
Quatre, cinq, six, il mange une saucisse,
Sept, huit, neuf, il gobe un gros œuf,
Dix, onze, douze, il part pour Toulouse !

Rouge de plaisir, Alice ouvrait la bouche et Tasha y enfourna la crème renversée qui se morfondait dans l'assiette.

— D'où la tiens-tu, cette comptine ?

— Le fruit de l'inspiration, c'est facile.

Il évitait d'affronter sa femme, redoutant qu'elle ne devinât qu'il menait une enquête et que, pour les besoins de la cause, il s'était entretenu avec Eudoxie Allard.

— Papa, papa, encore une histoire ! exigea Alice enfin délivrée du repas.

— Ton père imite tante Iris, voilà que lui aussi il invente des fables.

Mal à l'aise, Victor tripotait le couvert abandonné.

— Au dodo, mademoiselle, et quand tu seras couchée, je te raconterai les tribulations du roi des papillons.

Tasha conduisit la petite dans le salon converti en chambre. Quand elle reparut, elle émit un soupir soulagé.

— Inutile d'y aller, elle s'est endormie d'un coup, elle a tellement joué avec les gamines Baudoin qu'elle était épuisée et trempée de sueur.

Victor l'enlaça et ils échangèrent un baiser.

— Au fait, une de tes relations, un homme, est passé cet après-midi et m'a remis cette enveloppe. Cela paraissait urgent.

Il haussa les sourcils et lut :

> *J'ai une révélation importante à vous communiquer. Pouvez-vous vous rendre près du guichet de la Grande Roue demain jeudi à dix heures du matin ? F. L.*

— Bizarre, ces initiales ne me rappellent personne. L'écriture est belle. À quoi ressemblait cet individu ?

— J'ai l'impression qu'il était anglais. À la fois distingué et gouailleur.

— Tu l'as reçu ?

— Bien sûr que non, il a poireauté dans la cour, je n'ai pas l'habitude d'inviter le premier venu.

Il la prit de nouveau dans ses bras, vaguement anxieux. Il enfouit son visage dans sa chevelure dénouée.

— Ne crois pas que je sois jaloux, plutôt inquiet, il y a tellement de rôdeurs cet été dans Paris, avec l'Expo…

— Rassure-toi, je suis de taille à me défendre. Que te veut ce monsieur ?

Elle se dégagea et l'observa. Aucune erreur possible, il fuyait son regard. Elle connaissait cette expression évasive, qu'avait-il à se reprocher ? Aussitôt elle fut sur ses gardes. Une investigation. Ce séduisant étranger jouait un rôle dans une affaire à débroussailler.

— Oh, c'est sans intérêt, un raseur qui brigue des éditions originales.

Elle resta silencieuse, certaine qu'il lui mentait. L'étranger l'avait assurée qu'il n'était pas un client. Pourquoi aurait-il été aussi affirmatif ?

De son côté, Victor répétait en lui-même ces deux lettres, F. L., F. L., et s'efforçait en vain de leur attribuer une identité. Il pressentait que cette convocation était liée aux meurtres par flèche. La crainte de cette rencontre le disputait en lui à l'excitation des éclaircissements qu'elle allait peut-être provoquer.

CHAPITRE IX

Jeudi 26 juillet

Aimable Courson avait confiance en peu de choses, excepté en son propre jugement. Et son jugement lui intimait de ne pas s'attarder dans le secteur depuis que ce pseudo-journaliste s'était évertué à lui tirer les vers du nez. Le soir même, il avait quitté précipitamment son poste de serveur à la *Taverne du Pot d'étain* et s'était arrangé avec un marchand de coco perclus de rhumatismes afin de lui racheter ses outils de travail. Cette situation lui permettrait de se déplacer sans attirer l'attention et d'échapper à une engeance qu'il redoutait plus que la peste : la maréchaussée. N'était-il pas le dernier à être monté dans la chambre de cet Anglais à l'*Hôtel du Trocadéro* avant que l'on découvre son cadavre ?

Vêtu d'un tablier blanc, coiffé d'un chapeau de paille, muni d'une haute fontaine cylindrique harnachée aux épaules par des bretelles où tintinnabulaient des gobelets, il braillait à tue-tête :

— Qui veut boire à la fraîche ?

Le bras replié sur un tuyau par lequel s'écoulait de l'eau de réglisse mêlée à du jus de citron, il sillonnait l'Exposition, drainant enfants et adultes assoiffés. Plus tard, quand l'effervescence policière se serait calmée, il aviserait.

Il logeait dans un quartier guère attrayant, mais quand on y est contraint on prend ce qui est accessible, et vu l'affluence engendrée par l'Exposition, ce qui était accessible consistait en une chambre de bonne louée à un couple de petits rentiers, au sixième étage d'un immeuble bourgeois de la rive droite. Il payait son terme, empruntait l'escalier de service, ne copinait pas avec la valetaille. Il était sûr que là, nul ne viendrait le débusquer.

Victor eût préféré que la librairie fût aussi peu fréquentée que les jours précédents, mais plusieurs curieux prenaient racine. Kenji était d'humeur sombre. L'apparition de la jolie Mlle Mirande eut toutefois sur lui un effet apaisant. Victor en profita pour utiliser l'expédient habituel : entraîner Joseph au sous-sol.

— Il va nous hacher menu dès qu'elle sera partie, prédit Joseph.

— Je cours le risque. J'ai récolté des échos fort intéressants chez Eudoxie. Le client trucidé de l'*Hôtel du Trocadéro* avec qui elle a eu une aventure lui a dit avoir été capitaine d'un bateau nommé l'*Esméralda*. On les a l'un et l'autre mentionnés dans un numéro du *Times* de Londres, au mois de mai 1899.

— Pas si vite, je note. Tiens, c'est singulier, Forester, capitaine, et Isamu, matelot… sur le même bateau ?

— Comment le vérifier ? Où consulter ce journal ? marmonna Victor.

— Qui dit journal dit journaliste. Pourquoi ne pas aller au *Passe-partout* et recourir à Antonin Clusel ?

— Un bon point à votre actif. Vous vous en chargerez. Mais ce matin, il faut nous évader subito, un inconnu a déposé ce mot rue Fontaine. Rétrospectivement, je frémis au danger que Tasha a couru. Ces initiales m'intriguent, ça vous dit quelque chose, à vous ? Il avait mon adresse, le bougre, et il aurait allégué être une de mes relations, c'est donc quelqu'un de notre entourage.

Joseph parcourut la lettre, embarrassé. Nul doute que ce fût l'œuvre de Frédéric Daglan. Mais comment avouer à son beau-frère qu'il avait envoyé le loup dans la bergerie ?

— F. L., F. L., non, je ne vois pas de qui il s'agit.

« Pourquoi pas F. D. ? » supputait-il en même temps. Il opta pour le culot :

— C'est votre faute aussi, vous distribuez des bristols à tout un chacun, par exemple à la vieille voisine sourde d'Ichirô.

— Oui, admit Victor, mais la carte de visite était celle de la librairie, non de mon domicile.

— Nous ne devons pas négliger ce rendez-vous, cependant la tournure des événements nous conseille d'y aller à deux.

— Cette escapade impromptue ne va pas être du goût de tout le monde, augura Victor.

Ils émergèrent à l'instant où Djina arrivait au bas de l'escalier à vis. Sa mise, d'ordinaire impeccable, était un peu relâchée, ses vêtements froissés. Sa pâleur et ses cheveux dénoués accentuaient son air fatigué.

— Ta migraine s'est-elle calmée ? demanda-t-elle à Kenji.

Tiraillé entre son envie de séduire Mlle Mirande et son besoin d'être protégé par Djina, il finit par céder à sa femme.

— Je me sens patraque, aujourd'hui. Des palpitations, des vertiges…

— C'est la chaleur. Il faut te reposer. Mélie va te préparer du thé vert.

— Le robinet n'est plus tari ?

— Nous avons des réserves d'eau minérale.

— Je ne suis pas certain d'être capable d'honorer la sortie prévue ce soir au Grand Palais, excuse-moi auprès de Tasha, balbutia-t-il en coulant un regard courroucé à Victor et à Joseph, plantés près du buste de Molière.

— Tu as raison, va t'étendre et dors de bonne heure, approuva Djina tout en se lissant le front.

Kenji décela des ridules sur le visage de son épouse et en ressentit une tendresse accrue. Après un bref hochement de tête destiné autant à Djina qu'à Mlle Mirande et à ses associés, il grimpa à l'étage.

« Zut, pensa Victor, nous sommes coincés. »

Il s'adressa à Djina :

— Je déteste vous faire faux bond en un moment pareil, mais Joseph et moi avons à…

— Expertiser une bibliothèque, je connais la chanson, acheva Djina avec un sourire. Ne vous alarmez pas, je me débrouillerai, soyez là pour la fermeture.

— Promis juré, déclara Joseph.

« Et soyez prudents, fous que vous êtes, songea-t-elle. Dans quel traquenard vont-ils encore tomber ? »

— Que désirez-vous ? lança-t-elle d'un ton agressif à Mlle Mirande.

Le nez levé, Joseph jouait les bravaches près des guichets de la Grande Roue. En son for intérieur, il n'en menait pas large. Qu'objecterait-il à Daphné si elle le suppliait de lui offrir un voyage haut de cent six mètres dans un de ces élégants wagonnets ornés de miroirs ? La simple vision du panorama sur l'Exposition proposé aux intrépides lui donnait le tournis. Bien que cette attraction eût été inaugurée l'année précédente et eût déjà rassemblé des milliers de visiteurs, il s'était gardé de s'en approcher.

— Qu'ont-ils donc tous à vouloir survoler cette bonne vieille terre ? s'interrogea Victor comme s'il avait lu les pensées de son beau-frère.

— C'est la faute des oiseaux, ils ont toujours tenté les esprits faibles, que ça mène au désastre, témoin Icare dont le char aérien a coulé à pic. Mais moi, je ne serai pas un des mille six cents imbéciles qu'accueille cette invention du diable !

— On croirait entendre Ichirô.

— Je résisterai ! décréta Joseph.

— Résistez avec discrétion.

— Qui veut boire à la fraîche ?

— Je vous affranchis de ma présence, j'ai la pépie, lança Joseph en se dirigeant vers un marchand de coco assiégé par une bande de gamins.

Victor alla se poster un peu à l'écart, au milieu d'un jardin ombragé investi de nounous, de landaus et de permissionnaires. Il fixait les badauds payant un franc le droit de s'asseoir dans les voitures qui s'élevaient sans la moindre secousse. Pourvu qu'Alice n'exige jamais de tenter cette ascension ! On lui tapa sur l'épaule en même temps qu'on lui murmurait à l'oreille :

— Ne vous montez pas le bourrichon, Legris. Loin de moi l'idée de chercher querelle à mon ange gardien.

Victor fit demi-tour. Qui était ce touriste coiffé d'un chapeau de paille d'Italie, en costume de percale grège ?

— *Le léopard, fin comme l'ambre, dit : « Joli mois de mai, quand reviendras-tu ? »* récita l'inconnu.

— Frédéric Daglan ? chuchota Victor.

— C'est moi qui suis passé chez vous hier, votre compagne est décidément charmante. Elle se nomme Tasha, n'est-ce pas ?

Joseph se précipita en agitant l'index. Cet idiot allait le trahir ! Daglan ajouta aussitôt :

— Rassurez-vous, je suis resté sur le seuil.

— Mais les initiales, F. L. ?

— Mon véritable nom est Federico Leopardi, comme le poète. J'ai le larcin dans le sang. Je déleste, je soustrais, j'escamote, c'est une vocation. D'ailleurs la société est une jungle où les gros avalent les petits. Je rétablis à mon profit cette admirable devise : Liberté, Égalité, quant à la Fraternité... Vos déductions, messieurs, m'ont tiré d'une mauvaise passe. C'était en 93...

— Souvenez-vous, les actions Ambrex ! lança Joseph dans le dos de Victor en adressant des signes désespérés à Daglan.

— Ma mémoire est intacte, Joseph. Vous avez la danse de Saint-Guy ?

Frédéric Daglan traçait du bout de sa canne des cercles sur le sable de l'allée.

— Vous êtes marié, Legris ?

— Et père d'une fillette.

— Quel homme constant ! Vous étiez en cheville avec un Japonais, si je ne me trompe. M. Mo... Son nom m'échappe.

— Kenji Mori, nous sommes associés.

— Comment va-t-il ?

— On ne peut mieux, il s'est rangé, lui aussi.

— Autrefois vous m'avez rendu un service, Aujourd'hui, c'est mon tour. Ce papier a suscité en moi un désarroi tel qu'en dépit des périls courus j'ai provoqué ces retrouvailles.

Il tendit à Victor le billet trouvé dans le portefeuille d'Anthony Forester.

— J'ai eu du mal à déchiffrer ce gribouillis, il était imbibé de liquide. À force de me triturer les méninges, j'y suis parvenu et l'adresse a éveillé des réminiscences. Je me suis rappelé que votre associé est asiatique, ainsi que l'assassiné du quartier de Grenelle signalé par les journaux.

— Qui détenait ceci ?

— Un homme nommé Anthony Forester dont j'ai fauché le portefeuille.

— Celui qu'on a découvert transpercé d'une flèche dans un des hôtels du Trocadéro ! s'écria Joseph.

— Je suis aussi innocent que l'agneau de la fable, parole d'honneur. Filou, oui, je le revendique, meurtrier, jamais !

Soucieux, Victor tentait d'assimiler la teneur du texte.

— Qu'est-ce que cela signifie ? Serait-ce une menace ?

Joseph trépignait afin de l'examiner à son tour, mais, incapable d'appréhender un traître mot, il pria Victor de le lui traduire.

— Si vous aviez persévéré dans l'étude de l'anglais…

> *Le cuistot Isamu vogue désormais sur le Styx en compagnie de Lacouteux. Rien trouvé chez son hôte, un Nippon localisé dans la librairie Elzévir, rue des Saints-Pères. Renseignez-vous illico sur sa présence à cette adresse. Le bosco se chargera d'éliminer ce témoin gênant. Nous nous verrons ce soir à six heures précises, à l'adresse où est entreposée la récolte, soyez à l'heure.*
>
> *OMODO*

Victor sentit son cœur bondir dans sa poitrine. L'idée terrifiante lui vint que Kenji risquait d'être pris pour Ichirô et de subir un sort tragique, c'était écrit noir sur blanc, le mot « éliminer » ne laissait planer aucun doute. Bizarrement, le destin d'Ichirô le laissait indifférent. « L'homme est ainsi fait, il s'inquiète uniquement pour ceux qui lui sont chers », déplora-t-il.

— Vous frayez avec des trucidés, Daglan. Vous feriez mieux de vous acheter une conduite, lança Joseph.

— Silence, je réfléchis, dit Victor... Isamu était cuistot sur un bateau !

— Quelle révélation épatante ! On le savait, qu'il était marin.

— J'ignore dans quel guet-apens s'est embourbé M. Mori, mais il a intérêt à se mettre au vert, suggéra Daglan, il pourrait lui arriver une anicroche.

Joseph devint livide.

— Il faut l'avertir ! s'écria-t-il, prêt à se ruer vers un fiacre.

Daglan lui coupa la retraite.

— Du sang-froid, mon vieux, vous ne feriez qu'aggraver la situation. Pas de panique, cherchez plutôt une issue de secours.

— Il a raison, approuva Victor, vous connaissez Kenji, il n'a nullement l'intention de céder au chantage d'Ichirô. À l'heure actuelle, il n'a rien à craindre, il est à l'abri dans sa chambre. Je subodore que ce « bosco » ne s'aventurera pas rue des Saints-Pères, il choisira en premier lieu une proie facile à piéger.

— Ichirô ? souffla Joseph. Lui aussi loge rue des Saints-Pères !

— Jamais en soirée.

— Je ne peux le croire ! Vous, Victor, vous sacrifieriez une vie pour…

Victor balaya l'indignation de Joseph d'une chiquenaude.

— Monsieur Daglan, puis-je solliciter une faveur ?

— Dites toujours.

— Ce soir, nous allons en famille à l'Exposition voir une des toiles de mon épouse au Grand Palais. M. Ichirô Watanabe contrôle les billets du théâtre de la Loïe Fuller, il porte un costume traditionnel japonais…

— Qui est M. Ichirô Watanabe ?

— Une relation. Nous lui louons une mansarde au cinquième étage de la rue des Saints-Pères. De là à le confondre avec M. Mori…

— Pourquoi les confondrait-on ?

— Parce que Ichirô Watanabe a supplié M. Mori de le remplacer à son poste. Il est mort de peur. Vous comprenez, la cible à éliminer c'est lui.

— Je vois. Joli poltron ! Il n'a aucun scrupule à faire descendre un autre à sa place. M. Mori a-t-il accepté d'assumer cette mission périlleuse ?

— Nous l'ignorons, il est imprévisible.

— Le théâtre de la Loïe Fuller ? N'héberge-t-il pas cette singulière actrice aux yeux bridés et au chant mystérieux, qui trépasse sur scène, en musique, décoiffée mais sans que sa robe fleurie s'entrouvre ?

— Sada Yacco.

— Exact. Je meurs d'envie de l'approcher. Donc, vous souhaitez que je me mette en planque à l'entrée du théâtre afin de protéger le pékin japonais assigné au contrôle, quelle que soit son identité ?

— Si cela est dans vos cordes.

— Mazette ! Vous n'y allez pas avec le dos de la cuiller, Legris, je risque d'y laisser des plumes.

Cet Ichirô Watanabe me semble empêtré dans une mauvaise passe.

— Oui, il est impliqué…

— Chut, Legris ! Je refuse d'en savoir davantage. Si l'on veut ménager son dos, on évite de se coltiner le fardeau des autres. Entendu, je serai en vigie ce soir devant le théâtre. Un conseil : agissez sans tarder. Vous ne savez quelle sera la prochaine étape, il faut persuader M. Mori qu'il est en danger. Un voyage incognito à la campagne serait judicieux.

— Ça va être coton, grommela Joseph.

— Vous êtes doué pour les fictions, monsieur Pignot, vous vous en sortirez. Je vous tire ma révérence.

— Encore une question, monsieur Daglan. Selon vous, que signifie OMODO ? demanda Victor.

— Peut-être une signature, ou un mot de passe. Un détail : la popularité n'étant pas ma tasse de thé, on ne s'est jamais vus. Si j'ai du nouveau, c'est moi qui vous contacterai. Messieurs, au plaisir.

— Et s'il y a urgence ? insista Joseph.

— Je déjeune à midi le lundi et le mercredi au *Piccolo nouveau*, rue de Lyon. C'est une gargote italienne, le patron se nomme Anchise.

À peine avait-il proféré ces mots qu'il se volatilisa.

— Lui accorderons-nous notre confiance, Joseph ?

— Croyez-vous qu'il ait quelque chose derrière la tête ?

— Il est sympathique, certes, mais rien ne nous prouve qu'il ne poursuit pas un dessein qui nous échappe. Quoi qu'il en soit, nous ne pouvons nous permettre de prendre son message à la légère.

— Si vous aviez des doutes sur sa bonne foi, pourquoi lui avoir dit où trouver Ichirô ?

— Daglan est, sans conteste, le roi des détrousseurs, pas un assassin. J'ignore ce qui le motive mais il est bien renseigné, sinon par quel tour de passe-passe aurait-il su où me trouver ? Je ne lui ai jamais communiqué mon adresse personnelle.

Joseph chantonna, subitement captivé par un groupe d'enfants poussant des cerceaux.

Lassé d'encombrer ses carnets d'oiseaux exotiques, Robert Tourette acheva de croquer de vulgaires moineaux frétillant dans la poussière sur la terrasse des Tuileries. Quand il prit conscience de l'heure tardive, il se retrouva prisonnier d'une exposition culinaire. Une pancarte annonçait la venue de « tous les chefs des cuisines impériales et royales d'Europe ». Il baguenauda au milieu des gobe-mouches, espérant entrevoir Mme Loubet au bras du père Marguery. Les stands offraient des étals de papillons en sucre filé, des reproductions en nougat de la tour Eiffel. On admirait la porte du Rathaus de Vienne sculptée dans une gaufre géante. On s'esclaffait devant les cucurbitacées figurant Louis XIV flanqué de ses courtisans.

Brusquement affamé, Robert Tourette, qui avait omis de déjeuner, perçut un gargouillis dans son estomac et songea qu'il était temps de se mettre en quête d'un tournedos aux pommes. Il se dégagea à coups de canne de la marée humaine et finit par s'échouer à la terrasse d'un bistrot sous les arcades de la rue de Rivoli.

Le garçon lui lança d'un ton revêche qu'il était trop tard pour manger de la viande. Il se contenta d'une omelette et s'attarda à lorgner, parmi les passantes, celles dont les jupes mi-longues dévoilaient les chevilles.

Au moment où il tirait un billet bleu de son portefeuille, celui-ci cracha une carte de visite qui tomba sur le guéridon. Elle lui avait été donnée par une vieille dame à moitié sourde. Le lendemain de son arrivée à Paris, il s'était rendu chez le cousin d'Isamu. Un fiacre l'avait conduit à l'orée d'un quartier rapiécé comme une culotte de peau où le crépuscule allumait les fenêtres. Il avait eu du mal à localiser le logement. La voisine lui avait confié que M. Ichirô Watanabe s'était absenté mais qu'il pourrait peut-être le trouver à cet endroit.

Pensif, il manipula le bristol.

Librairie Ancienne et Moderne Elzévir
Mori-Legris-Pignot Associés
18, rue des Saints-Pères
Ouverte du lundi au samedi
De 8 h 30 à 18 h 30

Il était déjà allé deux fois à cette boutique sans se décider à y entrer.

La curiosité l'emporta. Sa montre marquait cinq heures, il était encore temps.

Le cocher le déposa face à l'hôpital de la Charité. Il remonta à pied jusqu'au numéro 18. Sur le trottoir, au débouché d'une cour, il avisa une femme courtaude appuyée à son balai. Elle papotait avec un rémouleur. Il feignit d'étudier un plan tiré de sa poche tout en les épiant du coin de l'œil.

Soudain, la femme au balai se tourna vivement.

— Voulez-vous vous sauver, hurla-t-elle, ou faut-il que j'aille vous botter les fesses ? C'n'est pas un urinoir, ici !

Deux gamins hilares déboulèrent de la porte cochère en lui jetant :

— Va donc, eh, la pipelette ! On est dans un pays libre.

— Oui mais la cour, elle est à vous ? brailla le rémouleur. Ma pauvre madame Ballu, y a plus d'respect.

Il s'attela à sa carriole et s'en alla vers la Seine.

Robert Tourette rangea son plan. Il s'avança en sifflotant et se courba devant la concierge. Elle fit un pas en arrière, heurta un seau, faillit tomber.

— C'est pour quoi ? jappa-t-elle.

— Je suis venu m'entretenir avec un collègue japonais.

— Vous êtes libraire ?

— Non, pas du tout.

— Ah, ben si c'est celui auquel je pense, il niche en ermite au cinquième, pire que saint Antoine dans le désert ! La meilleure c'est qu'il faut que je me coltine son ravitaillement, il refuse de manger en bas, si c'n'est pas une misère, avec mes douleurs lombaires !

— Il ne descend jamais ?

— Sa religion doit le lui interdire, il se calfeutre dans *ma* mansarde, j'espère qu'il ne va pas mettre le feu à l'immeuble parce qu'il m'a réclamé des bougies.

— Depuis quand vit-il avec vous ?

— Pas avec moi, grands dieux, dans la chambre que me loue M. Legris ! Il a débarqué samedi. À c't'heure il est absent.

— Quand rentrera-t-il ?

— Est-ce que j'sais ? J'suis pas sa nourrice !

— Je vous remercie.

— Drôle de particulier, grognonna Mme Ballu, en v'là une coiffure ! Il ressemble à un suppôt de l'enfer ! Seigneur Dieu ! S'imaginer que je cohabite avec un Japonais, à mon âge !

Adossé au comptoir de la librairie, Victor plia la lettre subtilisée par Daglan dans le portefeuille d'Anthony Forester. Il essaya vainement de se concentrer sur une ritournelle née de ses cogitations, aussi dénuée de sens qu'une comptine.

Léopard et Lacouteux ont embarqué sur un bateau.
Forester tombe à l'eau,
Qu'advient-il du bosco ?...

récita-t-il machinalement.

Le bosco se chargera d'éliminer...

— Le bosco !

Ce nom le fit frémir.

Il tremblait pour la vie de Kenji. Il devait le prévenir, l'éloigner de gré ou de force. Comment aborder ce sujet sans s'attirer les foudres de celui qu'il révérait le plus au monde ? Il se sentit pris dans un irrésistible tourbillon, ballotté par le courant d'un fleuve en crue.

Lorsque le professeur Mendole se manifesta pour savoir s'il avait reçu les œuvres de Louis Jean-Marie Daubenton qu'il avait commandées la semaine précédente, il grommela :

— Demain, demain...

— Vous m'avez déjà répondu cela hier. *Point de lendemain*, ainsi que l'a écrit Vivant Denon.

Victor ouvrit la bouche et demeura muet, si bien que l'ex-professeur au Collège de France, exaspéré, gagna l'arrière-boutique. Au même instant, la sonnette grelotta. Un homme au teint rubicond, les cheveux argentés hérissés de part et d'autre du front, s'approcha du comptoir et s'enquit du propriétaire.

— C'est moi, enfin nous sommes trois mais je suis seul, grogna Victor, mécontent de cette nouvelle interruption.

« C'est le bouquet ! Méphistophélès en personne m'honore de sa présence ! » pensa-t-il.

— Ah, trois têtes sous un même bonnet ? Ce doit être écrasant à gérer, constata Robert Tourette, d'autant plus amusé que le professeur Mendole clamait de loin :

— Il perd la boule, le surmenage sans doute !

— Posséderiez-vous parmi vos trésors les quatre volumes des *Oiseaux d'Amérique* de Jean-Jacques Audubon ? Je viens d'arriver à Paris et je n'ai cessé d'écumer les librairies. Impossible de dégoter l'ombre d'une simple gravure de cet ouvrage.

— Alors jugez de la difficulté à l'acquérir en totalité ! C'est une pièce rarissime, hors de prix.

— Jamais vu ça, maugréa le professeur Mendole en prenant congé, un commerçant qui ne veut pas vendre !

Sans prêter attention à cette remarque, Robert Tourette ajouta :

— Peut-être pourriez-vous m'indiquer le nom d'éditeurs susceptibles d'être intéressés par mes gouaches ?

— Vous êtes artiste ?

— Oui, animalier. Je peins des rapaces, des perroquets et autres volatiles du sud des États-Unis.

— Allez donc au Cercle de la Librairie, 117, boulevard Saint-Germain, on vous orientera.

Cela faisait bien deux heures que Robert Tourette, à l'abri d'un porche où il profitait d'une relative fraîcheur, guettait la librairie Elzévir. Pourquoi la concierge s'était-elle exclamée : « Si c'est celui auquel je pense… » ? Cette officine des lettres recelait-elle plusieurs Japonais ? Il fallait qu'il sache. En la circonstance, suivre ce libraire offrait une possibilité d'en apprendre plus.

— Ce n'est pas trop tôt, bougonna-t-il quand Victor leva le camp après avoir fermé à clé et obturé les vitrines par des contrevents.

D'un pas nonchalant, il se dirigea vers la Seine, inconscient de l'intérêt que lui portait Robert Tourette. La filature était aisée, Victor ne tarda pas à rejoindre le quai Voltaire. Il échangea des politesses avec une femme aussi opulente qu'une lutteuse de foire, attelée à un châssis à roulettes croulant sous un matelas, puis il traversa et salua un vieillard chauve à lunettes en train de remballer ses boîtes de bouquiniste.

« S'il discute le bout de gras avec tout un chacun, j'en ai pour des heures », songea Tourette qui, pour passer inaperçu, se polarisa sur la manœuvre d'une péniche.

Victor se découvrit devant une fringante aïeule calée sur un pliant, occupée à tricoter devant son étalage, et s'attarda près d'un rouquin en blouse dont la barbe broussailleuse lui donnait de faux airs du sapeur Camembert.

« Blablabla… Il n'y a plus de péniche, qu'est-ce que je vais faire ? » s'affola Tourette.

À présent, le libraire serrait la main d'un gaillard corpulent aux pieds démesurés. Le type lui désigna une boule grise qui se déplaçait lentement sur le bitume, puis il déposa devant elle une feuille de salade.

Posté à deux mètres, tourné vers le pont des Arts, Tourette l'entendit expliquer :

— Camille souffre de ce temps lourd, du coup je l'emmène au travail et je m'oblige à endurer des journées de longue attente sans pour autant m'enrichir.

— Les tortues ne craignent pas la chaleur ! répondit le libraire.

— Camille si, les clients aussi, je n'ai pas étrenné.

— Une tortue nommée Camille ! Quelle brochette de cinglés, marmonna Tourette en examinant de près les empreintes fossiles de coquillages serties dans le parapet.

— Vous ne regrettez pas votre ancien métier ? demanda le libraire. Si vous étiez toujours commissaire de quartier, vous seriez tous les deux au frais.

— Nous étoufferions entre quatre murs, tandis qu'ici c'est la vraie vie ! Où allez-vous, monsieur Legris ?

— À l'Exposition. J'aurais volontiers pris ma bécane, mais je n'aurais su où la garer, donc je marche. D'ailleurs, j'ai besoin d'exercice, je m'encroûte.

— Il va me faire arpenter Paris, ce drôle ! maronnait Robert Tourette, en nage et assoiffé.

En découvrant les palais édifiés en bordure de Seine, il comprit le but de cette expédition.

— Retour vers les excités, se désola-t-il en se frayant un passage au milieu de la foule encombrant la rue des Nations.

Laborieux de traquer ce satané libraire, d'autant que celui-ci quittait le trottoir roulant et galopait en direction de la tour Eiffel.

CHAPITRE X

Même jour, soirée

Dans le fiacre la menant rue des Saints-Pères, Iris avait l'impression de rajeunir. Grâce à Euphrosine, qui gardait les enfants pour la soirée, elle était libre. Depuis combien de temps ne s'était-elle pas évadée de l'appartement où elle s'était retranchée avec Daphné, convalescente, et Arthur ? Elle se reprochait d'avoir enterré ses rêves d'aventures et se promettait de ne plus accepter sans rechigner cette existence quasi monacale. Si ronchonne que fût sa belle-mère, force lui était d'admettre que, sans son soutien, elle aurait déclaré forfait. Elle se jura aussi de remercier la mère de Tasha.

Puis son imagination s'empara de nouveau du conte qu'elle projetait d'écrire. Elle l'intitulerait *Le Premier Jour des vacances*. Ce serait les épreuves d'une éponge d'écolier enfouie au fond d'une poubelle où elle se dessécherait en aspirant à voir la mer. Un chien la libérerait, le couvercle sauterait, l'éponge serait catapultée dans un caniveau, le flot l'emporterait.

Iris se mit à griffonner sur un carnet, les cahots secouaient parfois sa main et le crayon dérapait sans qu'elle s'en souciât.

« Je bois ! Je bois ! » se réjouit l'éponge qui commençait à se gonfler.

Elle croisa un navire de papier, deux mégots et un bâton de sucette. Elle les dépassa, ravie de redevenir propre.

Mais quel était ce grondement ? Brusquement, elle fut avalée par un tourbillon et propulsée vers le bas.

— Où suis-je ? demanda-t-elle en voyant au-dessus d'elle d'énormes bateaux allongés.

— Tu es sur le canal ! cria une mouette.

— Et ces barques, comment les nomme-t-on ?

— Ce ne sont pas des barques, ce sont des péniches, ignorante !

« La suite cette nuit ou demain matin », se dit Iris en payant le cocher.

Quand Tasha sonna chez sa mère après la fermeture de la librairie, elle ne reconnut pas tout de suite la jeune femme en robe princesse à plis ronds et au corsage à col montant qui la pria d'entrer.

— Iris ! Quel chic ! Maman et toi allez m'aider à m'attifer, seule je n'arrive à rien, j'ai tout fourré dans un sac.

Djina apparut, vêtue d'un boléro en taffetas à revers carrés et d'une jupe en voile bleu pervenche garnie de dentelle.

— Quelle dégaine, ma fille ! Tout cela parce que tu te refuses le corset, soupira-t-elle en détaillant Tasha qui avait enfilé la première tenue extraite de son armoire.

— Tu sais bien que cet instrument de torture me scie les côtes, je déteste avoir le torse couvert de marques rouges.

— C'est vrai que c'est douloureux, approuva Iris, surtout par ces températures, il y a de quoi s'évanouir. Nous sommes stupides de nous soumettre aux caprices des hommes. Pourvu qu'un jour on nous délivre de ce cilice !

— As-tu reçu la livraison de la couturière ? Les retouches sont-elles correctes ?

À chacune des questions Tasha hocha la tête.

— Viens l'essayer.

Tasha pénétra dans la chambre à coucher où elle admira la xylographie de Torii Kiyonaga encadrée d'acajou et accrochée au mur.

— Ne traîne pas, il est tard, la morigéna Djina.

Tasha glissa à son annulaire une bague en or sertie d'une pierre azurée. Elle ouvrit son réticule et en tira une paire de gants ajourés.

Lorsqu'elle reparut, Mélie Bellac, occupée à préparer une collation, joignit les mains.

— Que vous êtes jolie, madame Legris ! Quel dommage que M. Mori ne soit pas là pour vous complimenter !

— Il est absent ? s'étonna Djina.

— Il s'est plaint toute la journée d'être souffrant. Il m'a réclamé du thé, du thé, encore du thé, et puis, au dernier moment, il a décidé de consulter le Dr Reynaud et a foncé à son cabinet. Il m'a assigné la corvée de vous prévenir.

— Et on prétend que les femmes sont douillettes, marmotta Djina.

— Tu es à la mode, je suis jalouse, remarqua Iris.

— C'est la ligne 1900, très « Modern Style », confirma Djina, fière de sa fille métamorphosée.

Le buste rehaussé par une gaine qui ne comprimait pas l'estomac, la poitrine légèrement aplatie,

Tasha étrennait une robe sinueuse à traîne souple. Un chapeau-toquet en paille orné de cerises et une ombrelle à rayures complétaient sa mise. Iris lui saisit la main.

— Oh, la jolie bague !

— C'est une aigue-marine, un cadeau de Victor. Il me l'a offerte il y a quatre ans, je la mets rarement, je crains trop de l'égarer.

Elle virevolta.

— N'empêche, je suis serrée. Et puis j'ai peur, depuis le début de l'Exposition Décennale j'ai évité de m'y rendre, quelles horreurs vais-je entendre ?

— Voilà ce que c'est que de peindre son mari dans le plus simple appareil, sans même l'esquisse d'un pagne ! Entre nous soit dit, je préférais la première version, celle-ci est édulcorée.

Iris et Tasha gloussèrent.

— On dirait des volailles, pas des mères de famille ! Venez grappiller, sinon vous ne tiendrez pas jusqu'au dîner. C'est bien là ton ami Laumier, nous convier au restaurant à une heure si tardive. Tu n'as pas à redouter les quolibets, il n'y aura que nous pour apprécier l'anatomie de Victor, déclara Djina.

Difficile de décliner la sollicitation de Maurice Laumier. Cette vieille connaissance de Victor avait lâché la peinture pour la profession nettement plus lucrative de directeur de galerie. Il s'était marié, était papa de jumeaux et, oublieux de la vie de bohème, prenait très au sérieux son rôle de découvreur de talents. Il misait sur Tasha et souhaitait évaluer les réactions du public confronté au nu qu'elle exposait au Grand Palais.

Puisque rien ne le pressait, Victor était monté au troisième étage de la tour Eiffel, d'où il assistait à l'agonie d'une chaude journée lentement grignotée par une marée bleutée annonciatrice d'orage. Grisé par l'altitude, il se rappelait la machine volante au-dessus de Grenelle et tentait d'imaginer ce qu'éprouverait le pilote s'il survolait l'Exposition. Peu à peu s'estompaient les collines ceinturant la capitale que gommait une main invisible. La belle affaire ! À supposer que cette cité qui se prenait pour le centre de l'univers cessât d'exister, la Terre n'en continuerait pas moins de tourner, les peuples de se massacrer, les marchands de prospérer, les banquiers de s'enrichir, les voyageurs d'accoster de nouveaux rivages, les immondices de se déverser dans les fleuves.

Autour de lui se croisaient des fonctionnaires à douze mille francs par an escortés de leurs épouses, dames chapeautées de pyramides à fleurs et à plumes, qui avaient leur « jour » et dilapidaient leur temps en « visites de digestion ». Victor percevait des bribes de propos échangés entre ces mondaines blasées qui, loin de s'extasier sur la débauche d'éclairage étalée à leurs pieds, se plaignaient des gages exorbitants de leur domesticité et de la complexité à boucler leur budget familial.

— Ma chère, la vie est hors de prix, deux francs cinquante le kilo de rôti, deux francs une volaille, et hier, Gustave a dû racheter un costume, le maladroit s'était renversé un encrier sur la manche, devinez ce que cela nous a coûté !

— Soixante-dix ?

— Vous divaguez ! Cent francs !

Ces bavardages s'amenuisèrent à mesure que Victor était malgré lui submergé par la beauté qui s'étendait alentour. Semblable à un ciel sans nuages où clignotent l'un après l'autre les astres, l'Exposition s'illuminait à chaque instant d'étincelles. À l'extrémité du Champ-de-Mars, les cascades du gigantesque Château d'eau reflétaient comme un prisme mille et une couleurs mêlées en un bouquet liquide. Émeraude et or, pourpre et lapis-lazuli. Derrière les fontaines, le Palais de l'électricité, métamorphosé en castel de légende, embrasait sa large façade flanquée de piliers et de campaniles. Encadré de lampes aussi puissantes que des phares, il était couronné d'un diadème de fer et de zinc ajouré. Un génie de plus de six mètres planait sur ce feu d'artifice auquel il ajoutait l'offrande de ses flammes.

Victor reporta son attention sur les rotations du Grand Globe céleste, à l'intérieur duquel Camille Saint-Saëns dirigeait des concerts. Son regard obliqua vers le Palais de l'optique auréolé d'étoiles, puis sur le Palais lumineux Ponsin. Plus de douze mille ampoules à incandescence incendiaient cette structure de verre, aux escaliers à rampes incrustées de coquillages. Des stalactites et des stalagmites miroitantes la transformaient en une grotte féerique.

Des éclairs écorchèrent les cieux au-dessus de Suresnes. Victor jeta un dernier coup d'œil aux lointaines gondoles de Venise à Paris et alla s'accouder à la rambarde. Fasciné par le scintillement de la pagode de Vishnou, des théâtres cambodgiens et indochinois disséminés sur les pentes de la colline du Trocadéro, il se souvint d'un soir de juin 1889, dans le bar anglo-américain du premier étage de la tour où l'avait convié son ami Marius qui venait de fonder *Le Passe-partout*. Marius lui avait présenté Tasha. Onze ans s'étaient écoulés, onze années de bonheur auprès de celle qui était sa femme.

Le panorama lui parlait d'un temps passé, du temps qui passe, de la fuite des jours, sans qu'il soit capable de se projeter à la rencontre d'un futur où il serait absent au monde.

« Impossible de résumer ce que nous avons partagé. Amour, tableaux, livres, photos, naissance d'Alice… Et onze enquêtes criminelles, à son insu, avec la complicité d'un commis devenu mon beau-frère, l'exaspérant, l'indispensable Joseph ! »

À l'instar de la Grande Roue qui traçait un cercle jaune, il avait tournoyé à travers cette fin de siècle, emporté par la fascination du mystère. Attirait-il la mort ? Possédait-il sans le savoir le don de faire éclore le meurtre auprès de lui ? Était-il la réincarnation d'un assassin, né pour expier ses fautes en menant des investigations ? Comment se libérer de cette malédiction ?

Il était las de son métier de libraire, le moment avait peut-être sonné de quitter la rue des Saints-Pères, Paris, la France et de retourner en Grande-Bretagne où il avait passé sa jeunesse.

Il se remémora la lettre récemment envoyée de New York par son beau-père. Pinkus cherchait un associé compétent pour monter une chaîne de distribution de films à Londres et, connaissant son inclination envers le cinématographe, il songeait à lui.

Quand Victor évoquait la capitale anglaise, il avait l'illusion de sentir l'âcre odeur du charbon déchargé par les navires ancrés sur la Tamise. Péniches, bacs, voiliers voguant sur un fleuve fougueux au milieu d'une ville pareille à une ruche humaine où l'on sautait sans transition des quartiers élégants aux cloaques infâmes. Brouillard pâle, statues délavées, pavés gris, foule blafarde.

Il fut de nouveau saisi par l'incohérence de l'Exposition, de ces multiples constructions, comme si un architecte fou avait tenté de rassembler en un seul lieu tout ce qui avait été édifié sur cette planète : témoignage de grandeur chimérique ? miroir aux alouettes ?

Où courait cet ostrogoth, qui venait de fuser tel un dément de l'ascenseur de la tour Eiffel ? Si le ciel cédait le pas à la nuit, les lumières empêchaient l'ombre de régner. Aussi Robert Tourette n'eut-il aucun mal à pister le libraire le long des pavillons des Puissances étrangères. Sa vue n'était pas défaillante, en revanche ses jambes et ses pieds protestaient. Il n'était plus d'âge à gambader aux trousses d'un homme nettement plus alerte.

Il franchit au trot le pont des Invalides et ralentit avenue d'Antin, où le libraire l'entraînait vers le Grand Palais.

« Ce bâtiment a l'air d'être coiffé d'une cloche à melon. »

Victor montra son carton d'invitation à la caisse de la porte 31. Il pénétra dans un vaste hall surmonté d'une coupole, d'où partaient deux galeries latérales. Il atteignit un salon d'honneur aux tentures pourpres semées de couronnes de feuillages sombres. Des frises rose et or s'harmonisaient avec des rinceaux safran et des tapis brun clair.

L'Exposition Décennale abritait, dans la Section française, un choix de peintures jugées représentatives de l'art national. Celles de Fernand Cormon et d'Albert Maignan, principaux maîtres de la Société des artistes français, et de Charles Cottet, un des plus audacieux membres de la Société du Champ-de-Mars, présidaient à cet accrochage. Victor marqua une brève pause devant les *Funérailles d'un chef* avant de rallier, dubitatif, une petite salle où étaient réunies les œuvres d'un certain Pascal Dagnan-Bouveret.

Cerné par les mille cinq cent trente toiles de l'Exposition française, il espérait que ses pas le mèneraient au nu de Tasha.

Dans le Grand Palais, ouvert ce jour-là jusqu'à une heure tardive en raison de visites officielles, rares étaient les amateurs. Victor n'eut aucun mal à repérer son clan.

Fagotés en bourgeois, Mireille et Maurice Laumier tranchaient sur les autres par leur teint rubicond et leur tenue sévère. Laumier avait troqué son apparence de rapin désargenté contre celle d'un marchand de tableaux plutôt prospère. Moustache fournie, barbe en pointe, monocle, haut-de-forme, badine complétaient le traditionnel frac. Son épouse refusait désormais le sobriquet de Mimi. Sa double grossesse avait élargi ses hanches que le port d'un corset serré au maximum comprimait en vain. Elle étouffait et ouvrait la bouche.

Le couple servait de repoussoir à Tasha, Iris et Djina, très en beauté. Joseph, arrivé depuis peu parce qu'il avait aidé Euphrosine à s'occuper des enfants rue de Seine, s'était habillé avec chic, jaquette, pantalon rayé, souliers jaunes. Il étrennait un melon couleur blé mûr et pérorait ainsi qu'un critique féru d'art moderne.

— Un véritable maître ne se laisse jamais décourager par l'insuccès, n'est-ce pas, Tasha ? D'ailleurs, les collectionneurs ont un goût détestable.

Maurice Laumier intervint.

— Vivre dans un galetas et créer des chefs-d'œuvre pour des profanes qui s'en soucient comme d'une guigne, voilà le destin des barbouilleurs. Nous, les propriétaires de galeries, prenons des risques financiers immenses afin de les sortir de la mouscaille et de les hausser au rang de William Bouguereau et d'Édouard Detaille qui recueillent les faveurs des rentiers. Je te pose la question, Victor, l'originalité de ton postérieur séduira-t-elle le public qui raffole de *Psyché et l'Amour* ou de la *Sortie de la garnison de Huningue* ? Je t'épargne l'*Assassinat de l'empereur Geta*, de Georges Antoine Rochegrosse, et *Lady Godiva*, de Jules Lefebvre.

Deux dames mûres s'arrêtèrent et examinèrent l'huile de Tasha à travers leur face-à-main.

— Scandaleux, dit la première, je suis offusquée par une telle obscénité au milieu d'un tel raffinement. Il faudrait se plaindre auprès du sénateur Béranger.

— Vous avez raison, Frédégonde, renchérit son amie, c'est comme si on avait encadré une page de Zola parmi les *Lettres* de Mme de Sévigné. Je tremble à l'idée qu'un enfant soit confronté à tant de vulgarité.

Victor rougit et se détourna.

— Rassure-toi. De dos, elles ne risquent guère de t'identifier, lui souffla Tasha.

— Alors, mesdames, la nudité masculine vous émoustille ? s'enquit Maurice Laumier.

Outrées, les femmes se sauvèrent avec force caquètements.

Robert Tourette, qui n'avait cessé de suivre Victor, jugea l'instant propice à une rencontre apparemment fortuite. Il heurta légèrement le libraire, souleva son chapeau et s'immobilisa.

— Quelle coïncidence, vous ici ? Vous me reconnaissez, monsieur ?

— N'étiez-vous pas tout à l'heure dans la boutique ?

— Précisément. Mon nom est Robert Tourette. Si je m'attendais à vous croiser… C'est un heureux hasard, j'avais omis de vous laisser mon adresse au cas où vous obtiendriez ce que je cherche.

Il tendit à Victor un bristol sur lequel était écrit :

Palace Hôtel, 103 à 113, avenue des Champs-Élysées

— Nous sommes venus admirer le nu de Mme Legris, avec quelques semaines de retard, expliqua Maurice Laumier.

— Quoi ? C'est votre épouse qui a peint cette toile ? Quel talent ! s'exclama Tourette.

Craignant que des confidences ne soient livrées à cet étranger, Victor se chargea des présentations.

— Aimez-vous l'art pictural contemporain, monsieur Tourette ? demanda Maurice Laumier.

— Ma foi, mes tendances m'entraînent vers les siècles précédents, la critique sociale à la manière de William Hogarth me réjouit. Je prise également les peintures de Charles Bird King sur les chefs indiens d'Amérique du Nord. Mais lorsque je découvre une pépite enchâssée dans un ramassis de scènes grotesques, je suis conquis ! Ne voyez en moi qu'un modeste peintre ornithologue, monsieur Laumier.

— Splendide ! s'exclama Laumier. Joignez-vous à nous, je régale la compagnie au restaurant, nous discuterons beaux-arts. Et si vos oiseaux m'intéressent, sait-on jamais ?…

À proximité, Frédéric Daglan, planté face à une peinture de Charles Cottet intitulée *Deuil marin*, consulta son oignon. La deuxième séance du spectacle de Sada Yacco débutait dans trois quarts d'heure, il avait amplement le temps avant de reprendre sa surveillance.

Enfin, ils s'en allaient.

Le marchand de tableaux compassé avait parlé d'un vin d'honneur et d'un dîner au *Restaurant des Congrès*. Frédéric Daglan, fasciné par la silhouette serpentine de Tasha, décida de leur emboîter le pas.

L'orage s'était calmé. Sur la rive droite de la Seine, ils s'engagèrent rue de Paris, rutilante et bondée, sans accorder attention à la Maison du rire, spacieuse baraque offrant des pièces comiques. Le Théâtre des Tableaux vivants, qui affichait des spectacles divers dont *Un voyage au pays des étoiles*, ne les captiva pas davantage. En revanche, ils stationnèrent devant la roulotte où Joseph Pignot sembla apprécier les ondulations de danseuses circassiennes. Frédéric Daglan profita de cette pause pour subtiliser un portefeuille. Non loin, dans le Jardin de la chanson, des rengaines traditionnelles concurrençaient les complaintes d'Aristide Bruant et de Jehan Rictus qui avaient succédé aux gambilleuses. Ils se remirent en marche, à la queue leu leu. Frédéric Daglan se retint de ne pas effleurer la main gantée de Tasha, dernière de la procession. Ils dépassèrent le Grand Guignol, dédié à la farce française, puis les Bonshommes Guillaume à la porte flanquée de cariatides décorées de masques lumineux. On pouvait y assister à un défilé d'automates hauts d'un demi-mètre. Sur l'estrade en plein air des Auteurs Gais, des bonimenteurs, secondés par une grosse caisse et un trombone, tentaient de convaincre les badauds d'entrer applaudir une comédie de Georges Courteline. Frédéric Daglan pêcha dans la multitude sa plus belle prise de la soirée, une montre en platine.

Animé d'une furieuse envie d'inspecter le lieu de travail d'Ichirô, Kenji avait profité de l'absence de Djina pour prendre la poudre d'escampette. Il serait toujours temps de s'assurer un alibi par téléphone auprès du Dr Reynaud si son épouse lui demandait des comptes. Après un dîner léger dans l'un des restaurants exotiques de l'Exposition, il avait baguenaudé au milieu des attractions en attendant l'heure d'ouverture des spectacles. À présent, il examinait discrètement les abords du théâtre de la Loïe Fuller. Ichirô Watanabe, coiffé d'une lourde perruque, le menton orné d'une longue barbe grise, le visage dissimulé sous un maquillage blanc strié d'épaisses lignes brunes, déchirait les billets.

Kenji ricana.

« Qu'est-ce que je fiche là ? Ah non ! Jamais je ne me prêterai à cette mascarade ! »

Près de la caisse, il crut reconnaître un habitué de la librairie dont le nom lui échappait. L'homme, âgé d'une trentaine d'années, arborait une énorme moustache, un ample complet de laine souple et un chapeau mou à large bord.

« Quel est son nom ? C'est agaçant, je suis sûr d'être allé chez lui boulevard… Boulevard Raspail. Oui, je sais, c'est un écrivain. Zut j'ai son nom sur le bout de la langue !… Ah, André Gide ! S'il me voit, je suis cuit, il va s'informer de ce que je pense de *Philoctète*, et je ne l'ai pas lu.

Il s'écarta promptement et se mêla aux fêtards.

Victor se retourna plusieurs fois, intrigué par la brève vision d'un pommeau de jade en forme de tête de cheval aux yeux incrustés de péridot.

« La canne de Kenji ? Impossible ! »

Divaguait-il ou avait-il vraiment entrevu son père adoptif au milieu de la foule ?

« Non, je rêve, il s'est couché, il est malade. »

Cependant un doute subsistait.

« Et s'il avait finalement eu la lubie de remplacer Ichirô au pied levé ? Quelle poisse ! »

Il fut tenté de prévenir Joseph, mais renonça : Frédéric Daglan veillait au grain.

« Je deviens obsédé. »

Il venait d'aviser un petit édifice à l'entrée arrondie encadrée de sylphides, surmontée de l'inscription *Loïe Fuller*. C'était le théâtre-musée de la célèbre

Américaine, qui avait fait courir le Tout-Paris en 1889 et accueillait à présent, entre deux déploiements de voiles multicolores, l'actrice japonaise Sada Yacco et la troupe Kawakami de Tokyo.

« Va savoir qui est ce pékin masqué déguisé en samouraï et juché sur des geta, en faction devant la caisse ? Kenji aurait-il cédé aux supplications d'Ichirô ? »

L'angoisse l'étreignait.

Il prit Djina par le bras et l'entraîna vers un château digne de l'univers de Lewis Carroll.

« Se montrer enjoué. »

— Saviez-vous que dans ce Manoir à l'Envers tout est accroché au plafond ? Par les fenêtres, il paraît que l'on découvre l'Exposition sens dessus dessous. Et, au troisième étage, on longe un tunnel de glaces où l'on se transforme en chimère. Venez, on va s'amuser !

En dépit des protestations de Maurice Laumier qui les pressait de le suivre au restaurant, le groupe gagna le Manoir.

Frédéric Daglan, dissimulé au sein du flot bariolé des curieux, ne fut pas dupe de ce manège. Ses mises en garde n'avaient pas porté leurs fruits puisque Kenji Mori, l'associé japonais de Victor, en était réduit à se fondre dans le paysage en utilisant la tactique du mimétisme.

« L'imbécile ! Ce n'est pas son chapeau mou et ses oripeaux de M. Tout-le-Monde qui lui sauveront la mise si jamais le bosco... Monsieur Legris, vous vous méprenez sur la personnalité de vos proches ! »

Il concentra son attention sur Ichirô.

« Pas bête, pas bête du tout, cette idée de se coller ce fard blanc et cette barbe sur la figure, ça prête à confusion. »

Frédéric Daglan s'aperçut qu'il n'était pas le seul à observer le Japonais. Sous la tente d'une baraque, un type légèrement voûté faisait aller et venir un yo-yo bigarré d'un mouvement sec du poignet. La tente noyait d'ombre ses traits, mais Daglan devinait qu'il contrôlait les alentours comme s'il craignait qu'on le débusque. L'homme resta là un bon moment, puis il rengaina son yo-yo, s'avança vers le théâtre, s'accroupit brusquement et feignit de relacer son soulier. Daglan vit passer deux gardiens de la paix culottés de coutil blanc. Lorsqu'ils se furent éloignés, l'homme se redressa, recula rapidement et disparut au coin de la baraque. Avant que Daglan ne réagisse, l'homme avait été submergé par la multitude.

CHAPITRE XI

Vendredi 27 juillet

Joseph sauta de l'omnibus à la hauteur du passage Verdeau et se pressa jusqu'au numéro 40 de la rue de la Grange-Batelière, siège du *Passe-partout*. Il poussa la porte du deuxième étage.

À dix heures du matin, tout le monde était sur le pont.

Joseph foula le tapis vert de la salle de rédaction, évita les tas de journaux de France et de l'étranger empilés par les grouillots. Il salua les deux rédacteurs qui les étudiaient de près et y promenaient leurs ciseaux pour y prélever les nouvelles fraîches destinées à être traduites ou reproduites telles quelles dans l'édition du jour. Il régnait une atmosphère enfiévrée d'allées et venues, de rires, d'éclats de voix ponctués du *tap-tap* des machines à écrire et des sonneries de téléphone. Barricadés dans des bureaux aussi étriqués que des cabines de bain, les échotiers de retour du Sénat, de la Chambre, des commissariats, de l'Expo, de la Bourse rédigeaient leurs articles en rivalisant de vitesse. Les spécialistes des « bruits de couloir » jetaient sur le papier des événements plus ou moins solides glanés dans les antichambres. Afin de frapper les lecteurs, ils arrangeaient des mots saisis au vol, en inventaient d'autres, narraient les indiscrétions, les accidents, les suicides, les agressions.

Joseph s'apprêtait à toquer chez le rédacteur en chef quand un stagiaire l'interpella :

— M'sieu Antonin Clusel est absent, on a eu des problèmes à l'imprimerie à cause du manque d'eau. Les monte-charge qui transportent les formes étaient immobilisés, il a fallu les descendre à bras d'homme aux ateliers de clicherie. Ça pèse une tonne, ces trucs-là.

Un jeune homme soigné, ganté, canne de jonc en main, les croisa en coup de vent.

— M'sieu, ce monsieur demande m'sieu Antonin Clusel.

— Adressez-vous au bouchon en sucre, moi je file.

— Le bouchon en sucre ? s'étonna Joseph.

Le jeune homme le considéra en riant.

— La blonde bien en chair, Eulalie, la moitié de Virus, un nom de plume, c'est elle qui assure l'intérim... Vous êtes qui, vous ?

— Joseph Pignot, je contribue aux gros tirages du journal, je suis le feuilletoniste, alors M. Antonin Clusel, dit Virus, je le fréquente depuis un sacré bout de temps.

— Ah oui ? Pignot... Ça se laisse lire ce que vous pondez.

— Je suis aussi publié chez Charpentier-Fasquelle, précisa Joseph.

— Je vois, vous appartenez à la coterie des littérateurs qui caressent l'ambition de la pile chez les libraires : « Livres à 3,50 francs », entourés de la prestigieuse bande *Vient de paraître*.

— Pourquoi pas ? À qui ai-je l'honneur ?

— Renaud Clusel, le neveu de Virus, reporter.

« Blanc-bec pédant, pensa Joseph, dépité du mépris affiché envers sa prose. Ainsi c'est lui le morveux qui a failli chambouler notre enquête l'automne dernier ? Toi, mon bonhomme, je te réserve un chien de ma chienne. »

Il adopta son expression « candeur absolue ».

— Je vous félicite, c'est un tour de force de tenir un stylo par ces températures, surtout avec des gants. J'ai expérimenté un moyen de ne pas trop souffrir de la chaleur.

— Ah oui ? Lequel ?

— C'est d'écrire sur du papier glacé.

— Elle est bonne, celle-là, je la placerai.

— Monsieur Clusel, pourrais-je requérir votre appui ?

— Pas maintenant, je suis à la bourre, un article à rédiger après vérification des faits.

— Juste un coup de fil au *Times* de Londres, c'est urgent.

— Désolé, je suis déjà parti, une automobile m'attend en bas. Repassez demain.

Ravalant sa fierté, Joseph se fit servile :

— Si je vous sollicite, c'est parce que j'estime votre ouverture d'esprit. La lucidité dont vous avez fait preuve dans le traitement des meurtres de l'impasse du Cadran[1] m'a impressionné, je dirais même plus, inspiré. Puis-je vous accompagner ?

— C'est que je vais loin.

— Qu'importe, ce serait un privilège.

— Bon, suivez-moi, vous m'expliquerez en route ce qui vous amène.

— Où allons-nous ?

— À Bougival. Un habitant qui tient une guinguette au bord de la Seine m'a contacté. Il m'a raconté que

1. Voir *Minuit, impasse du Cadran*, 10/18, n° 4582.

si à Paris on se plaint des mauvaises odeurs dégagées par le tout-à-l'égout, c'est une bagatelle comparé à ce que les riverains de la Seine subissent. Il m'a conseillé de venir humer l'air qu'il respire. « Vous ferez la différence et vous constaterez à quel point un paysage enchanteur peut être infecté par le voisinage d'une grande ville », a-t-il ajouté. Si son témoignage s'avère, je compte faire un sort à ces messieurs du service des eaux.

Joseph lui lança un regard malveillant et lui emboîta le pas.

Ils se garèrent à Marly-la-Machine où ils furent accueillis par le limonadier qui avait réclamé la présence d'un journaliste. Une bouffée fétide les assaillit aussitôt. Ils tirèrent leurs mouchoirs et se les appliquèrent sur le nez.

Devant eux, la Seine, qui eût dû refléter le ciel bleu, charriait des eaux goudronneuses. Sur chaque berge bouillonnait une mousse blanchâtre recouverte d'une moisissure répugnante où éclataient des bulles méphitiques.

— C'est immonde ! s'écria Joseph.

— Cette puanteur dure depuis longtemps ? s'enquit Renaud Clusel.

— Cela fait trois semaines que nous supportons cet environnement pestilentiel. Tout le monde s'en va, un si joli coin. Voyez, c'est de la pourriture en marche.

Harcelés par des essaims de mouches, des bancs de poissons se décomposaient sur les talus. Des cadavres ballonnés d'animaux flottaient, le ventre en l'air, sous le soleil brûlant.

Un batelier vint se mêler à la discussion.

— Qu'est-ce qu'on va devenir ? Hier, je suis allé jusqu'à Vernon. Partout des poissons morts. Par cette canicule, les déjections des égouts fermentent et les empoisonnent. Une de mes amies qui tient un établissement de bains a fait faillite. Qui voudrait piquer une tête dans ce cloaque ? C'est Paris qui nous envoie la malaria. Et ces imbéciles de pêcheurs qui ramassent des goujons crevés !

— T'as raison, Albert, approuva le limonadier. Tenez, messieurs, si je faisais don de mes frusques à l'Institut Pasteur et que ces messieurs les savants y pratiquent des analyses, je suis bien certain qu'ils pourraient cultiver jusqu'à l'an 2000 les microbes qui y pullulent.

— Intéressant, ce que vous supputez, je le note, dit Renaud Clusel.

Joseph luttait pour ne pas s'évanouir, ce qui ne l'empêcha pas de transcrire la conversation. La moiteur était insoutenable, le vrombissement des mouches lui taraudait les oreilles. Englué dans la mousse verdâtre, un énorme barbeau vomissait ses entrailles. Il recula, horrifié. Ses yeux se posèrent sur la main gantée de Renaud Clusel pressée de noircir son carnet.

— On devrait rentrer, suggéra-t-il d'une voix mourante.

Son attention revint malgré lui sur le barbeau qui dérivait. Penché en avant, les mains sur les cuisses, il bloqua son souffle, prit son élan vers l'automobile garée à plusieurs mètres, s'affala sur le marchepied et expira lentement. Comme en un rêve, il entendait Renaud Clusel, impassible, interroger les deux hommes.

— Encore une question, messieurs, que préconisez-vous pour remédier à cette situation intenable ?

— Mon avis ne vaut pas un pet de lapin, dit le batelier, mais selon moi il suffirait que les ingénieurs décident que le contenu des égouts de Paris sera intégralement déversé par les machines élévatoires du grand collecteur dans les champs d'épandage d'Achères.

— Il ne faut pas bâtir des châteaux en Espagne, Albert, rétorqua le limonadier. Les habitants d'Achères ne seront jamais d'accord. Les excréments de la capitale vont corrompre leurs fontaines et ces messieurs les ingénieurs renverront dans la Seine une bonne partie du produit des égouts, ainsi il n'y aura pas de jaloux, on sera tous souillés.

— Je vais mitonner une jolie chronique qui fera scandale, décréta Renaud Clusel.

— J'en suis persuadé, avec votre talent...

— Vous avez un teint de citrouille, Pignot, vous êtes malade ?

— Je n'encaisse pas la vitesse, grommela Joseph en retenant un haut-le-cœur, ça me noue l'estomac.

La dépouille putréfiée du barbeau dérivait toujours dans son esprit.

— Nous faisons à peine du vingt-cinq à l'heure ! Pignot, pour quel motif voulez-vous téléphoner au *Times* ?

— Oh, je m'efforce de réunir de la documentation sur la vie de Victor Hugo à Guernesey. J'ai un projet de feuilleton... Si vous pouviez m'obtenir les numéros du mois de mai 1899, je vous en serais extrêmement reconnaissant.

— Tous les numéros ?

— Je ne possède pas la date exacte de parution, mais je sais qu'un journaliste a écrit un reportage sur ce sujet.

— Je m'en occupe dès ce soir, venez au *Passe-partout* demain et récupérez les doubles au dépôt, on les sauvegarde un an, j'espère qu'ils y sont encore. Je vous laisse où ?

— Rue de Seine, un nom de circonstance.

Joseph attendit que l'automobile ait disparu et, ignorant son immeuble, se hâta vers le logis d'Euphrosine, rue Visconti.

« Faut pas que je contamine Iris, les enfants, maman. M'étriller, me changer, me désinfecter. Si ça se trouve c'est trop tard, je suis déjà contagieux. »

Paniqué, il traversa la cour au pas de charge, s'y reprit à trois fois avant d'actionner la clé du rez-de-chaussée, se rua dans la cuisine, se dépouilla de ses vêtements qu'il enveloppa de journaux et, debout, nu dans une bassine d'eau froide, armé d'un torchon essoré roulé en boule, se savonna frénétiquement jusqu'à ce que sa peau vire au rouge. Il déploya la même énergie à se laver les cheveux, les oreilles, les narines et mit un terme à ce déchaînement de prophylaxie en se gargarisant avec du sirop contre la toux.

À présent, sus aux armoires ! À l'assaut de ses effets de jeune célibataire, pieusement conservés par Euphrosine dans la naphtaline, il n'entendit pas la porte pivoter sur ses gonds.

— Jésus-Marie-Joseph ! T'as pas honte d'exhiber ton anatomie devant ta mère ! T'es seul ou bien…

Elle lâcha les deux cabas bourrés de provisions et courut inspecter les chambres et la remise.

— J't'avertis qu'si y a une gourgandine chez moi, j't'étripe !

— Maman ! S'il te plaît !

Tel Pharaon vouant Moïse aux gémonies, elle pointa le doigt sur son fils.

— Jure-moi sur la tête de ton pauvre papa qu'est au paradis que tu n'faisais pas la bête à deux dos avec, avec…

— J'le jure, là ! Tu me prends pour qui ? Assieds-toi, tu risques l'apoplexie à cavaler comme ça, on ne compte plus les morts d'insolation. Écoute-moi.

— Habille-toi d'abord, dévergondé… Qu'est-ce que tu fabriques avec ces nippes ?

— Maman, je t'en supplie, arrête ! Je vais t'expliquer.

Tout en se tortillant pour enfiler un pantalon et une chemise étriqués, il lui narra son expédition à Marly-la-Machine.

— J'vais mettre tes affaires à bouillir. Va décrocher la lessiveuse. J'ai eu le nez creux, Dieu n'aide que qui s'aide soi-même. Regarde.

D'un geste ample, elle lui désigna un alignement de paquets de biscuits de l'armée et de bouteilles d'eau minérale.

— Des biscuits de guerre ? Pourquoi ?

— L'eau est coupée de onze heures du soir à six heures du matin. C'est la nuit que les boulangers pétrissent et enfournent la pâte, et pour ça il leur faut de la flotte. Résultat : le matin, c'est la pénurie, la queue pendant des heures et quand vient ton tour, macache ! Plus de pain. Je me suis arrangée avec Mme Bouchardat, tu sais, celle qui tient l'épicerie du *Petit Maure*, son fils est fourrier à la caserne de la Pépinière, il a des facilités, et puisqu'on est copines, elle me fait profiter de sa bonne fortune. Cette carence de flotte, ces messieurs de la compagnie colportent que c'est la faute des gens qui laissent couler leur robinet à longueur de journée pour rafraîchir leur logement. Quel culot ! Avec l'installation des compteurs, les locataires modestes comme moi ne peuvent plus se ravitailler chez les cafetiers, les établissements de bains ou les voisins, ben dame, c'est payant, et tout le monde peut pas en avoir, des compteurs ! Heureusement ces maîtres de la soif ne taxent pas les fontaines publiques ! Seulement il faut y aller, aux fontaines publiques, faut se coltiner les seaux !

— Ne te plains pas, maman, tu en as une dans la cour.

— Et voilà, tu défends les accapareurs ! Tu vas voir ce qui t'attend toi et ton progrès, un de ces jours on nous taxera l'air qu'on respire ! En tout cas, après ce que tu m'as raconté je me garderai d'acheter du poisson.

— Tais-toi, maman, je veux cogiter.

— Cogiter, cogiter, ça n'apporte que de la neurasthénie. Moi, je ne cesse jamais de cogiter. Ah non ! J't'interdis ! Pas la casquette de ton pauvre papa, c'est une relique !

« Casquette, casquette… » Ce mot se diluait en élucubrations fébriles. Il revit la casquette du limonadier de Marly-la-Machine et frissonna. Il était fatigué, inapte à la plus élémentaire conjecture.

Il reposa le galurin mité de son père et passa une veste aux manches trop courtes.

— Mon pitoyable minet, tu t'es vu ? On jurerait que t'as pleuré pour les avoir, tes frusques. Tu ressembles à un clown.

— Me prenez-vous pour un ludion ?

Kenji rendit le papier à Victor avec un rictus contraint.

— J'ignore par quel tour de passe-passe cette bouffonnerie vous est tombée entre les mains, mais si vous vous imaginez que vous allez me manœuvrer à votre guise, vous vous leurrez.

— Votre vie est en jeu.

Victor n'était que désarroi, énervement, dégoût de lui-même, à quoi s'ajoutait une panique envahissante.

L'appartement de Djina et Kenji se trouvait au-dessus de la boutique. On y accédait soit par le premier palier du 18 *bis*, soit par l'escalier à vis qui aboutissait à la librairie. Kenji avait conservé son ancienne chambre à coucher transformée en bureau style Louis XIII. Aux murs, deux gravures érotiques représentaient un couple livré à une besogne censurée par la décence. Seul un œil attentif parvenait à déceler les attributs de leur sexe parmi les plis de leurs kimonos.

— Appréciez-vous mes dernières acquisitions ?

— On dirait un dialogue de vaudeville, marmonna Victor.

Il s'était astreint à convaincre Kenji et, de nouveau, énuméra ses arguments. Son associé fronça les sourcils.

— Qu'espérez-vous de moi ? Que je me cache sous le lit ? Que je m'exile sur un récif ? À moins que je n'émigre dans les Carpates en compagnie des ours bruns ?

— Pourquoi les Carpates ?

— Parce que la température y est supportable, répondit-il d'un ton renfrogné.

Victor ne put s'empêcher de sourire.

— Kenji, cette histoire est réelle, je vous assure que je ne la sors pas de mon chapeau.

— C'est à moi de me faire une opinion.

Kenji réfléchit un instant, le regard rivé à celui de Victor, puis ses traits se détendirent.

— Je vais devoir mettre Djina au courant.

— Est-ce vraiment indispensable ?

— Oui, elle m'est d'un précieux conseil. Désolé, je ne suis pas aussi doué que vous pour mentir à mon épouse. Mon plan nécessite son accord.

— Qu'envisagez-vous ?

— Je vous promets d'agir afin que ni M. Watanabe ni moi ne courions le moindre risque. Vous êtes satisfait ? Allons, Victor, vous vous comportez en gamin qui a dérobé des confitures. Si vous n'aviez pas offert l'hospitalité à ce raseur nous n'en serions pas là, mais il aurait peut-être déjà subi le sort de son cousin, alors inutile de vous culpabiliser.

Kenji fit coulisser le panneau d'une bibliothèque, disposa sur la table un flacon de saké et deux verres.

— Un tonique sera le bienvenu.

Matthew Walter avala une ultime rasade d'alcool au goulot d'une fiasque. Il progressait avec lenteur. En lui, le vieux désir persistait, prendre le large.

Les fardiers, les chalands, les barges assoupis ravivaient sa nostalgie de la mer. Il longeait une succession de verrières, d'entrepôts, de hautes cheminées. Il ressentait une impression de vide, il aspirait à des horizons sans limites. Depuis qu'il s'était embarqué dans ce projet, il se disait que l'exaltation de la vie l'avait quitté. Ici tout était étriqué. La ville ? Une grotte sale aux émanations écœurantes. Cette Exposition bondée de créatures parées de peaux et de plumes cruellement volées à d'autres créatures ? Une toile d'araignée qui le paralysait.

Matthew Walter n'éprouvait que peu d'estime envers son prochain. Son enfance saccagée l'avait rendu méfiant. Il n'aimait pas les ouvriers affalés contre les zincs, il n'aimait pas les petites femmes aguicheuses ou celles d'un âge avéré pareilles à des volailles dodues, il n'aimait pas les jeunes hommes ambitieux, il détestait les bourgeois pétris de morgue et de principes, et surtout il ne s'aimait pas lui-même.

Quand on lui avait assigné son rôle au sein de l'expédition, cela lui avait semblé de tout repos. À présent, il se reprochait sans trêve d'avoir accepté ce marché. L'attente pesait sur lui, le dénouement tardait, ses nerfs allaient lâcher. Seule la contemplation de l'eau pouvait le calmer. Troquer sa liberté en échange d'un profit substantiel en valait-il la chandelle ? Il pourrait monter en douce sur cette imposante péniche, se claquemurer au cœur des écuries ? Par les vantaux ouverts, il distinguait les croupes des chevaux qui, lieue après lieue, faisaient glisser le bateau par les chemins de halage des rivières et des fleuves jusqu'aux estuaires.

« Saisis ta chance. »

Il renonça. Il savait qu'il surmonterait cette faiblesse passagère.

Pas un souffle de vent, l'air empestait. Une lune étiolée pendait du ciel. Le quartier résonnait de la procession cahotante des théories de camions de vidange attelés à d'innombrables rosses. Escortée de son traditionnel cortège de fêtards, rythmée par le grincement des essieux, elle allait, chaque soir, décharger sa cargaison immonde impasse du Dépotoir, à l'extrémité d'un bras mort du canal de l'Ourcq, tandis que les fêtards, chapeaux bas, se recueillaient comme à un enterrement de mascarade.

En retrait, il observa le transbordement des futailles emplies de déjections que des hommes de peine empilaient sur des embarcations en route vers Bondy. L'agriculture ne manquerait jamais d'engrais.

En cheminant le long du quai, Matthew Walter fredonnait une vieille chanson de marin. De grosses taches vert argenté s'amincissaient en une coulée mouvante entre des montagnes de charbon et de plâtre. Il n'avait plus qu'une centaine de mètres à parcourir pour rejoindre la rue de Thionville, lorsqu'il perçut un bruit suspect. Il s'immobilisa.

Le silence.

Matthew Walter reprit son errance, stoppa pour écouter. Rien.

Il étudia les environs et se dit que c'était l'endroit idéal pour un traquenard, le genre de lieu qu'il aurait choisi. Il allait atteindre le minuscule carré de verdure d'un jardin d'éclusier éclairé par la lueur laiteuse d'un réverbère, quand le bruit se renouvela. Il fit volte-face. Sauvagement, sans réfléchir, il se rua sur la forme rencognée entre deux hangars, leva le poing et frappa. Un cri retentit, une silhouette s'écroula à terre. Matthew Walter poussa un grognement. Au travers d'un entrelacs d'ombre et de lumière, il discerna le visage ensanglanté d'une femme, un parfum d'eau de Cologne à quatre sous chatouilla ses narines. Il tira le corps du tas de débris sur lequel il était tombé. La femme était sonnée, mais elle respirait. Il l'adossa contre une superposition de cageots. Son maquillage outrancier, sa vêture ne laissaient planer aucun doute quant à sa profession, une ambulante.

Il y eut une sorte de grattement à sa droite. Il se tourna vivement. Une seconde fille publique le fixait avec terreur. Matthew Walter fit demi-tour et s'enfuit loin du canal.

CHAPITRE XII

Samedi 28 juillet

Le canal clapotait. L'éponge flottait au gré du courant. Au-dessus d'elle défilaient peupliers et nuages. Soudain, une libellule atterrit près d'elle. Une de ses ailes était froissée. Menacée de noyade, elle surnageait maladroitement.

Iris se hâtait de rédiger la suite de son conte, convaincue qu'on allait l'interrompre.

— Maman, je veux emmener mon ours Claudin à l'Expo mais papa dit que je vais le perdre. Arthur emporte le mouchoir à carreaux qu'il s'enfonce dans l'oreille chaque fois qu'il suce son pouce, c'n'est pas juste !

« J'en étais sûre, pensa-t-elle. Impossible d'écrire en paix. Ils n'ont aucun respect pour mon travail, d'ailleurs ils se figurent que c'est un passe-temps, une broderie anglaise. Quand Joseph griffonne ses feuilletons, personne ne le dérange, lui ! Il est vrai que je leur cache mes créations et que je ne les leur montre que lorsqu'elles sont achevées. »

— Arrête de chougner, fifille, on va être en retard, fourre-la dans ce sac, cette peluche. Si tu l'égares, le bureau des réclamations restera clos ! décréta Joseph.

— Quelle mouche a piqué Euphrosine, de les conduire là-bas sous ce ciel de plomb ! Y aura-t-il de l'eau au moins ?

— Ma chérie, Paris n'est pas le désert de Gobi et, je te le parie, ma mère va se coltiner un bidon de municipale de crainte qu'ils se déshydratent !

Ils s'embrassèrent. Dès qu'ils eurent franchi le seuil de la porte, Iris rouvrit le cahier qu'elle avait dissimulé sous un coussin.

> *— Saute sur moi ! cria l'éponge.*
>
> *En un ultime effort, la libellule se hissa sur le dos rugueux de l'éponge.*
>
> *— Merci, tu m'as sauvée !*

Iris tapota son buvard et vissa le bouchon de l'encrier, en proie à un intense regret. Elle se souvint de sa jeunesse, de ses espérances. Elle ne se soumettrait pas aux conventions de la société. Elle volerait de ses propres ailes, telle une libellule. Une grande passion, mais pas de mariage, la liberté, la vie d'artiste ainsi que la menait Maurice Laumier, ce peintre qui l'avait jadis courtisée. Lui aussi avait renoncé, lui aussi s'était rangé, mari, père et commerçant. Était-ce la destinée commune, ce déni des promesses que l'on tisse en soi pendant les années de révolte contre les adultes ? Les humains étaient-ils fous au point de tuer l'enfant qu'ils avaient été ?

Elle se demanda une fois de plus si elle était dénuée de tendresse envers son époux et leur progéniture, ou indifférente. Puis elle les imagina privés de nourriture au milieu du Sahara.

« Tu les adores, idiote ! Tu as simplement besoin d'être un peu tranquille ! »

Pour la conforter, un moineau pépia sur le rebord de la fenêtre.

Même sous le soleil, la rue Visconti demeurait humide et sombre, un coin de province déshérité où seuls des tenanciers de garnis, des charbonniers et des imprimeurs avaient élu domicile. Dans un ancien cabaret aux grilles ouvragées, des terrassiers et des maçons se gargarisaient d'une blanquette de Limoux à dix centimes le verre. La chaussée trop étroite était bloquée par l'âne et la carriole d'un rempailleur de chaises arrêté devant la porte d'Euphrosine. Celle-ci étrennait une robe de faille vert foncé striée de noir et un chapeau croulant de fruits. À l'ombre de cet imposant couvre-chef, Mélie Bellac, amaigrie par un corsage trop lâche aux manches bouffantes et une jupe de coutil blanc à l'ourlet décousu, luttait afin de conserver sa dignité.

— Ah, c'n'est pas dommage !

Euphrosine écarta d'un geste rageur le rempailleur qui ravala ses injures de peur des représailles.

— Ce n'est guère raisonnable, objecta Joseph, il va y avoir un monde fou dans Paris pour acclamer l'arrivée du schah à la gare du Nord, il sera accueilli par M. Loubet. La populace va envahir l'Expo. Par-dessus le marché, on annonce des averses.

— On s'en moque du matou persan ! rétorqua Euphrosine. Et s'il pleut, ça nous rafraîchira.

— La petite a été malade.

— Elle est guérie. Dis-le, j'suis une marâtre ! Tes rejetons sont la prunelle de mes yeux, Jésus-Marie-Joseph !

— Oh oui, m'sieu Pignot, on les protégera mieux que des poussins et on endormira les méchants, renchérit Mélie. *Rainard que duerm pren pas las polas.*

— En bon français ? glapit Euphrosine.

— Renard qui dort ne prend pas les poules.

— Alors réveillez-vous, suivez derrière et ne vous faites pas faucher les bouteilles de flotte, ordonna Euphrosine, happant la main de chaque enfant.

Daphné et Arthur étaient surtout intéressés par la plate-forme mobile. Euphrosine eut beau leur proposer de visiter diverses attractions, ils refusèrent d'en démordre. Euphrosine céda, à l'effroi de Mélie.

Ils empruntèrent la rue de l'Avenir à la station Invalides. De là, pour un tarif unique de cinquante centimes payés à un receveur, ils effectueraient une boucle de plus de trois kilomètres autour de l'Exposition.

— On est perchés sur un viaduc en charpente haut de sept mètres ! J'y suis déjà montée avec Micheline Ballu, se rengorgea Euphrosine.

— Pourvu que ça ne s'écroule pas, pleurnicha Mélie en se signant.

— Il faut être moderne, ma fille. Moi, quand je poussais ma carriole des quatre-saisons, ça m'aurait évité des varices, ce genre de trottoir !

— Je préférerais voyager sur le côté le plus lent, protesta timidement Mélie qui s'agrippait de sa main libre à un des piquets couronnés d'une boule permettant aux voyageurs de garder l'assiette.

— Ce que vous êtes timorée ! C'est deux fois moins large et ça roule deux fois moins vite, quatre kilomètres à l'heure au lieu de huit. Nous on veut du rapide, hein, les mômes ? Comme ça on ne mettra qu'une demi-heure à revenir à la gare de départ !

— Mon pauvre cœur, il bat la breloque, sûr qu'il va flancher, gémit Mélie, dont la détresse empirait.

— Si vous avez le mal de mer, descendez de ce serpent qui se mord la queue et utilisez le chemin de fer Decauville, il suit le même trajet en direction opposée, seulement je vous préviens, c'est pire que les montagnes russes : tantôt en l'air, tantôt sous terre, tantôt au ras du sol, précisa Euphrosine, faussement compatissante.

Ils progressaient dans le sens inverse des aiguilles d'une montre. Les passagers se bousculaient, femmes aux ombrelles déployées, messieurs à canotier, bambins en costume de moussaillon. Beaucoup maintenaient la pose pour jouir du paysage, des audacieux ne cessaient de changer de plate-forme.

— Ça vous plaît, les enfants ? Empoignez ma jupe, c'est casse-gueule, on est sur des planchers attachés ensemble, fixés à une poutre, alors faut être prudent.

— Mémé, ça marche comment ? demanda Daphné.

— Sur des roulettes, à l'électricité. Ça va, Mélie ? Surveillez le cabas aux bouteilles. Oh, regardez, les enfants, ça, c'est le pavillon des États-Unis, ça, celui de la Bosnie-Herzégovine. Mélie ! Ne retenez pas votre souffle, vous allez suffoquer ! Ça, c'est la Norvège, et puis l'Espagne, énonça Euphrosine d'un ton doctoral.

— Mémé, cette pomme de pin avec des écailles, c'est quoi ?

— La Suède. Arthur, ôte cette plume de ton oreille ! T'as oublié ton mouchoir à carreaux ?

— Mémé, à quoi ça sert tous ces drapeaux ?

— C'est comme qui dirait pareil aux enseignes pour les boutiques.

Mélie ne savait à quel saint se vouer. Au bord de l'évanouissement, elle lâchait parfois le piquet et se comprimait la poitrine.

— Qui craint de se mouiller ne pêchera pas de truite, assena Euphrosine en lui adressant un sourire fielleux. Vous redoutez d'attraper un rhume ou d'être déshabillée par la vitesse ?

Pour confirmer ces propos, une jeune fille n'eut que le temps de plaquer sa jupe et ses jupons soulevés par un appel d'air.

Avenue de La Bourdonnais, le trottoir, qui bifurquait vers le Champ-de-Mars, offrait un panorama plongeant sur des immeubles d'habitation. Au premier étage, une matrone leur tira la langue avant de claquer violemment sa croisée.

— Elle a raison, cette particulière-là ! Jamais je ne supporterais un tel défilé face à mes fenêtres, assura Euphrosine. Mélie, vous lambinez !

— Qu'est-ce qu'elle a, la dame ?

Daphné pointait l'index vers une femme courbée en deux. Un attroupement s'agglutinait autour d'elle.

— Transportez-la sur la plate-forme intermédiaire, elle va avoir un bébé ! brailla une bourgeoise.

Un homme armé d'un parapluie s'employait à disperser les curieux. Par la brèche qu'il réussit à percer, Euphrosine aperçut une femme allongée.

— Un bébé ? interrogea Daphné, les yeux ronds.

Simulant la jovialité, Euphrosine répondit :

— La cigogne a dû la percuter de son grand bec parce que nous filons à toute allure.

Les trottoirs s'étaient immobilisés.

Mue par une force décuplée, Euphrosine saisit les enfants à bras-le-corps et fonça droit devant.

— Je veux la cigogne ! beuglait Daphné. D'ailleurs la plume, c'est une plume de cigogne !

— Quelle plume ? Le ciel est noir, il va tomber des curés.

— Madame, madame, attendez-moi ! hurla Mélie.

Elle parvint à s'arracher de son piquet et se rua à la poursuite d'Euphrosine jusqu'à la porte Rapp.

— Madame Euphrosine, passez-moi le petit !

Elles entraînèrent les enfants, indignés d'avoir raté la cigogne, dans le Palais des fils, tissus et vêtements. Mélie pila devant une devanture de corsets. Ses genoux vacillaient, elle déposa Arthur à terre.

— J'ai la nausée, murmura-t-elle.

— Vous ne l'avez pas volé, vous avez brûlé le déjeuner, répliqua Euphrosine d'un ton bourru. Vous avez dû l'gaver avec un entonnoir, votre époux ! De quoi est-il mort ? D'une indigestion ?

Mélie fondit en larmes.

— Je... je suis... célibataire, avoua-t-elle entre deux hoquets.

— J'croyais que vous étiez veuve !

— C'est à cause de la cigogne ? s'enquit Daphné, qui fut priée d'emmener Arthur admirer les vitrines.

— Non... à mon âge, pour les patrons, veuve ça me pose davantage que vieille fille, hoqueta Mélie. Je ne saurais où me réfugier, ma sœur est nourrice, elle vit en Corrèze, elle a bien des soucis, son mari est malade, je suis seule à Paris, toute seule !

— Mais non, voyons, vous avez des amis. M. Kenji et Mme Djina ont d'l'affection pour vous, moi aussi par le fait !

Mélie esquissa un sourire reconnaissant à travers ses larmes.

— T'as vu, mémé, Arthur a la même ! s'écria Daphné, le nez écrasé contre la glace d'un éventaire où s'harmonisaient des arcs-en-ciel d'aigrettes. Zut, il s'est tué l'oreille, ajouta-t-elle en désignant son frère.

Euphrosine se précipita et arracha de la main d'Arthur une longue plume rouge qu'il s'était introduite dans le conduit auditif.

— Il va avoir une otite comme moi, mémé ? s'inquiéta Daphné.

— Mais où ce gamin a-t-il ramassé cette saleté ?

Arthur se mit à pleurer, moins de douleur que par peur des cris de sa grand-mère.

— C'n'est pas de sa faute, c'était dans la poche de papa, on a joué aux Apaches et puis on l'a gardée pour mon ours Claudin, c'est une plume de cigogne rouge.

— Ah, il va m'entendre, Joseph, c'n'est pas Dieu possible d'être si négligent, il veut le rendre sourd, ce gosse ? On peut dire que j'la porte, ma croix !

— Oh oui, renchérit Mélie d'une intonation doucereuse, rassérénée de s'être fait une alliée.

Clic-clac firent sur le pavé les sabots du cheval tandis que le fiacre cinglait au large de la rue de la Grange-Batelière. Une averse mitraillait les parapluies des citadins et ruisselait sur le melon de Joseph, qui se hâta de rallier l'immeuble du *Passe-partout*. À l'intérieur, tout lui parut gris, de la couleur de l'encre et du papier. Des gens s'agitaient, de vraies fourmis, ne lui prêtant à son grand soulagement aucune attention. Si bien qu'il descendit au premier sous-sol, où était situé le dépôt, sans qu'on le remarquât, et aborda un employé somnolent qui lui indiqua les salles où l'on conservait les doubles des journaux étrangers.

« Je dois avoir l'air d'un reporter », en conclut Joseph avec fierté.

Il longea des tables dédiées à la presse des pays européens, *Berliner Zeitung*, *Hlas Navoola*, *Corriere della Sera*, *De Telegraaf*, *Diário de Notícias*, *Dagens Nyheter*. Son pouls s'accéléra quand il avisa une pile de *Times*. Il se contraignit à compulser posément les numéros de l'année précédente, concentra ses efforts sur ceux du printemps, les feuilleta avec une indifférence affectée. Dans deux d'entre eux, datés des 14 et 15 mai 1899, il releva, en page trois, les noms Anthony Forester et *Esméralda*. Il roula les journaux en cylindre, les enfouit sous sa veste et s'en alla comme un malandrin. Il se traita d'imbécile, après tout Renaud Clusel ne l'avait-il pas incité à « récupérer » ces numéros ?

Rue Drouot, il poussa la porte-tourniquet d'un bouillon que ses étalages de viandes apparentaient à une boucherie. Une odeur tenace, fromage et mouton trop cuit, imprégna aussitôt ses vêtements. Il parvint à investir un guéridon couvert de taches et d'assiettes sales. D'un coup de torchon une jeune fille en uniforme jaune numéroté nettoya le marbre, puis elle empila la vaisselle sur un plateau. Joseph étudia la carte et choisit un menu à trois francs, moules marinière, ragoût de dindonneau, côtelettes au cresson, brie, poire, et une chopine de chablis. L'atmosphère chaude et humide évoquait celle d'une jungle où la vapeur du café prenait les clients à la gorge.

Tout en avalant un repas beaucoup trop copieux, Joseph s'efforçait de traduire les entrefilets accompagnés l'un du dessin d'un homme en costume de marin et casquette, l'autre de la gravure d'un brick baptisé *Esméralda*.

La serveuse lui proposa une pâtisserie, tarte au citron meringuée, quatre-quarts aux pommes ou religieuse au chocolat. Il secoua la tête, victime d'un malaise. Il avait peine à digérer, il souffrait de la moiteur et du bruit, et, pour couronner le tout, il ne comprenait pas un traître mot de ces articles rédigés en anglais. À quoi lui servait-il d'avoir mémorisé des listes de verbes irréguliers ? La langue britannique se refusait à lui. Une fois de plus, il devrait admettre son incompétence et avoir recours à Victor.

Grâce aux ciseaux empochés dans ce but, il allégea les deux exemplaires du *Times* des extraits qui l'intéressaient. Après avoir réglé sa note et bousculé un gros homme à lorgnon, il quitta le bouillon et prit le risque de remettre les journaux en place au dépôt. On préparait une édition spéciale sur la visite du schah, cousu de diamants, et si intense était la confusion que la seconde incursion de Joseph au dépôt demeura aussi inaperçue que la première.

De retour à la librairie où une cliente d'âge mûr désirant négocier des almanachs royaux aux armes du comte de Provence accaparait Kenji, Joseph attira devant la cheminée son beau-frère, qui s'empara des deux coupures et les parcourut.

— Le premier article relate qu'Anthony Forester, capitaine de l'*Esméralda*, a découvert un bateau fantôme près de Gibraltar, le *Komodo*. Il l'a remorqué jusqu'en Angleterre et a touché la prime d'épave qui s'est avérée substantielle. Le *Komodo* avait appareillé à Saint-Louis du Sénégal. Le second article précise que son équipage semble avoir fui le navire à la hâte. On n'a jamais retrouvé les canots de sauvetage, il n'y a eu aucun survivant. Comment s'assurer que Saint-Louis du Sénégal constituait la case départ de son périple ? D'où venait-il ? Qui le commandait ? marmonna Victor entre ses dents.

— Komodo ! Nom de Dieu !

— Qu'avez-vous, Joseph ?

— La lettre, la lettre de menace que Daglan vous a remise.

— Eh bien quoi ?

— Elle est signé Omodo, vous pigez ?

— Oui. Calmez-vous.

— Mais je suis calme ! Tout se tient ! Omodo, Komodo !

— Moins fort, Joseph ! lui intima Victor en coulant un regard vers Kenji.

— Vos messes basses sont superflues, je suis immergé jusqu'au cou dans cette panade puisque vous avez hébergé Ichirô sans me consulter et déclenché une série d'embarras qui bouleversent ma vie quotidienne. Alors associez-moi à vos interrogations.

Victor tressaillit et leva la tête au moment où la dame d'âge mûr tirait la porte. Kenji étalait sur son bureau les almanachs royaux reliés en maroquin rouge. Satisfait de son intervention, il poursuivit.

— Quomodo ? S'agit-il de la conjonction latine « Comment ? ». Le *Comment* ! Drôle de nom pour un bateau, *Quo vadis ?* eût été plus adéquat, affirma-t-il.

— Pourquoi *Quo vadis* ? s'enquit Joseph, déboussolé.

— Mon pauvre Joseph, vous vendez des livres et vous n'êtes pas fichu d'en déchiffrer les titres. *Quo vadis ?* signifie « Où vas-tu ? » en latin.

— J'ai appris sur le tas, moi. À douze ans j'étais au turbin ! Et puis ça ne s'écrit pas comme vous le dites, c'est *Komodo* avec un *K*. Je suis certain que vous ignorez l'origine de ce mot !

— *Komodo* ? Détrompez-vous. C'est une île d'Indonésie inconnue des Européens. Elle est peuplée de lézards géants qui peuvent atteindre deux mètres de long, des varans carnivores. On la nomme « l'île des Dragons ». À propos de *Quo vadis ?*, je ne l'ai pas vu en vitrine. Qu'est-ce que vous attendez, Joseph ?

— Personne n'a encore demandé le bouquin de ce Polonais au nom imprononçable, c'est quoi, déjà ?

— Henryk Sienkiewicz.

— À vos souhaits.

— Quand je pense qu'il a été traduit en vingt-deux langues et que la France est l'un des derniers pays à le publier, bougonna Kenji.

La sonnette tinta.

— Oh, non, gémit Kenji, pitié !

Ichirô se précipita à ses pieds.

— Mon inestimable ami ! Je vous supplie de ne pas m'abandonner. J'ai tellement peur ! Il faut que vous me remplaciez ce soir ! Des flèches ! Une avalanche de flèches !

— Vous exagérez un tantinet, nota Joseph.

Affectant l'indifférence, Kenji examina son achat.

— Je vous conjure de ne pas me lâcher, vous aviez promis…

— Je n'ai rien promis du tout, c'est vous qui…

L'irruption d'Euphrosine, de Mélie, d'Arthur et de Daphné, ruisselants, interrompit les protestations de Kenji.

— Père indigne ! Tu réalises que ton fils a failli devenir sourd ? Une plume, une plume rouge enfoncée dans l'oreille !

— Quelle est cette insinuation, une plume rouge ? répliqua Joseph, très inquiet, cherchant des yeux la veste qu'il avait suspendue à une chaise.

— Je n'insinue pas, j'affirme ! Ta fille l'a chipée dans l'une de tes poches et l'a proposée à son frère. A-t-on idée de collectionner des horreurs pareilles ?

Furibarde, Euphrosine exhibait l'objet du litige que tous redoutaient de voir voler à travers l'espace. Joseph se tassa derrière le comptoir, où Victor le rejoignit sur-le-champ.

— Ah, c'est malin, vous n'en ratez pas une !

Ichirô Watanabe se tordit les mains.

— C'est trop affreux ! Une plume rouge similaire à celle ornant la flèche dont Isamu a été transpercé ! Et l'homme mort du Trocadéro, une plume rouge, ont colporté les quotidiens ! Dans ces conditions, je suis perdu ! Plus de travail, plus d'argent ! Je vais me laisser mourir de faim dans votre mansarde, monsieur Legris ! Ou m'y infliger *seppuku*, ce qui est douloureux et salissant.

— Ne prenez pas les vessies pour des lanternes, monsieur Watanabe, ma plume n'a aucun rapport avec celles des meurtres, *mea culpa* ! Je me la suis procurée chez un papetier pour jouer aux écrivains d'antan.

— Ben encore heureux qu'elle n'ait pas été affûtée, sinon ton héritier y laissait son tympan, gronda Euphrosine.

— À d'autres ! siffla Victor. Vous espérez égaler Flaubert, qui n'envisageait le beau style que muni d'une plume d'oie ? Une pièce à conviction, bravo !

Kenji saisit délicatement les almanachs royaux et, sans un mot, grimpa à l'étage.

Le dos rond, Ichirô se coula dans la rue, franchit la cour de l'immeuble mitoyen et gravit les marches de l'escalier de service. À son tour, Victor s'éclipsa.

— La plume ? Où est la plume de cigogne ? clama Daphné.

— Oh, pas de mouron, t'en auras d'autres, c'est un plumitif, ton père ! répondit Euphrosine en agitant le poing vers son fils qui se recroquevilla davantage à l'abri du comptoir. Regarde ta fille, elle est trempée, elle va nous refaire une otite !

— Mais, m'man, c'est toi qui… protesta Joseph.

— Silence, père indigne ! Et tâche de ne pas rentrer tard, faut que je donne leur dîner aux gamins de bonne heure, ce soir y a un tournoi de nain jaune chez Micheline Ballu.

Enfin seul. Joseph s'appuya à l'escabeau sur lequel il aimait s'asseoir. Bien qu'il eût le ventre plein, il déterra une pomme sous un registre et la croqua nerveusement.

« Tous embrigadés contre moi, même la chair de ma chair ! À la maison, aucune intimité. On m'espionne, on me fauche ce qui m'appartient, c'est intolérable, je vais me louer un appartement. Non, trop cher. Juste un débarras sous les plombs, sans punaises pour se régaler de mon sang. »

Cette vision lui souleva le cœur. Il se souvint avec répulsion de sa journée à Bougival. Puis il vit le limonadier, à Marly-la-Machine, en train de triturer sa casquette alors qu'il conversait avec Renaud Clusel, et cela lui en évoqua une deuxième.

« La casquette que m'a confiée Victor ! Pourvu que Daphné ne l'ait pas chapardée aussi ! »

Il fouilla fébrilement les poches de sa veste, ouf ! Le sac en papier s'y trouvait.

Il l'entrebâilla, y introduisit les doigts afin de palper le tissu. Ils réapparurent maculés d'une fine poudre grise. Attrapant la casquette, il renversa le sac au-dessus d'une double feuille de journal disposée au préalable sur le comptoir. Un petit nuage opaque agressa ses narines. De la poussière. Il goûta, recracha illico.

Une hypothèse floue tentait de se former. S'il s'y accrochait, elle s'évanouirait. La ruse était de mise en ce qui touchait aux suppositions. Elles se refusaient le plus souvent à son esprit quand il se concentrait sur elles, et, dès qu'il prétendait s'en désintéresser, tournicotaient sans crainte ainsi que les souris lorsque le chat délaisse sa panière.

Une timide étincelle clignota sous son crâne.

Il ouvrit son carnet et lut les propos du gardien de Marly-la-Machine, griffonnés la veille d'une écriture tremblotante :

> *... si je faisais don de mes frusques à l'Institut Pasteur et que ces messieurs les savants y pratiquent des analyses, je suis certain qu'ils pourraient cultiver jusqu'à l'an 2000 les microbes qui y pullulent.*

L'étincelle se mit à palpiter.

Il savait que s'il la fixait trop longtemps, elle allait disparaître.

Créer une diversion.

Il saisit un plumeau et entreprit d'épousseter les rayonnages de bouquins en fredonnant l'air du duc de Mantoue dans *Rigoletto* :

> *Comme la plume au vent,*
> *Femme est volage...*

L'étincelle devint incandescente.

Il laissa tomber son plumeau et feuilleta de nouveau son carnet jusqu'à la page où il avait consigné la phrase rapportée par Victor sur le témoignage d'Aimable Courson concernant l'intrus de la chambre 26.

> *Il n'arrêtait pas de se brosser les omoplates, comme s'il voulait en déloger la poussière.*

Soudain il se souvint.

« Ce n'est pas pour des haricots que mon fils se prénomme Arthur. Quel est le titre de ce livre ? Il doit être classé ici. Lettre C.

« Voilà ! *Une étude en rouge* d'Arthur Conan Doyle. C'est cet auteur qui a inventé les déductions selon des faits scientifiques… Comment savoir d'où provient cette poudre trouvée dans le sac qui contient la casquette ? Je sais ! M. Chaudrey ! Il nous a déjà conseillés il y a trois ans. »

Il gagna l'étage en catimini et, se coulant sur la pointe des pieds dans la cuisine, tapota l'épaule de Mélie. Épouvantée, elle lâcha la cuiller de bois avec laquelle elle touillait une sauce blanche. Joseph retint de justesse la casserole prête à choir.

— J'ai cru ma fin venue ! C'est malin, je vais avoir la cagade !

— Désolé, Mélie. Je dois m'absenter un quart d'heure, auriez-vous l'obligeance de surveiller la librairie ? Je n'ose déranger Djina.

Il décampa.

— En haut, en bas, aux fourneaux, au bureau, tout ça après une équipée sur un trottoir dans les brindezingues ! Si ça continue je leur rends mon tablier et je m'engage au couvent, moi ! maronna Mélie.

Muée en orage, la pluie battante obligea Joseph à raser les murs jusqu'à la rue Jacob.

Sur l'officine du pharmacien était exposée cette pancarte :

Ici on exécute scrupuleusement les ordonnances.

Joseph dut patienter jusqu'à ce qu'un client dyspeptique ait acheté une cargaison de bicarbonate de soude.

— Eh bien, monsieur Pignot, que tenez-vous serré contre votre poitrine ? demanda M. Chaudrey.

— Un sac maculé d'une substance dont je désire connaître la nature exacte.

— Oh ! Prudence, la dernière fois que vous m'avez tenu un discours identique, il s'agissait d'un canular.

— Je ne plaisante jamais lorsque j'ai recours à un savant.

M. Chaudrey soupira.

— Bon, bon, vil flatteur. Mais vous n'aurez le résultat que demain, je suis débordé.

— Demain, c'est dimanche.

— Jeune homme, la Science ne se repose jamais !

La pluie avait cessé.

Rue de Seine, un homme qui fumait sa pipe sous l'auvent de son balcon adressa un geste amical à Joseph.

— Il fait plus frais, c'est épatant ! dit-il.

Un chauffeur à moustache frottait la carrosserie d'une Panhard et Levassor flambant neuve stationnée devant une étroite parfumerie close. Lui aussi affichait le bonheur de humer un air moins torride.

Un marchand de tableaux proposait encore aux rares passants des portraits de famille et des lithographies patriotiques. Des hauteurs de l'immeuble s'échappaient les gammes d'un débutant sur un piano désaccordé.

Joseph eut le plaisir de surprendre Iris en déshabillé de soie.

— Les enfants sont couchés ?

— Ils étaient épuisés. Ta mère leur a servi le dîner comme si sa vie en dépendait, et hop, au lit. Euphrosine semblait avoir mangé du cheval, elle était d'une humeur !

— Tu sais, une journée à l'Expo par ce temps avec deux diablotins, ce n'est pas une sinécure.

Iris le considéra avec scepticisme.

— Il y avait autre chose, elle ne cessait de remâcher que les plumes sont dangereuses et qu'il vaut mieux les flanquer à la poubelle que les collectionner.

— Elle a dû assister à une scène qui lui aura déplu, il lui en faut peu pour être remontée comme un coucou.

Il l'enserra tendrement.

— Tu es ravissante.

— Et le repas ? Euphrosine nous a préparé des assiettes de cervelas et de céleri.

— Trop tôt pour de telles agapes, non ? Creusons-nous d'abord l'appétit, ma chérie.

— Précaution, pas de troisième enfant, murmura-t-elle en se laissant mener vers le lit, délivrée de ses griefs envers l'état conjugal.

— Aucun souci, je ferai attention, mon amour.

« Manquerait plus que ça, un nouveau lardon pour me chiper mes affaires ! » pensa-t-il.

CHAPITRE XIII

Dimanche 29 juillet

Joseph tambourinait à la porte de la pharmacie depuis cinq bonnes minutes quand le visage fripé de Mme Chaudrey s'encadra dans l'entrebâillement.

— C'est à quel sujet ? bougonna-t-elle d'un ton rogue.

Joseph l'amadoua illico grâce au livre qu'il avait déterré à l'aube dans la remise de la rue Visconti, s'évertuant à ne pas éveiller Euphrosine qui dormait comme un sonneur.

— Votre auteur favori, chère madame.

Des doigts aux ongles pointus se refermèrent sur *Confessions d'une fille de trente ans* de Marie-Anne de Bovet.

— Vous aviez adoré *Partie du pied gauche*, cela m'avait frappé, aussi me suis-je permis de…

Mme Chaudrey apparut en douillette, jupe à rotonde et papillotes, détaillant l'intrus avec une jovialité non exempte de malignité.

— Vous avouerez, troubler ainsi le repos dominical ! Soit, puisque mon mari vous y autorise, et si j'accepte votre cadeau c'est que ce dérangement mérite une compensation.

Il rejoignit le pharmacien dans l'officine encombrée de bocaux en verre et en porcelaine, de mortiers et de canules. Sur les plateaux d'une balance de précision s'amoncelait une poudre jaune à l'odeur âcre.

Vêtu d'une blouse grise et coiffé d'un béret, M. Chaudrey annonça triomphalement :

— J'ai la solution du mystère : cette poudre est un résidu de pin des Landes.

— Où les trouve-t-on, ces pins ? Au Palais de l'arboriculture ?

— Pas bête. J'envisage une autre possibilité : les pavés de bois ont détrôné les vieux pavés de grès, ils atténuent le bruit et les cahots des voitures sur les chaussées. Or, le pin maritime des Landes, le mélèze et le sapin du nord de l'Europe ont été choisis pour cette propriété.

— Mazette, vous en connaissez un rayon !

Amateur de compliments, le pharmacien se pourlécha les lèvres.

— Où les façonne-t-on, ces pavés ?

— Alors là, aucune erreur possible, il n'y a qu'une usine, elle a été édifiée il y a quatorze ans à l'angle du quai de Javel[1] et de la rue des Cévennes à la place de l'ancien dépôt.

— Je vous remercie. Combien vous dois-je ?

M. Chaudrey adopta une mine chagrinée.

— Allons donc, vous me vexez, me parler d'argent quand il est question, je suppose, d'une enquête policière. Contentez-vous de me confier le secret qui motive cette recherche.

Perplexe, Joseph se tritura vivement les méninges, espérant satisfaire le pharmacien sans pour autant lui déballer la vérité.

1. Actuel quai André-Citroën.

— Figurez-vous qu'un trafiquant de substances narcotiques a tenté de droguer ma mère, la pauvre en a ronflé plusieurs nuits comme une locomotive. J'ai fini par pincer le bonhomme, il a clamé haut et fort que ce sac, volé chez maman rue Visconti, contient du poison, et il essaie de nous faire chanter ! Grâce à vous nous allons le confondre. Mais motus, personne ne doit savoir, ce type est un ponte doublé d'un fieffé gredin, je souhaite étouffer le scandale.

M. Chaudrey cligna de l'œil.

— Pas un mot à la reine mère, j'ai pigé. Bonne chance, et tenez-moi au courant des suites de cet imbroglio !

Quand Joseph traversa la boutique, Mme Chaudrey, plongée dans sa lecture, émit un grognement en guise d'au revoir.

Le fiacre bringuebala sur le quai de Javel et s'arrêta 2, rue des Cévennes, devant la fabrique municipale de production des pavés de bois.

— Je vais m'installer dans ce quartier, si ça continue, maugréa Joseph en payant le cocher.

Un nuage doré d'où surgissait la tour Eiffel signalait la présence de l'Exposition, un mirage derrière un terrain pelé.

Il pénétra dans un pavillon métallique où s'entassaient des piles de bardeaux. Le premier employé à qui il s'adressa ne prêta aucune attention à sa requête et se lança dans une longue diatribe contre le refus des autorités d'accorder leur dimanche aux travailleurs.

Joseph se perdit dans une succession d'ateliers voués à la réparation ou à la construction et se planta face à une ébarbeuse mécanique posée sur des tréteaux. Flatté de voir l'intérêt de ce monsieur envers son métier, un ouvrier en bras de chemise lui expliqua que les planches étaient destinées à une machine qui les sciait en quatre ou cinq morceaux égaux. Étant donné que le pavage en bois de la ville représentait plus de cinq cent mille mètres carrés, c'était insuffisant et on projetait d'améliorer le rendement de la tronçonneuse jusqu'à obtenir simultanément une quinzaine de pavés.

— Vous vous rendez compte, cent millions de petits cubes sont déjà sortis d'ici ! Tenez, ça vous fera un souvenir.

Joseph enfonça un pavé dans une de ses poches.

— Une fois les madriers débités en tranches, reprit l'ouvrier, on les balance dans un wagonnet-cuve de créosote, où elles s'imprègnent d'huile antiseptique. Ensuite on les stocke jusqu'à ce qu'on ait besoin de les utiliser. Les chaudières sont nourries de pavés usés et de sciure, c'est économique.

— Passionnant. Je suis journaliste et je rédige des articles sur l'entretien de notre cité, dont l'Expo n'est pas le nombril. Où me serait-il loisible d'observer la réfection d'une rue ?

L'ouvrier se gratta le menton, dubitatif.

— C'est que tout est bloqué à cause de ce bazar universel, justement. On ne pave que pendant la belle saison, après le vote du plan de campagne des travaux à exécuter. Mais cette année on a décidé d'attendre septembre, vu que les finances de la capitale sont accaparées par ce cirque et qu'il y a assez de pagaille comme ça. Sauf que… Hé, Rodolphe !

Un jeune homme au nez en quart de brie émergeant d'une large casquette bifurqua vers eux.

— Tu le sais, toi, s'il y a une rue en cours à l'heure actuelle ?

— La rue Dieu, si je ne m'abuse.

— La rue Dieu ? Elle existe ?

— Crénom, puisque je te le dis ! C'est dans le Xe.

Joseph emboîta le pas au jeune homme mais fut retenu par l'ouvrier en bras de chemise.

— Faut noter ce que je vais vous apprendre, c'est fondamental : sur un des côtés latéraux de chaque pavé, y a deux chevilles saillantes qui viennent se loger dans les trous du pavé voisin, c'est pareil à un acte d'amour, vous me suivez ? Et en plus, sur ce revêtement on a eu la bonne idée de creuser une rainure transversale pour empêcher les chevaux de prendre un billet de parterre. Mais c'n'est pas tout, restez ! cria-t-il à son interlocuteur pressé de décamper et déjà loin. Le pavage repose sur une couche de béton composée de ciment et de cailloux, le coût est de… Quatorze francs le mètre carré, acheva-t-il à voix basse. Ah, ces journalistes, ils n'écoutent même pas les réponses qu'on fournit à leurs questions. Pas étonnant que le monde soit dingo !

— La rue Dieu ? Vous ne pouvez pas la rater, elle est à peu de distance de l'hôtel des Douanes, assura une marchande de journaux place de la République.

— C'est le Grand Architecte qui lui a valu ce nom ?

— Pas du tout, c'est celui d'un général mort à Solferino !

Hélas, quand Joseph atteignit la rue Dieu, elle était inaccessible côté rue de l'Entrepôt[1].

Il fut obligé de contourner le pâté de maisons et atterrit quai de Valmy, face au pont tournant. Sur l'eau sans rides du canal Saint-Martin, des chalands avançaient à touche-touche vers l'écluse. Immergés jusqu'au bord de leur coque, des « besognes » normandes, de grands « marnois », de plates « lavan-

1. Actuelle rue Yves-Toudic.

dières » lestés de ciment, de sable, de mortier étaient halés à col d'homme. Penchés en avant, de solides gaillards tiraient dur sur la bricole de chanvre barrant leur poitrine. Au gouvernail, des commères discutaient avec les badauds agglutinés sur les deux rives ou bien houspillaient des gamins aux vêtements rapiécés qui s'enfuyaient dans les cales emplies de charbon. Une jeune fille en camisole rose étendait une lessive, ignorant les quolibets d'un marinier à pipe d'écume affalé sur des cordages.

Joseph affronta les aboiements d'un roquet afin d'accoster un bateau-lavoir arrimé à la berge où des laveuses frappaient en cadence le linge sale de leur batte.

— Hé, le beau gosse, tu nous files un coup de main ? proposa l'une d'elles.

Le roquet jappa de plus belle quand Joseph s'approcha du canal où il comptait se débarrasser du pavé de bois qui déformait sa poche.

Il suspendit son geste. Il venait de remarquer, allongée sur le poussier, une silhouette recouverte d'une toile cirée noire. Seuls étaient visibles des godillots limoneux.

Un garçon d'une douzaine d'années, cigarette au bec, aborda Joseph.

— Z'avez vu ses croquenots ? On dirait des éponges comme celles que vend Prosper Badault, rue Beaurepaire !

— Qu'est-ce qui s'est passé ? chuchota Joseph.

Le garçon haussa les épaules.

— Ben rien, c'est juste un noyé, le poste de secours en repêche presque tous les jours, des poivrots ou des gars qu'en ont marre de l'existence, à moins que ce soient des gêneurs qu'on a poussés dans la flotte !

Un chat flaira le cadavre, s'assit et contempla la fumée jaune des manufactures, les maisons meublées aux façades décrépies, les grues noires et l'eau vert foncé.

— Z'auriez pas une sèche, par hasard ?

Joseph s'éloigna du garçon en frissonnant. Il dépassa une péniche amarrée au quai. Des débardeurs en équilibre sur une passerelle la vidaient de son contenu, du plâtre en sacs qu'ils amoncelaient près d'un chariot dételé au milieu de pierres de taille.

Joseph se retourna et, près du corps inerte, avisa le garçon qui se moquait de lui, l'index vissé à la tempe.

— N'en v'là un zèbre, l'a jamais zyeuté de refroidi !

« Là, tu te méprends, petit morpion », songea Joseph, attiré par un joli minois à la fenêtre de la cabine du bateau qu'on déchargeait. Des cheveux blonds, une cage où s'égosillaient des perruches, des volets bleus, il n'en fallut pas davantage pour combler son cœur d'une bouffée de joie.

Aussi s'engagea-t-il rue Dieu délivré de la vision macabre infligée par sa promenade au bord du canal.

Privée de son écorce, la chaussée, longue d'une centaine de mètres, évoquait une tranchée. Les trottoirs étaient marbrés de gravats, et toutes les boutiques étaient closes.

Il renonça, mais, avant de quitter la rue, y abandonna le pavé de bois qui gonflait toujours sa poche.

« Au moins, ici, il servira à quelque chose ! »

Il s'agissait de trouver un café doté du téléphone pour informer Victor de cette histoire de casquette, des déductions de Chaudrey, de son incursion à Javel puis rue Dieu, et de son échec provisoire.

— Ce n'est pas grave, mon chéri, dit Tasha en caressant la nuque de Victor. Moi-même, je ne suis guère en train.

Il lui certifia que la chaleur était cause de sa défaillance et tenta de s'en persuader, bien qu'il eût un léger doute. Ce manque de désir exprimait-il l'usure de son amour ? Comme le lui avait enseigné Kenji, il sonda les chambres de sa mémoire, ressuscita les épisodes les plus tendres de sa vie conjugale, se rassura. Rien n'était changé. Son esprit était tout bonnement distrait par une énigme non résolue :

« Quelles relations établir entre une chanson de marin britannique, un bateau nommé *Esméralda* commandé par Anthony Forester, un second bateau, le *Komodo* ?... Les mots *Don't forget your old shipmate* avaient-ils un sens caché ?... Qui était Mary Celeste ?... Où se procurer des renseignements relatifs au *Komodo* ? »

Non, les responsables de son inertie n'étaient ni l'indifférence ni la touffeur de l'air, mais ces interrogations qui le taraudaient.

Quant à Tasha, un peu déçue, elle s'était lovée sur son torse et, sans qu'elle l'eût convoquée, la silhouette de Frédéric Daglan s'imposait à sa conscience engourdie. Elle s'appliqua à la chasser en ouvrant les yeux et en étreignant Victor, peine perdue. Fugitive et cependant tenace, l'image refusait de s'effacer. Cédant à la culpabilité, Tasha se réfugia à l'extrémité du matelas.

Furieux contre lui-même, Victor se leva et se rhabilla. Si Tasha s'était écartée de lui, c'est qu'elle était désappointée. Ces jours-ci, rares étaient les moments d'intimité l'après-midi. Il se reprochait d'avoir gâché cette occasion. Il boutonnait son gilet lorsqu'une soudaine corrélation unit le nom de *Saint-Louis*, port d'où avait appareillé le *Komodo*, à celui d'Alphonse Ballu. Il gloussa en se remémorant les propos d'une vieille brocanteuse qu'il avait connue jadis :

« Le cousin de votre concierge me casse les oreilles avec son Saint-Louis du Sénégal ! Alphonse Ballu, un aventurier ? Un rond-de-cuir, oui, astiqué comme une crosse de fusil, anguleux comme un plan de redoute ! »

Aller voir Alphonse ! Peut-être avait-il entendu parler du *Komodo* ? Libéré d'un joug, son corps éprouva une brusque attraction pour Tasha, recroquevillée sur le côté, nue, rose et douce. Il résista.

— Je vais chercher Alice chez les Baudoin et je l'emmènerai déguster une glace au Luxembourg.

— Je peux me joindre à vous ? demanda-t-elle sans le regarder.

— Non, je te l'interdis, c'est une nourriture trop riche !

Indignée, elle roula vers lui, attrapa un oreiller et le lança avec force. Il l'intercepta en riant.

— Bien sûr que tu peux, quelle question ! Tu as droit à trois boules couronnées de chantilly, dommages et intérêts en manière de réparations ! Seulement enfile des vêtements, sinon j'ôte les miens !

Supporter une redingote au collet relevé et un béret enfoncé jusqu'aux sourcils par cette touffeur était un exploit. Matthew Walter avait hésité avant d'endosser une tenue qui risquait d'éveiller l'attention, mais se montrer à découvert présentait un danger majeur et n'offrait aucune possibilité de camoufler ce dont il avait besoin. Il eût pu se dispenser de cette rencontre, ne pas obéir en chien soumis aux termes de ce billet glissé sous sa porte, mais il était rédigé de telle sorte qu'il n'avait pu résister à la curiosité. Comment *l'autre* l'avait-il débusqué ?

Depuis son départ de l'*Hôtel du Trocadéro*, Matthew Walter s'était efforcé d'adopter la couleur muraille. *L'autre* l'avait probablement pisté. Pourquoi un rendez-vous dans un lieu public ? Voulait-on le berner ? De l'avenue d'Eylau, il contempla le palais du Trocadéro, large accordéon construit lors de l'Exposition universelle de 1878, surmonté en son centre de deux tours carrées qui l'apparentaient à une vaste usine. Il traversa la place et gagna la terrasse où il s'accorda un répit. La vue de la colline était grandiose. Dans un premier temps on distinguait une jungle minérale où se côtoyaient minarets, coupoles, clochetons, cases, villes du Sud et palais nordiques. Puis, à mesure que l'on accommodait, on décelait un ordre dans ce méli-mélo. Entre la Seine et le bassin central se dressaient les pavillons de l'Algérie flanqués de l'Exposition coloniale française et de l'Exposition coloniale étrangère. Celle-ci regroupait les possessions anglaises, portugaises et les Indes néerlandaises, suivies du Japon, de la Chine, de la Russie et du Transvaal.

Matthew Walter essuya de son mouchoir la sueur qui lui poissait le cou. Il se rasséréna à l'idée que c'était lui qui détenait les cartes maîtresse et que *l'autre* n'atteindrait jamais son envergure. L'eût-on sommé de se rappeler les rixes auxquelles il avait participé dans les gargotes de tous les ports du monde, il aurait vite perdu le compte. Ne s'en était-il pas toujours tiré haut la main ? Ce moucheron hypocrite escomptait-il le piéger avec son message tarabiscoté ? Le crétin ne flairait pas à qui il avait affaire.

Un individu maigrichon l'accosta discrètement et lui proposa un jeu de photographies égrillardes d'almées exécutant la danse du ventre. Il le repoussa d'une chiquenaude, amusé de l'attitude désinvolte d'un inspecteur « la pudeur » reconnaissable à son pardessus sombre assorti d'un melon, et rejoignit d'un pas égal l'aile gauche du bâtiment qui abritait les productions du Groenland, de l'Islande et de l'archipel des Féroé.

L'autre avait ciblé son territoire. Ce lieu n'attirait qu'un nombre limité de pékins passionnés par les lichens et les échantillons de laine. Matthew Walter n'eut pas longtemps à attendre que deux familles égarées parmi les peaux de renard, d'ours blanc et de renne se ruent vers l'issue de secours. Seul un homme s'attarda près des bacs emplis de duvet d'eider. Matthew Walter ne le voyait que de dos. Était-ce *l'autre* ou un amateur d'édredons ? Dans le doute, la surprise s'imposait. Matthew Walter soulevait imperceptiblement les pans de son pardessus, quand l'homme aborda lui aussi la sortie. Matthew Walter feignit de s'intéresser à des dépouilles de phoques et à des fanons de baleine. Le fonctionnaire pansu à la moustache en brosse s'éclipsa en ignorant qu'il venait de se soustraire à la mort.

Sans enthousiasme, Matthew Walter accéda à la section islandaise semée de reconstitutions d'ateliers de forgerons, de charpentiers, d'orfèvres, de constructeurs de bateaux. Comme il ne s'enflammait que médiocrement pour la morue séchée et les gants fourrés, il examina une collection de quartz. C'est alors qu'il perçut des pas. Il se dissimula derrière un panneau de toile figurant les côtes rocheuses des îles Féroé survolées par un tourbillon d'oiseaux marins. Il se figea en retenant son souffle. Silence. Prudemment, il quitta son refuge. Ce fut son dernier face-à-face avec *l'autre*.

La flèche le percuta en pleine poitrine. Incapable d'émettre un cri, il ne put qu'écarter les bras et, après un bref instant durant lequel il hésita sur la façon de choir, tomba à la renverse. Sa redingote s'ouvrit, deux poignards s'en échappèrent et furent aussitôt ramassés. Des mains saisirent ses chevilles et les tirèrent vers une pirogue pontée. Matthew Walter haletait, la douleur le déchirait, il pointa le doigt vers un objet coloré qui montait et descendait régulièrement au-dessus de son visage. Un yo-yo, c'était dénué de sens ! La pirogue fut retournée sur son corps pantelant, le yo-yo disparut. Des pas résonnèrent le long des salles désertes. Matthew Walter ne les entendait plus. Il venait d'entamer son ultime pérégrination et voguait déjà au-delà des mers.

CHAPITRE XIV

Lundi 30 juillet, huit heures du matin

Espérant tromper sa morosité dans la librairie vide, Victor avait inventé un jeu. Debout devant un mur d'étagères, il comptait de cinq en cinq les coiffes de maroquins rouges et notait les intitulés des ouvrages dans un carnet. Il en était à neuf titres auxquels il avait adjoint des liaisons afin de former une phrase incongrue :

> *Robinson Crusoé*, *le cousin Pons* et *la petite Fadette* sont des *misérables* mandatés par *Mme Bovary* pour livrer *les fleurs du mal* à *la princesse de Clèves* dans *la chartreuse de Parme* où s'épanouira le *bonheur des dames*.

La porte carillonna.

Frédéric Daglan se planta vis-à-vis de lui, goguenard.

— Vous effectuez l'inventaire ?

— J'admire notre fonds puisque plus personne ne lit. Avez-vous des messages à me transmettre ?

— Un seul, mais de première. Cette nuit, un gardien du pavillon des îles Féroé a exhumé une pièce non répertoriée : le cadavre d'un homme allongé sous une pirogue.

— Assassiné ?

— Percé d'une flèche empennée d'une plume rouge.

— De dos ?

— Dans l'estomac.

— Comment le savez-vous ?

— Tous les journaux en font leur manchette. C'est curieux, le meurtrier ne s'embarrasse pas d'emporter ses armes de jet, il les laisse fichées dans ses victimes comme une signature au bas d'un manuscrit. Sans doute se croit-il insoupçonnable.

— Ou le temps le presse-t-il trop.

— Oh, il ne serait qu'à peine retardé !

— Vous êtes catégorique.

— Inutile d'être un expert pour se représenter la brièveté du geste pour extraire une flèche.

— Cela requiert un effort plus intense que vous ne l'envisagez. On connaît son identité ?

— Oui. C'était un client d'un des hôtels du Trocadéro, troisième bâtiment. En fait, il logeait juste au-dessus de la chambre de feu Anthony Forester. Un dénommé Matthew Walter.

Victor déglutit.

— Vous êtes sûr ?

Frédéric Daglan opina tristement du chef.

— J'ai souvent eu l'infortune d'être mêlé à des entreprises dont je me serais volontiers dispensé. Subtiliser le portefeuille de ce Forester, par exemple. J'aurais mieux fait de m'abstenir. Remarquez, c'est un mal pour un bien, cela vous a valu une notification inquiétante dans laquelle M. Mori semble menacé de mort. J'espère que vous en tiendrez compte. Tout ce que je sais, c'est que ce Forester en était le récipiendaire.

Il s'effaça devant un gros monsieur à la recherche d'une édition sur papier japon du *Génie du christianisme*. Pendant que Victor chamboulait sans succès les alignements de livres, Frédéric Daglan s'esquiva, trahi par le grelot de la porte. Privé de son Chateaubriand, le gros monsieur ne tarda pas à le suivre et, atteignant la sortie, céda la voie à un dandy à la mine sévère. Victor maudit Joseph de faire fi de la ponctualité et remercia le ciel que Kenji ne fût pas descendu.

— Que désirait M. Finch ? s'enquit le commissaire Valmy.

Victor tiqua. Finch, Daglan, même personne ? Il eut l'impression que c'était un autre que lui qui répondait :

— C'est une relation de mon cousin, celui dont je prépare la venue. Un fort honnête homme, je le connais depuis cinq ans. Aurait-il des ennuis ?

— Oh, non, hormis que sa chambre d'hôtel est mitoyenne de celle où M. Forester a été assassiné. Je vous ai posé une question, Legris, que faisait-il chez vous ?

Victor sentit le sol se dérober. Daglan, Forester, voisins de chambre ! Il s'appuya au comptoir, s'efforçant d'adopter un ton enjoué.

— Il recherche un livre. Au cas où vous ne l'auriez pas remarqué, ici c'est une librairie.

Le commissaire principal Augustin Valmy le visa de sa canne et feignit de tirer.

— Je sais parfaitement que ce n'est pas une armurerie, Legris. Je parierais que ce brave commerçant de Bristol vous a informé du décès brutal de Matthew Walter.

— Matthew Walter ? Matthew Walter ? Qui est Matthew Walter ?

— Serais-je un attardé ? Je vous ai signalé sa présence à l'*Hôtel du Trocadéro* quand nous nous y sommes si opportunément rencontrés. Il avait comme par hasard pris la poudre d'escampette après le meurtre d'Anthony Forester, dont la chambre était, soit dit en passant, au-dessous de la sienne. Vous êtes certain de ne rien me cacher ?

Il saisit le carnet que Victor avait laissé sur le bureau de Kenji, le feuilleta et lut la phrase composée de neuf titres.

— S'il s'agit d'un langage codé, reste à démasquer ces « misérables », à localiser cette « chartreuse » et à savoir en quoi consiste le « bonheur des dames », commenta-t-il, les sourcils froncés.

— Elle est à Parme.

— Qui ?

— La chartreuse. Parme, ville d'Italie, province d'Émilie, fondée par les Étrusques.

— Vous vous fichez de moi ?

— Vous vous méprenez, commissaire. C'est un pur divertissement. Aucun rapport avec l'affaire qui vous préoccupe. Et rien à voir non plus avec une éventuelle traite des Blanches.

— Gaussez-vous, Legris, vous le regretterez, gronda Augustin Valmy en jetant le calepin sur le bureau. Tout est imprimé là, en cas de besoin, ajouta-t-il, le majeur dirigé vers son front.

— Comment avez-vous identifié le défunt des îles Féroé ?

— On a trouvé sur lui une clé gravée du sigle de l'*Hôtel du Trocadéro*. J'ai contraint le directeur et le personnel à défiler devant sa dépouille. Ils ont été formels, bien que son apparence vestimentaire ne corresponde nullement à celle du Yankee bougon qu'ils connaissaient. Drôle de zig, ce Matthew Walter, attifé comme un bagnard en rupture de ban, tatoué sur le bras gauche d'un dragon rouge agrémenté d'une devise anarchiste : *La liberté ou la mort*. L'ami de votre cousin, ce M. Finch qui vous quitte à l'instant, est désormais mon suspect numéro un. Un clou chasse l'autre. Je n'ai aucune preuve tangible contre lui, sauf un réseau de présomptions, ces larcins m'intriguent. M. Finch se plaint à la direction qu'on l'a plumé de son pantalon pendant son sommeil et en profite pour extorquer à M. Doutremont un séjour gratuit. La nuit suivante, on trucide son voisin, et que lui chaparde-t-on ? Son pantalon. Et vous, vous citez *Au bonheur des dames*. C'est... c'est à la limite de la pornographie !

Victor sentit son estomac se nouer. Un dragon tatoué... *Komodo* ! L'île des Dragons ! Il respira à fond.

— Allons, commissaire, présumez-vous que le ou les coupables soient une clique de féministes déterminées à se venger des mâles en les déculottant ? M. Walter portait-il toujours son pantalon ?

— Je constate, Legris, que vous êtes irrémissiblement irrécupérable. Faites le malin, ça ne durera guère. Ce n'est pas catholique, tout ça, ce M. Finch...

— Cela va de soi, M. Finch est anglican.

— Foin de votre humour alambiqué, Legris. Cette faune interlope est anglo-saxonne, vous ne sauriez le nier.

— Le premier trucidé était asiatique.

— Toujours à polémiquer. Vous m'avez déjà prêté la main, alors, je vous en prie, coopérez. Depuis deux jours mes effectifs vont decrescendo à cause du schah. Sa Majesté Mozaffer ed-Dine campera ici une semaine. Hier, on lui a montré une automobile : il a fallu lui fournir l'explication du moindre mécanisme.

Après un ou deux tours dans le jardin du Palais des souverains, il a ordonné qu'on décadenasse les grilles et qu'on le transporte à vive allure avenue du Bois[1]. Il s'est ensuite promené sur la Seine sur le yacht du chocolatier Menier.

En proie à un malaise, Victor se passa la main sur la nuque, il ferma les yeux, le visage du commissaire disparut et il pensa à Daglan. Pourquoi avait-il omis de lui dire qu'il résidait à l'*Hôtel du Trocadéro* ? Que lui dissimulait-il ? Finch… Daglan… Lui avait-on vraiment volé son pantalon ? Ridicule ! Un pantalon ? Non, deux pantalons.

— Monsieur Legris, vous rêvez ?

— Oui, oui. Le schah, dit mollement Victor, rongé par l'anxiété.

— On l'a conduit sous escorte aux courses et il a jugé spirituel de déclarer : « Je sais bien qu'un cheval arrive le premier, mais il m'est tout à fait indifférent de savoir lequel. » Aujourd'hui, il effectue une visite à l'Exposition, même si la réception prévue à l'Élysée a été annulée pour une raison que je ne puis encore révéler. Étant donné le nombre de policiers préposés à sa sécurité, il est heureux que le tsar ait décliné notre invitation !

Augustin Valmy avait enlevé un de ses gants de suède et en frappait le bord du comptoir.

Victor s'agrippa au dossier d'une chaise. Chaque coup résonnait sous son crâne, il éprouvait une grande lassitude

« Nom d'un chien ! Tu parles autant que monsieur mon père quand il me tançait avec ses leçons de morale. Je suis bon pour une migraine carabinée. »

1. Actuelle avenue Foch.

— Voilà qui est intéressant et original, dit-il en se forçant à sourire.

— Je suis à cran, Legris, seul un inspecteur inexpérimenté m'épaule, c'est épuisant. Un tueur interprète Guillaume Tell dans un caravansérail où se coudoient des milliers de visiteurs et on exige que je le neutralise. Je n'en dors plus.

— Je vous promets de vous contacter si des échos dignes d'attention parviennent jusqu'à moi.

— N'hésitez pas à me joindre la nuit, soupira Augustin Valmy. Voici mon adresse.

Il tendit un bristol, considéra sa main dégantée et grimaça.

— Où puis-je faire un brin de toilette ?

— Vous trouverez une fontaine dans la cour de l'immeuble mitoyen, mais je doute fort qu'il y ait de l'eau.

— Saleté de ville ! explosa Valmy en claquant la porte.

— Fichtre, il ne se refuse rien, marmonna Victor en articulant : 2, rue de la Paix.

Ses pensées dérivèrent vers Frédéric Daglan. Les aurait-il manœuvrés, Joseph et lui ? Enfouir ces spéculations dans sa poche avec son mouchoir par-dessus, sinon son beau-frère risquait de commettre une bévue. Quelle tactique employer ? Sonder de but en blanc le pickpocket ?

« À propos, Daglan, n'aurait-on pas subtilisé votre grimpant et celui d'Anthony Forester à l'*Hôtel du Trocadéro* ? »

« Se taire et le manipuler à son tour ? »

« Le manipuler comment ? C'est une anguille. »

Un bâillement sonore interrompit ses réflexions. Les yeux bouffis de sommeil, Joseph s'était échoué sur un tabouret.

— Ce nigaud de Valmy est-il toujours en hibernation mentale ? J'ai craint qu'il s'enracine. Qu'est-ce qui l'amenait ici ?

— Un troisième homicide. Matthew Walter, client de l'*Hôtel du Trocadéro* où séjournait Anthony Forester, a été identifié cette nuit au fond du pavillon des îles Féroé. Il était embroché d'une flèche empennée d'une plume rouge.

— Mince ! Encore un ? C'est une hécatombe ! Où est Kenji ?

— Au premier. Tout est paisible.

— Grenelle, le Trocadéro, les îles Féroé. Aucun rapport. Quelle salade ! Que possédons-nous ?

— Des bricoles. Une vieille chanson de marin suivie d'un conseil : *Souviens-toi de Mary Celeste.* Un papier où un Nippon est l'objet d'une menace. Le témoignage d'un serveur effrayé qui a vu un étranger dans la chambre de Forester. Des flèches détenues par la police et que j'aimerais examiner de près. Un morceau de tige piquée d'une plume rouge.

— La plume ! On a négligé cet indice !

— À tel point que votre fille se l'est approprié.

— Oui, bon, c'est réparé. Nous n'avons pas eu l'idée de le montrer à un spécialiste. Je viens de me rappeler que Kenji a un ami antiquaire, rue de Tournon.

— Maxence de Kermarec ? Il vend exclusivement des instruments de musique à cordes.

— Certes, mais, dans sa jeunesse, il a vécu aux États-Unis. Les arcs, les flèches, il doit en connaître un rayon.

— Eh bien, si vous ne redoutez pas de subir l'ennui d'un cours magistral, libre à vous.

— Un détective se confronte souvent à des situations mortelles ! décréta Joseph en bombant le torse.

On a tenté de vous éliminer, Kenji ou Ichirô sont en danger, il faut se grouiller. Au fait, comment êtes-vous si sûr que la chanson anglaise soit une rengaine de marin ?

— Un souvenir d'enfance. J'ai vérifié dans un livre, elle date du début du siècle, mais je n'ai déniché nulle part l'injonction *Remember Mary Celeste.*

— Existerait-il un lien entre cette chanson et Forester ? Après tout, il était capitaine du bateau qui a remorqué le *Komodo*. Minute… l'*Esméralda*, le *Komodo*, les îles Féroé, les embruns, les vagues, et… Un sac de matelot ! Le cousin d'Ichirô transportait un sac de marin ! CQFD.

— Vous ne démontrez rien du tout.

— Merci de vos encouragements. N'empêche que je soulève un fameux lièvre. Isamu Watanabe a débarqué à Marseille, c'est ce qu'il a raconté à Ichirô. Ce Matthew Walter, quel était son métier ?

Victor s'efforça de se remémorer le récit du commissaire principal. Il serra les paupières, se coupa du monde et surtout de Joseph qui discourait sans trêve. Nées des profondeurs de ses méninges, les pièces d'un jeu de patience s'assemblaient, séparées par des vides. En haut, à gauche, un Japonais aux traits flous déambulait au pied de la tour Eiffel en compagnie d'Ichirô. À droite, un Anglais en uniforme de capitaine soupait chez *Maxim's* avec Eudoxie. En bas, à gauche, un inconnu gisait sous une pirogue. Au centre, Frédéric Daglan en caleçon brandissait une missive. Partout, des flèches à plume rouge dont l'une virevoltait à travers le Vieux Paris. Le nom Mary Celeste clignotait en lettres d'or tantôt d'un côté, tantôt de l'autre.

— Hé, Victor, je vous cause !

— Je sais ! Valmy m'a narré un élément primordial. Sur le moment je n'y ai pas pris garde. Matthew Walter portait un tatouage de dragon sur le bras.

— « Komodo » ! L'île des Dragons ! Ce ne peut être une coïncidence. Qu'est-ce qu'on…

Une piquante créature aux joues rondes et au nez retroussé s'aventura dans la librairie, se plaignant de ce que M. Mori ne lui eût pas encore obtenu les *Chansons de Bilitis* de Pierre Louÿs. Victor la confia à Joseph et se retrancha dans l'arrière-boutique.

« Nous sommes certainement sous la surveillance de la police, Valmy est loin d'être un idiot. Y aller avec le dos de la cuiller. Creuser la piste Alphonse Ballu. Saint-Louis est une petite ville, les Blancs s'y côtoient et les ragots s'y colportent, l'*Esméralda* et le *Komodo* ont sans conteste provoqué des commentaires. »

Mlle Mirande enfin sortie, Joseph, les pommettes rouges, rejoignit son beau-frère.

Victor lui détailla son plan.

— C'est ça ! Je serai une fois de plus assigné aux tâches serviles.

— Hors de question. Nous formons équipe, *partner*. Direction la pension de famille où le cousin de Mme Ballu a de nouveau établi ses pénates.

— Kenji n'appréciera pas.

— Je monte lui en toucher deux mots.

Joseph le regarda grimper l'escalier à vis et lança, désinvolte :

— Me féliciter pour mes déductions concernant la casquette vous écorcherait la langue !

Victor se pencha.

— Bravo, Joseph. Préparez-vous à une expédition vers Grenelle.

— Encore !

Quand Victor et Joseph pénétrèrent dans la pension de famille de la rue Violet, ils furent étonnés d'avoir à franchir une salle à manger bondée non seulement de fidèles mais aussi de touristes issus des quatre coins de la planète. La logeuse les refoula.

— C'est complet, messieurs. Les hôtels regorgent de clients et les maisons meublées sont assiégées.

Dans un cabinet particulier à l'écart du brouhaha, Alphonse Ballu disputait une partie de crapette avec un vieillard pansu aux cheveux longs teints en brun. Flanquée de deux verres, une bouteille d'anisette trônait sur la table. Alphonse Ballu était un bonhomme filiforme, d'une quarantaine d'années, la moustache en girandole, le menton rasé de frais. À la vue des visiteurs, il se souleva à moitié de sa chaise.

— Monsieur Legris ! En voilà une surprise ! Que me vaut l'honneur ?

Il fit signe aux arrivants de s'installer dans des fauteuils.

— Messieurs, je vous présente M. Adhémar Findorge, ex-professeur de latin, féru de préhistoire. Il a découvert autrefois une molaire d'hippopotame et un métacarpien de mégacéros. Mon cher Findorge, voici M. Legris, libraire, amateur d'imbroglios criminels, et son commis, monsieur… ?

— Pignot, Joseph, écrivain-feuilletoniste, associé de M. Legris, répliqua Joseph d'un ton sec.

— Ah oui ? J'ai eu l'occasion de parcourir des extraits de votre prose, bonne syntaxe, approuva M. Findorge. Mme Armande Simonet, notre logeuse, est une de vos ferventes admiratrices, pour tout l'or du monde elle ne raterait un numéro du *Passe-partout*. Quant à moi, je…

Agacé, Victor se tourna vers Alphonse :

— Monsieur Ballu, nous sollicitons un entretien privé.

Vissé sur son siège, M. Findorge ne fit pas mine de se retirer.

— Vous boirez bien une anisette ? proposa Alphonse.

— Non, sans façon.

— À votre guise. Que puis-je pour vous, monsieur Legris ? Soyez à l'aise devant mon ami, il sait garder un secret.

— Cela n'a rien de secret, bougonna Victor. Lors de votre mission au Sénégal, à Saint-Louis, auriez-vous entendu parler d'une goélette nommée le *Komodo* ?

Il étala des papiers sur ses genoux.

— Je crains que non.

— Et l'*Esméralda* ? Nous recherchons un homme qui se trouvait à son bord l'année dernière.

— L'année dernière ? J'avais quitté l'Afrique depuis belle lurette. Au Sénégal, mon rôle se bornait à quelques équipées à la tête d'une colonne montée. Le reste du temps, j'estampillais des paperasses dans un bureau de Saint-Louis, je n'avais guère l'occasion de musarder sur le port. Désolé, je ne puis vous aider, je le regrette.

Empêtré dans ses paperasses, Victor les lâcha. L'une de ses notes atterrit sur les genoux de M. Findorge. Celui-ci ajusta ses bésicles et la déchiffra en remuant les lèvres.

— Vous rédigez une épopée maritime en anglais, monsieur Legris ?

— Euh…

Outré par son sans-gêne, Joseph tendit la main, mais Findorge l'ignora.

— C'est curieux, reprit-il, *Remember Mary Celeste*, pourquoi est-ce en grosses lettres ?

— Le canevas de notre épopée l'exige, riposta Joseph, nous travaillons de concert.

— Mary Celeste, Mary Celeste… Étrange… Cela m'évoque un reportage que j'ai lu autrefois. Je venais de décrocher le baccalauréat. J'hésitais entre l'enseignement du latin et l'archéologie. Au cours d'un circuit d'agrément en Angleterre, je poussai jusqu'à Stonehenge. Comme le temps était à la pluie, je demeurai cloîtré à l'auberge et feuilletai toutes sortes de revues… Cette histoire insolite m'avait impressionné.

— Quelle histoire ?

— Une histoire de fantômes, répondit placidement M. Findorge.

Joseph leva les yeux au ciel.

— Je doute que cela vous intéresse, jeune homme, poursuivit l'ancien latiniste.

— On ne sait jamais avec les fantômes, maugréa Joseph en écrivant dans son carnet, ce qui lui permit d'éviter la mine irritée de Victor.

— Nous vous écoutons, monsieur Findorge, intervint Victor.

Adhémar Findorge toussota, puis il s'inclina en avant.

— Opérez un saut à rebours, messieurs. Nous sommes en plein océan Atlantique, au large du Portugal, fin 1872. Le second du trois-mâts américain *Dei Gratia* vient de repérer un brick-goélette qui semble louvoyer. Il le mentionne à son commandant qui décide de le prendre en chasse. La distance entre les deux bateaux s'amenuise. Dans l'oculaire de sa lunette, le commandant constate que le pont du brick est désert. Il est intrigué, le bateau dérive, il n'y a personne, ni à la barre ni en vigie, sa voilure est carguée, il croise avec son foc et sa trinquette. Le commandant ordonne à son second de mettre un canot à la mer et d'embarquer avec deux matelots. Le canot rejoint le brick. Son nom est inscrit à la poupe : « Mary Celeste, New York. » Vous ne voulez vraiment pas une petite anisette ?

Victor déclina l'offre tandis que Joseph tapotait ses incisives de la pointe de son crayon.

Adhémar Findorge but quelques gorgées, reposa son verre et se carra dans son fauteuil.

— Où en étais-je ?

— Au nom sur la poupe, « Mary Celeste, New York », dit Victor.

— Ah oui… Le second et les deux matelots se hissent sur le pont. Le gouvernail oscille à son gré de tribord à bâbord. Le second crie : « Avez-vous besoin de secours ? » Nul ne répond. Les hommes explorent le navire. Près de la cambuse, du linge humide est suspendu à une corde. Dans la cuisine, un poulet achève de cuire sur le fourneau. Au salon, la table est pourvue de plats garnis, des tasses de thé sont encore tièdes. Quant à l'équipage, il s'est volatilisé.

— Que s'est-il passé ? demanda Joseph qui en avait oublié de griffonner. Pourquoi avoir évacué le navire ?

— Plusieurs thèses ont circulé, je ne les ai pas toutes en tête, voyons… Une mutinerie ? Non, aucune trace de violence n'a été décelée.

— Des pirates ?

— Votre fantaisie vous égare, jeune homme, ils auraient fait rapine du moindre objet de valeur, or on a retrouvé de l'argent, des bijoux, une poupée, ainsi que la totalité de la cargaison, soit mille sept cents fûts d'alcool.

— Une poupée ! s'exclama Victor.

— Le commandant naviguait en compagnie de son épouse et de sa fille.

— Une panique due à une tempête ? insinua Joseph.

— Aucune tempête n'a été signalée à cette date.

— Hormis le commandant et sa famille, combien de marins ? demanda Victor.

M. Findorge compta sur ses doigts.

— Un second, un lieutenant, quatre matelots, un cuisinier.

— Enfin, dix personnes ne fuient pas un navire sans un motif sérieux !

— Je suis d'accord avec vous, monsieur Legris, cependant le canot de sauvetage n'a pas été repêché.

— Ça ne fait pas un pli, ils ont bu la tasse, décréta Alphonse Ballu.

Joseph le foudroya du regard.

— Quelles ont été les conclusions de l'enquête ? A-t-on réussi à dénouer cette énigme ?

— Jamais ce mystère n'a été résolu.

Joseph et Victor cheminaient vers la Seine quand ils perçurent la rumeur. Un attroupement s'était formé autour d'un crieur de journaux.

— Achetez *Le Matin* ! Un nouveau crime anarchiste ! Le roi d'Italie Humbert Ier assassiné dimanche soir à Monza d'une balle de revolver en plein cœur !

Joseph se procura à grand-peine un exemplaire du quotidien.

— Le roi avait assisté à la distribution des prix d'un concours de gymnastique et montait dans sa voiture lorsqu'un inconnu a tiré trois coups de feu sur lui. Le régicide s'appelle Bresci, la foule a failli l'écharper. C'est un ouvrier tisserand né en Toscane, âgé de trente-quatre ans, il déteste le régime monarchique, résuma-t-il. Je comprends pourquoi on a annulé la fête à l'Élysée en l'honneur du schah.

— Les anarchistes sont de retour, la terre court à sa perte ! fulmina un homme à monocle.

— Quand y aura plus de dirigeants pour gouverner les peuples, on coulera tous à pic ! prédit une fleuriste.

— Joseph, que pensez-vous de ce récit ?

— Ben moi, la politique extérieure ça me bassine. Le journal annonce une succession difficile, le pays est très agité, d'autant que le prince de Naples n'est pas doté du prestige de son père.

— J'ignorais que vous goûtiez la prose de ce canard.

— Oh, ce n'est pas pour les infos, mais il publie *Le Lys noir*, un feuilleton passionnant de Jules de Gastyne.

Joseph lisait en marchant, sans réaliser qu'ils s'étaient engagés sur le pont de Grenelle.

— Jules de Gastyne ! Je vous parle du bateau fantôme ! s'écria Victor.

Ils s'accoudèrent au parapet. Le jour déclinait, la statue de la Liberté se muait en une proue dorée.

— Ah oui, pendant que le professeur pérorait, j'ai relevé des similitudes entre l'épopée de la *Mary Celeste* et celle du *Komodo*.

— Quelles seraient les raisons de monter un coup analogue un quart de siècle plus tard ? s'enquit Victor.

— Encaisser la prime de sauvetage nécessitait que le *Komodo* soit une épave.

— Les événements auxquels nous sommes confrontés sont trop machiavéliques pour qu'une simple prime en soit l'enjeu. Et si le capitaine de l'*Esméralda* et celui du *Komodo* étaient complices ? S'ils s'étaient rencontrés dans un port au hasard de leurs pérégrinations et avaient élaboré un plan dont la finalité nous échappe ?

— Et s'ils s'étaient donné rendez-vous en mer après que le capitaine du *Komodo* eut éliminé ses marins ? suggéra Joseph.

Victor pressa ses index sur ses tempes.

— Imaginons. Vous êtes romancier, cela vous est facile. Un début d'incendie. La peur d'une maladie contagieuse. Une frayeur telle gagne l'équipage qu'on se précipite vers les yoles. Les pauvres bougres sont amarrés au navire par un filin, il aurait suffi de le couper…

Joseph, les yeux rivés à un bateau-mouche, éternua.

— Ça y est, je vois la scène ! Mais que serait devenu le capitaine du *Komodo* ?

— Je ne serais pas étonné qu'il se soit faufilé en douce sur l'*Esméralda*.

— Matthew Walter ? Ce serait lui, le capitaine ?

— Soit. En ce cas, qui l'a tué ? Il nous faut les noms des passagers du *Komodo*, la nature de son fret, le montant de la prime touchée par Anthony Forester. Nous écumerons les archives des journaux mais nous déterrerons de nouvelles indications, bon sang !

Victor héla un fiacre qui roulait en sens inverse.

Ils firent demi-tour et passèrent le pont rougi par le couchant.

— Nous détenons deux révélations supplémentaires : un dragon omniprésent, une casquette qui m'a conduit rue Dieu, grommela Joseph.

— Cette rue nous livrera un tuyau d'importance, je le pressens, chuchota Victor.

CHAPITRE XV

Même jour, soirée

Plus l'après-midi s'étirait, plus l'atmosphère confinée de la librairie pesait sur les nerfs de ses occupants.

Mélie déboula de l'escalier, Euphrosine à ses basques.

— Cette ragougnasse, un menu d'été ? Vous délirez ! Croquettes de thon, pain d'épinards à la crème, tomates frites, éclairs au chocolat ! C'est un meurtre prémédité !

— Que proposez-vous de mieux ? miaula Mélie, au bord des larmes. Du mou de veau en civet ? Un pilaf de grenouilles ?

— Un dîner léger. Lé-ger ! Potage de crème d'orge, soles grillées, salade, compote, na !

En larmes, Mélie remonta au premier. Euphrosine marqua une pause, puis elle la suivit à l'étage.

Juché sur l'escabeau près du buste de Molière, Ichirô se lamentait en sourdine.

— Seul contre tous, sans mon inestimable ami…

Des revues plein les bras, Kenji surgit de l'arrière-boutique et contempla le désordre, en quête d'un refuge où se terrer loin des importuns.

Quand Victor et Joseph arrivèrent, il leur lança sèchement :

— Vous êtes encore allés expertiser une bibliothèque ? Je vous l'interdis, vous m'entendez ? Joseph, à l'avenir, évitez d'extraire les livres des rayonnages en les attrapant par la coiffe.

— Jamais je n'ai... protesta l'interpellé.

Kenji lâcha ses revues, en vrac, sur le comptoir. Il en saisit une, la lissa et s'en prit à Victor :

— Selon vous, risqueriez-vous une méningite à mettre un peu d'ordre dans nos catalogues ?

Il enfila une redingote et s'empara de son haut-de-forme posé sur un amoncellement de livres qui s'écroula, entraînant un tabouret. Profitant de cette diversion, Ichirô renonça à son perchoir.

— Messieurs, je pars quelques jours. J'espère que vous serez fidèles au poste, dit Kenji.

— Où allez-vous ?

— Qui moins en sait mieux se porte.

— Nous devons savoir où vous joindre, renauda Joseph. Je ne vais plus fermer l'œil, moi !

— Les bons romans font leur lit dans celui de l'écrivain insomniaque, monseigneur l'homme de lettres. Venez, Ichirô.

— Moi ? Vous êtes certain ? Maintenant ?

— Je suis vos conseils, messieurs, nous nous exilons. Un zèbre est en sécurité au milieu de ses congénères, déclare la sagesse des nations. Watanabe-*san*, avez-vous réuni l'équipement complet ?

— Oui, Mori-*san*, kimono, *hakama*, *kamishimo*, perruque, claques en bois sont dans ce sac, répondit Ichirô, une lueur d'espoir dans les prunelles.

— Parfait, en route.

Joseph haussa les épaules.

— Se déguiser en samouraï est à la portée de tout le monde, marmonna-t-il.

— Pas à la vôtre ! s'exclama Kenji. Mon cher, un samouraï se tient toujours prêt à mourir.

— Kenji, intervint Victor, conciliant, ce n'est pas si urgent, installez-vous provisoirement chez Euphrosine. Vous y serez à l'abri.

— Malgré sa mansuétude, nous la dérangerions. Vous avez intérêt à vous activer. Dès que cette histoire sera terminée je réglerai mes comptes avec vous, Ichirô-*san*, espèce de *shnorrèr* !

— Que signifie *shnorrèr* ? gémit l'interpellé.

— Mendiant, en yiddish !

— Vous causez le yiddish ? C'est sûr que vous êtes doué pour les langues, reconnut Euphrosine redescendue depuis peu.

— Et, comble de guignon, poursuivit Kenji, Djina refuse d'aller habiter chez sa fille ! Je vais être inquiet. Victor…

— Oui, je coucherai dans votre salon, Tasha ne va guère apprécier, elle n'est au courant de rien.

— Mon pauvre ami, vous figurez-vous qu'elle ignore vos frasques ? Vous êtes d'une naïveté ! Alors c'est entendu, vous restez ?

— Oui, oui, concéda Victor à contrecœur.

Djina apparut au sommet de l'escalier.

— Non. D'ailleurs je ne serai jamais seule. Je prierai Mélie de loger de notre côté. Elle est experte dans le maniement du rouleau à pâtisserie.

— Elle ne va tout de même pas préparer des gâteaux ce soir, elle n'y connaît rien ! protesta Euphrosine.

— Le rouleau à pâtisserie est une arme défensive efficace. Vite, mon ami, votre fiacre s'impatiente. Filez vous enflammer pour la sublime Sada Yacco, vous allez succomber à sa délicatesse. Combien de jours serez-vous absent ?

— Ma douce, je…

— Filez, vous dis-je, je tiens à vous, vivant.

Elle attendit qu'ils fussent partis et se tourna vers Victor.

— Vous êtes en colère, observa-t-il.

— En colère ? Kenji ne se rend pas compte qu'il côtoie un précipice, et le voilà qui va incarner les utilités dans le théâtre où est employé Ichirô ! Les mots me manquent, votre frivolité me déçoit beaucoup.

— Essayez de vous mettre à ma place et à celle de Kenji ! Ce théâtre sera une cachette idéale jusqu'au dénouement de cette affaire.

— Si je deviens veuve, ce sera une belle affaire ! Vous et Joseph n'êtes que deux écervelés. Cela fait des années que Tasha, Iris et moi nous nous rongeons les sangs par votre faute.

— Sans parler de moi ! s'écria Euphrosine, la main dressée vers son fils qui préféra esquiver un coup éventuel grâce à un saut latéral.

« Abruti ! Comme si j'étais capable de te frapper, moi, ta mère ! Ah, j'la porte, ma croix !

— Égoïste ! ajouta Djina. Et vous osez jalouser les fréquentations de ma fille ! Si j'étais vous, j'aurais honte, Victor. J'ai mis en garde Kenji : s'il meurt, je le quitte !

Elle était tellement indignée qu'elle en bafouillait.

— Djina, pardon, je…

— Je n'ai rien à vous pardonner, changer sa nature est impossible. Mais admettez, à votre âge, jouer encore aux gendarmes et aux voleurs ! Vous grevez l'avenir d'Alice. Supposons que la librairie périclite, comment l'élèverez-vous ? Le commerce ne va pas fort depuis quelque temps, Kenji est soucieux. Vous qui êtes son fils adoptif, vous ne lui êtes d'aucun secours.

— Les clients sont moins nombreux à cause de l'Expo et de la chaleur.

— On jurerait mon premier mari. Il déclinait toute responsabilité. Transformer la société était une telle priorité qu'il négligeait sa famille.

— Justement, à propos de Pinkus…

— Ne prononcez plus son nom en ma présence. Il nous a sacrifiées à la Révolution avant de rejoindre la cohorte des *businessmen*. À soixante ans il a trouvé le moyen de procréer pour la troisième fois. Un enfant qu'il ne connaîtra jamais adulte, jolie réussite.

— Bien envoyé ! approuva Euphrosine.

Djina gravit l'escalier. Une porte claqua à l'étage.

— Mélie ! Où êtes-vous ? entendit-on crier.

Victor s'approcha de Joseph et d'un hochement de tête lui fit signe de le suivre dans l'arrière-boutique.

— Prenez ces billets. Djina m'avait chargé de les acheter pour vous, Iris et votre mère, avec qui ce sera l'occasion de vous réconcilier. Elle vous prie d'aller ce soir au spectacle de Sada Yacco à l'insu de Kenji et de veiller sur lui.

— Mais tout à l'heure, elle jouait la comédie ?

— Oui et non, vous savez, les femmes ! Je l'avais prévenue des projets de Kenji suivant nos conseils. Courez l'annoncer à Euphrosine.

— Qui gardera les enfants ce soir ?

— Leur tonton gâteau, Tasha est d'accord.

— Vous ne savez pas à quoi vous vous exposez. C'est pire qu'une enquête policière.

— J'adore les enfants, une fille ne me suffit pas, j'ai l'âme d'un chef de tribu.

Joseph le dévisagea d'un air dubitatif.

Le fiacre s'était enlisé dans un encombrement dû à un accident d'automobile. Ils arrivèrent en retard et ne purent pénétrer dans la salle style Art nouveau qu'à la faveur d'un entracte après la première partie du spectacle, une séance de magie.

— T'as vu, mon minet, c'est complet, une chance que Mme Djina nous ait retenu des places ! s'exclama Euphrosine, qui précédait Iris.

Ils s'assirent au troisième rang. L'édifice de la Loïe Fuller était orné de l'effigie de l'artiste américaine, médaillons, frises, cariatides la représentaient dans ses évolutions serpentines. À côté de Joseph, un jeune homme gourmé à cheveux fournis et lorgnon se tenait raide comme un piquet, les yeux rivés à la scène masquée d'un rideau à la grecque. Il entrait peu à peu en transe, dans l'attente d'un rituel réservé à quelques initiés. Aussi fut-il mécontent quand la voix criarde d'Euphrosine brisa sa méditation.

— J'ai un petit creux, j'aurais dû emporter des berlingots. Prête-moi le programme, mon minet. *Ka-bu-ki*, *onna… gata*, *buyo…* C'est quoi ce charabia ? Jésus-Marie-Joseph, s'il faut être polyglotte pour sortir, maintenant ! Y pourraient traduire en bon français !

Le jeune homme se tourna vers elle.

— Madame, le *kabuki* est un genre théâtral traditionnel au Japon, ce mot se compose de trois termes, *ka* pour musique, *bu* pour danse, *ki* pour jeu de scène. La vie quotidienne y est sublimée en un langage gestuel extrêmement raffiné et codifié. Les mains, les yeux, la tête des acteurs expriment une émotion qui n'a rien à voir avec l'intellect. Les manipulations d'objets ne se font pas au hasard.

Les yeux écarquillés, Euphrosine le fixait avec appréhension.

— Et on le démêle comment, cet embrouillamini ?

— Si l'on est réceptif aux conflits moraux, aux histoires d'amours contrariées et aux récits épiques, ça coule de source. Les *onnagata* sont des acteurs masculins qui interprètent des personnages féminins depuis le XVIIe siècle.

— Je vous remercie. Mais voulez-vous dire que Sado Yacco est un homme ?

— Sada Yacco, rectifia son interlocuteur en tordant la bouche. Non, c'est une femme qui a joué la comédie à la cour de l'empereur, une remarquable danseuse et joueuse de *koto*, ou harpe à treize cordes. Elle a été geisha, ses talents musicaux sont immenses, son jeu relève d'un curieux mélange de passion hystérique et de dignité. Elle ose enfreindre les règles traditionnelles du théâtre nippon et incarner une héroïne.

— Ben ça, mince de trouvaille, grogna Euphrosine.

Elle se carra dans son fauteuil et murmura à l'oreille d'Iris :

— Ils n'ont rien inventé, les Japonais. Sarah Bernhardt a bien décroché le rôle d'un homme, et d'un jeune encore, alors qu'elle a largement dépassé la cinquantaine ! Elle a créé *L'Aiglon* d'Edmond Rostand !

Gêné de l'indélicatesse de sa mère, Joseph toussota.

— Et la danse *buyô* ? demanda-t-il à son voisin, qui le toisa.

— Elle est réservée aux courtisanes et aux *onnagata.*

— Vous êtes amateur de cette sorte de spectacle ?

— Mon pair en littérature, André Gide, m'a chaudement encouragé à venir, car il n'y a que cent vingt-trois représentations. Comme lui, j'ai assisté à plusieurs reprises à cette mise en scène d'Otojiro

Kawakami, l'époux de Sada Yacco. La première fois, ce fut une illumination, même si *La Geisha et le Chevalier*, qui dure normalement deux jours au pays du Soleil-Levant, est ici condensé en une demi-heure. C'est une libre adaptation de *La Dame aux camélias* située dans le Japon du XVIe siècle. J'ai aussi fort aimé *Kesa*, proposé en alternance. Dommage qu'il n'y ait pas d'espace suffisant pour que la scène se prolonge parmi nous par une passerelle comme au Japon. Chut, ça va commencer !

Le rideau s'écarta, révélant un château médiéval et des cerisiers en fleur dont les couleurs chatoyantes arrachèrent un « oh ! » admiratif au public.

Des musiciens prirent place à gauche de la scène et entamèrent une mélodie étrange scandée des lamentations d'un récitant. Un instrument à cordes répondait à une flûte et à des percussions.

— Le luth à long manche est un *shamisen*, les deux blocs de bois que l'on heurte afin de ponctuer les répliques des acteurs sont des *hyôshigi*, chuchota le confrère d'André Gide.

Les deux figures majeures de la pièce, la geisha Katsugari et le samouraï Nagoya Sanza, entourés de nombreux comédiens au maquillage coloré, contèrent leur triste histoire aux spectateurs médusés par la beauté des costumes de brocart et des coiffures. Tantôt couronnée d'un haut chignon truffé d'épingles, tantôt dépeignée et hirsute, Sada Yacco déclamait ses tirades qui se terminaient sur un vibrato, tandis qu'elle-même se figeait en une pose hiératique, un éventail déployé devant elle. Bercé par ce ton monocorde, Joseph piqua du nez et sombra. Iris, de crainte qu'il n'émette des ronflements polyphoniques, lui tapota l'épaule. Il sursauta, juste à temps pour discerner le samouraï, aux cheveux noués en queue-de-cheval, brandir un sabre démesuré. Euphrosine lui enfonça son coude dans les côtes.

— Réveille-toi, mon minet, ça va mal finir, ce mélo !

Sada Yacco entonna une mélopée grâce à laquelle Joseph replongea incontinent dans un état comateux. Des applaudissements frénétiques le contraignirent à se redresser. Il préféra ignorer les regards méprisants de son voisin et se leva.

— Excusez-moi, j'ai besoin d'air, cette pièce est un soporifique.

— Ben tu t'en vas ? Y a une deuxième partie, Mary Louise dite Loïe Fuller va brasser ses voiles de soie translucide autour d'elle et se métamorphoser en fleur et en oiseau, c'est écrit noir sur blanc dans le programme, énonça Euphrosine.

— Je sors, je vous retrouverai dehors.

Au moment où il accédait à l'entrée, une femme rondelette apparut sur scène. Elle sourit sous les ovations et, manœuvrant des flots d'étoffe iridescente à l'aide de perches de bambou, elle se mit à tournoyer, tel un phalène attiré par la lumière électrique.

« Ça donne le tournis, ces trémoussements », pensa Joseph pressé de gagner les coulisses.

L'étroitesse des loges ne permettait pas à tous les membres de la troupe de se démaquiller en même temps. La priorité revenait aux dames.

Un homme en culottes bouffantes examina Joseph, puis marmonna quelques syllabes gutturales à un autre acteur au crâne couvert d'une fausse tonsure. Celui-ci s'approcha de Joseph et, quand il fut à deux doigts de son visage, il dit *mezza voce* :

— Pignot-*san*, fuyez avant que Mori-*san* vous aperçoive !

Sous le maquillage rouge indiquant qu'il avait affaire à un personnage bienveillant, Joseph distingua une moustache de phoque.

— Ichirô ! Vous étiez sur scène !

— Parfaitement. Mais Mori-*san* aussi, je suppose que vous en étiez conscient. Ce costume de samouraï en armure lui sied à ravir, et même si son rôle, ainsi que le mien, est muet, il ne dépare pas la pièce !

Joseph hocha le menton. Inutile d'avouer qu'il avait fait un somme au milieu du spectacle.

— Nous sommes très fiers tous les deux d'avoir été admis à participer en tant que figurants. Avez-vous noté l'enthousiasme des spectateurs ? Ce n'est pas une quelconque attraction foraine mais une représentation théâtrale comme on n'en avait jamais vu dans votre pays, nasilla Ichirô.

— Décidément vous êtes un professionnel de haute gamme. Fichez le camp, ordonna une voix étouffée.

Ichirô et Joseph sursautèrent.

— C'est malin, je suis ici incognito, ajouta la voix. Imaginez que l'on vous ait suivi !

« Qui a parlé ? Le petit à la cithare ? Le maigre à la flûte ? Le grand tambour ? Celui doté d'un long nez ou le chauve bardé d'armes blanches ? »

Joseph détailla tour à tour les musiciens et les acteurs et opta pour un guerrier au front et aux joues bleus, marque d'animosité.

— Je veille, assura-t-il.

— Veillez ailleurs ! reprit la voix.

Déconfit, Joseph bredouilla :

— Mme Djina s'in… s'inquiète, où… où dormirez-vous ?

— Mme Fuller, qui est l'imprésario de cette compagnie japonaise, met gracieusement une loge à notre disposition, nous y sommeillerons sur deux matelas de coton et nous serons nourris aux frais de la princesse.

— Ichirô reste donc ici ?

— Brillante perspicacité, Sherlock Pignot. Hâtez-vous de boucler cette enquête, vous et votre associé, que je sois délivré de cette existence monacale ! rétorqua Kenji.

— Ne vous plaignez pas, vous avez toujours rêvé d'être le point de mire, les femmes se disputeront vos faveurs !

— Ah, j'la porte, ma croix ! riposta Kenji en lui tournant le dos.

Lorsque Joseph quitta le théâtre, Iris s'ingéniait depuis un moment à calmer Euphrosine, qui ne décolérait pas.

— Te voilà enfin ! Qu'est-ce que c'est que ces façons de butor, prendre la tangente comme un voleur et nous faire poireauter en pleine nuit !

— Tu as raté une très belle démonstration chorégraphique, reprocha Iris à son mari. Cette Loïe Fuller bat à plates coutures les gambilleuses du Moulin-Rouge !

— Mes excuses, j'avais l'impression d'être un hareng en caque dans cette salle bondée.

Il entraîna sa femme et sa mère par le bras en se plaçant entre elles.

Au débouché du jardinet entourant le théâtre, ils s'engagèrent rue de Paris où se bousculaient les passants émerveillés par les façades éclairées de mille et un feux.

— Il paraît que c'est bon pour les rhumatismes, déclara Euphrosine.

— Quoi ? La foule ? maronna Joseph.

— Non, l'électricité.

À quelques mètres derrière eux, une silhouette marchait d'un pas élastique. Elle serrait dans sa main droite une ficelle au bout de laquelle un yo-yo exécutait une danse acrobatique.

CHAPITRE XVI

Mardi 31 juillet

Un sac bourré de l'œuvre de Claude Prosper Jolyot de Crébillon en bandoulière, Joseph sortit de la boutique d'un brocanteur sise impasse Mousset. Plus obstinée qu'un petit démon, une idée lui trottait par la tête. Puisque le *Times* avait fait état d'un bateau fantôme, certains quotidiens français avaient pu imprimer la nouvelle pimentée d'éléments inédits, ainsi que l'avait suggéré Victor.

« Je suis trop bête, j'aurais dû compulser les numéros du *Passe-partout* pour l'année 99. Si j'y retourne, ce pédant de Renaud Clusel va se douter de quelque chose. Il faut que je démarche auprès d'autres rédactions. Ça va me retarder et rien ne prouve que je dégote un article concernant cette affaire. Zut ! C'est lourd, ce truc. »

Boulevard Diderot, il marqua une pause, changea son fardeau d'épaule et descendit vers la gare de Lyon à la recherche de la station des cochers de la rue de Chalon.

Au bord du trottoir, un gamin, coiffé d'un calot de gendarme fait d'une page de journal, confectionnait un bateau de papier qu'il mit à flot dans le caniveau et accompagna jusqu'à son naufrage dans une bouche d'égout.

« Oui ! » pensa Joseph, le regard fixé sur le couvre-chef du gamin.

Son pouls s'emballa. « Oui. Bichonnier ! »

Il bifurqua rue Chaligny. Entre l'hôpital Saint-Antoine et la caserne de Reuilly, il enfila une étroite ruelle couronné de l'enseigne :

BICHONNIER & FILS
Confettis et Accessoires de Fêtes
Ombrelles. Chapeaux. Masques

— Marsouin ! beugla-t-il à l'adresse d'un gros garçon occupé à empiler des haquets de journaux à l'entrée d'un entrepôt. Hé, Marcel !

L'interpellé leva la tête et, bras ouverts, se précipita à sa rencontre.

— Joseph ! C'est toi ? Ah, mon vieux Pignouf, j'suis rudement content !

Marsouin, Pignouf, leurs sobriquets du temps qu'ils cavalaient en culottes courtes à travers les rues de la capitale en gueulant la une des journaux.

Marcel Bichonnier, taillé comme une armoire à glace, affligé d'un léger strabisme, le serra si fort contre sa poitrine de taureau qu'il implora grâce.

— Laisse-moi poser ma cargaison.

— Mon vieux Pignouf ! Ça fait bien deux ans.

— Tu pourrais passer à la librairie.

— Je l'ai fait, j'ai vu ton associé, le Japonais, il m'a dit que tu jouais souvent les courants d'air. Qu'est-ce qui t'amène ?

— Un achat de livres dans le secteur. Je suis venu m'enquérir de ta famille. J'ai reçu ton faire-part, ça vous en fait quatre !

— Oui, que des garçons. Ils me succéderont. Je me suis agrandi. J'ai huit employés.

— Comment va ton épouse ?

— Caroline est à la campagne avec les mômes. Je les ai expédiés chez les grands-parents. Paris, par cette chaleur, c'n'est pas tenable. On s'en jette un ?

— Oui, mais alors de la limonade. Ça sent toujours aussi bon, chez toi.

— C'est le chlore qu'on utilise pour blanchir la pâte à papier avant coloration. Moi j'suis habitué ! En ce moment je croule sous les commandes d'ombrelles. Vive l'Expo et la canicule ! J'ai eu des problèmes de flotte, mais c'est arrangé.

— Tu rachètes toujours les feuilles de chou invendues ?

— Je veux, c'est ma matière première.

— Dis donc, tu pourrais me dépanner ? Depuis la naissance d'Arthur, j'ai cessé de collectionner les journaux, je recherche un article de l'année dernière.

— Quoi ? Un quotidien, un hebdo, un mensuel ? Faut demander au père Théophile, c'est lui qui trie selon le calibrage et la texture, il te pisterait un puceron au milieu d'un champ de maïs. Moi, j'attends mes livreurs, ils vont rappliquer de la rue du Croissant. Après, on se rincera la dalle. Mon vieux Pignouf, va !

— Mon vieux Marsouin !

Le père Théophile un gaillard encore vigoureux en dépit de ses cheveux blancs, le guida dans les méandres d'un dédale de paperasse imprimée.

Il y avait là des numéros dépareillés de *L'Illustration*, du *Petit Journal*, du *Monde illustré*, du *Gaulois*, du *Matin*, du *Siècle*, du *Figaro* et des centaines de publications.

Le père Théophile se gratta l'arrière du crâne.

— Ceux de 99, ils doivent être au sommet de ces piles, au fond. Prenez l'échelle. Moi, avec mes vertèbres en castagnettes, je n'grimpe plus. Vous êtes en quête de documents pour vos feuilletons ? Ils sont chouettes, vos feuilletons, mon préféré c'est *La Coupe de Thulé*, j'l'ai relue trois fois. Bon, ben j'vous laisse, j'vais casser une petite graine avant le coup de feu.

Joseph considéra les strates de papier, tomba la veste, escalada les barreaux de l'échelle et se mit vaillamment à l'ouvrage.

Joseph n'avait pas le triomphe modeste. Il observait Victor qui lisait à voix haute l'article du *Temps* daté du 16 mai 1899, intitulé :

> UN NOUVEL *HOLLANDAIS VOLANT* ?
>
> « … le *Komodo* transportait du bois précieux, des défenses d'éléphant, du sucre. Bien que la prime touchée par Anthony Forester, le capitaine de l'*Esméralda*, ne se monte qu'à un cinquième de la valeur totale du *Komodo* et de sa cargaison, c'est tout de même une jolie somme. L'équipage du *Komodo* se composait du capitaine Duncan Cameron, de son second, Brad Baker, du bosco ou maître d'équipage Matthew Walter et… »

Victor s'arrêta net.

— Du bosco ?… Matthew Walter ! Nom d'une pipe ! Le bosco a été trucidé, à Paris ! Joseph, Kenji est hors de danger !

— Ça vous en bouche un coin, hein ? Je suis soulagé, si Matthew Walter et le bosco sont un, on va souffler… Continuez.

« … du bosco ou maître d'équipage, Matthew Walter, de cinq matelots et d'un cuisinier asiatique dont les noms ne nous ont pas été communiqués. Les recherches pour retrouver ces hommes se sont révélées négatives, il est pratiquement sûr qu'ils ont été engloutis par l'Atlantique. »

— Vous devriez jeter un coup d'œil sur la lettre que Daglan a chipée dans le portefeuille d'Anthony Forester, suggéra Joseph avec désinvolture, vous n'êtes pas au bout de vos surprises.

Victor s'exécuta.

Le cuistot Isamu vogue désormais sur le Styx en compagnie de Lacouteux. Rien trouvé chez son hôte, un Nippon localisé dans la librairie Elzévir, rue des Saints-Pères. Renseignez-vous illico sur sa présence à cette adresse. Le bosco se chargera d'éliminer ce témoin gênant. Nous nous verrons ce soir à six heures précises, à l'adresse où est entreposée la récolte, soyez à l'heure.

OMODO

— Le cuisinier ! Était-ce Isamu Watanabe ? Forester, Walter et Isamu travaillaient tous les trois sur des bateaux. Étaient-ils en relation ? Si oui, cela ressemble à un règlement de comptes.

— Trois énigmes demeurent sans réponse. Qui est Lacouteux ? Que cherchait-on chez Ichirô ? Que signifie « la récolte » ?

— Pour que l'on n'hésite pas à supprimer ces hommes, le *Komodo* transportait sans doute un fret encore plus rare que sa cargaison. Un produit de contrebande ? Ce n'est que pure spéculation, dit Victor, mais il semblerait que deux des victimes transpercées ne se soient pas donné rendez-vous à l'*Hôtel du Trocadéro* dans le seul dessein de visiter l'Exposition. Quant à Isamu Watanabe, je subodore qu'il est lié de près à Anthony Forester et à Matthew Walter. Il y a donc un quatrième larron qui est prêt à tout pour s'approprier cette « récolte » dont nous ignorons la teneur. À nous de trouver où elle est.

Il réfléchit.

— L'assassin du bosco est probablement l'auteur de la lettre adressée à Forester. Kenji ou Ichirô sont toujours menacés.

— Vous pourriez au moins reconnaître mes mérites, j'ai manqué me casser la margoulette, en équilibre sur cette échelle. Oh, je sais, vous auriez dit « bon débarras » !

— Non, Joseph, j'aurais sincèrement compati. M'est avis qu'il serait judicieux de retourner au logis d'Ichirô, un détail nous a peut-être échappé. Je suppose que vous devez être épuisé après cette périlleuse escalade chez votre ami Bichonnier, je me dévoue pour une expédition solitaire rue Lecourbe. Quant à vous, ne lâchez pas Kenji une minute.

Les cochers de fiacre semaient, par leur grève sporadique, une perturbation telle que Victor avait opté pour sa bicyclette Gladiator, un cadeau de la famille à l'occasion de son quarantième anniversaire. Épuisé, en nage, il dissimula son engin dans le local des poubelles.

Au terme de son ascension il ne s'attendait pas à ce qu'une robuste jeune fille à la beauté rustique vînt lui ouvrir, une blonde aux pupilles pervenche, tout à fait le genre de femme qui nourrissait ses chimères érotiques avant qu'il ne s'enflammât pour une rousse aux yeux verts. Il se présenta et elle le conduisit auprès de sa grand-mère à qui elle venait de monter un cabas de légumes. La vieille se balançait dans un fauteuil à bascule, un chat sur les genoux.

— Encore vous, monsieur ? M'apportez-vous des nouvelles de M. Ichirô ?

— Non, j'espérais en obtenir de votre part.

— Je n'aime guère le lard.

Sa petite-fille lui ajusta son cornet acoustique et demanda en détachant chaque syllabe :

— Ton voisin est-il reparu, mémé ?

— S'il s'était manifesté, je le dirais, voyons, Mariette ! Un point me tracasse, monsieur, vous m'aviez affirmé que M. Ichirô reviendrait cette semaine, vous avez déménagé son couchage, vous ne savez donc pas où il se trouve ? Vous m'avez embobinée.

— Loin de moi une manigance, madame. C'est qu'il nous a quittés il y a deux jours et je m'inquiète, il paraissait soucieux.

— C'est préoccupant, on ne disparaît pas de but en blanc… Oh, ça me revient ! Vous n'êtes pas le seul à lui courir après. Le soir de votre première visite, un homme a tambouriné chez moi, il désirait l'entretenir. Comme vous m'aviez laissé votre carte au cas où quelqu'un le réclamerait, je la lui ai remise.

— Quel aspect avait-il ?

— Oh ça, j'étais déjà embrumée de Bénédictine, le jour tombait, je n'avais pas allumé ma chandelle.

— Décidément, votre voisin est très sollicité.

— Vous venez pour quoi ?

— Je suis à la recherche d'un sac de matelot susceptible de me livrer des indices.

Sans laisser à son aïeule le temps de répondre, Mariette adressa à Victor un signe discret et l'entraîna vers la porte.

— À tout à l'heure, mémé, j'ai du boulot.

— Où cours-tu ? Ma soupe, qui la fera cuire ?

Mariette referma doucement.

— Vous êtes policier, monsieur ?

— En quelque sorte.

— Je sais des choses à propos de ce sac. Suivez-moi à la boutique, lui enjoignit Mariette dans l'escalier obscur.

Des bonnets et des chemises étaient suspendus à des fils derrière les vitres de la blanchisserie. Quand ils franchirent le seuil, ils furent enveloppés d'un air étouffant et humide. Victor se tamponna le front de son mouchoir et, tandis que Mariette accueillait une cliente grisonnante, domestique chez des bourgeois du quartier, il eut tout loisir d'examiner les lieux.

Deux laveuses posèrent dans l'atelier leur panier de linge propre. Une apprentie tria sur-le-champ les vêtements, une autre aspergea d'eau chaude amidonnée une robe de mousseline à pois. En dépit de la chaleur, un poêle ventru brasillait, bourré de charbon jusqu'à la gueule. Autour du foyer, alignés sur des plaques, rougeoyaient des fers de toutes formes et dimensions.

— Celui-ci, c'est un champignon, celui-là un polonais, celui-ci un coq et çui-là un fer à tuyauter, apprit à Victor l'apprentie à la robe de mousseline, qu'elle enfila sur une planche.

Elle saisit une manique, s'empara du fer puis l'approcha de sa joue, envoyant une œillade à ce séduisant visiteur. Elle lissa un faux pli et reposa le fer sur un rond de fonte.

— Faut qu'il soit impeccable, pour les bouillonnés. L'amidon, ça salit… et ça sent mauvais, pas vrai ?

Victor acquiesça avec une grimace.

Quand le fer fut tiède, elle le nettoya d'une main experte à l'aide d'une brosse et le reprit afin de repasser du plat.

La domestique s'était lancée dans une péroraison contre ses employeurs, avant d'aborder l'attentat qui avait coûté la vie au roi d'Italie.

— C'est la fatalité, a déclaré Madame quand son mari lui a lu le journal.

— Oui, approuva Mariette. La fatalité, elle est comme nous, elle ne prend jamais de vacances.

— Monsieur est comptable au Bureau des poids et mesures. Il est calé en calcul, il soutient que ces attentats ont lieu l'été et toujours le dimanche. L'assassinat de Sadi Carnot, l'été. Celui de l'impératrice d'Autriche, l'été. Et puis maintenant celui d'Humbert Ier, l'été, le jour du Seigneur.

« Les voies du Seigneur sont impénétrables », nota Victor en lui-même.

La domestique sortit, une panière de linge fraîchement repassé à bout de bras. Les deux apprenties repasseuses allèrent déjeuner à l'ombre dans la cour du bourrelier, après avoir dédié leur plus charmant sourire à Victor.

Celui-ci dit à Mariette :

— Je suis prêt à vous écouter, mademoiselle.

Mariette rougit, gênée et flattée de cet entretien avec un homme aussi fascinant qu'Edmond Dantès, le héros du *Comte de Monte-Cristo* dont elle achevait la lecture.

— Eh bien… Il y avait ce jeune homme énigmatique qui logeait chez M. Ichirô. Il était gentil, pas bavard, plutôt joli garçon. Il arrivait des îles.

— Lesquelles ?

— Celles où les femmes tressent des colliers de fleurs et se promènent sous les cocotiers, sans… enfin sans rien qui cache leur torse.

Une paume devant la bouche, elle se morigéna. Elle avait failli dire « seins nus » ! Elle s'imagina aussitôt dévêtue et désira de tout son être que l'inconnu planté face à elle pétrît sa poitrine.

« Sainte mère de Dieu, je réciterai en pénitence vingt Pater Noster dimanche à l'église », promit-elle en son for intérieur.

— Tahiti ? insista Victor, troublé par le désarroi de Mariette.

Une brève vision de femmes au buste généreux l'emplit de confusion. Il recula de quelques pas et heurta le fer à tuyauter, heureusement froid, qui chut sur le carreau. Il le ramassa.

— Désolé. Tahiti ? répéta-t-il.

— Non, ça se termine par le son « aï ».

— Hawaï ?

— Oui, c'est ça. J'ai de la peine, on l'a tué, un si bel étranger. Il m'observait travailler et je…

— Comment savez-vous qu'il est mort ? l'interrompit Victor.

— Ma patronne est abonnée à *L'Illustration*. Il y avait une demi-page sur le meurtre d'un Asiatique âgé d'une trentaine d'années, une flèche clouée dans la poitrine. Deux photos de son visage étaient accolées à l'article. J'ai tout de suite reconnu Isamu. Ça m'a serré le cœur.

— Isamu comment ?

— Il ne m'avait indiqué que son prénom, le jour où il m'a offert un coquillage où l'on entend la mer à condition qu'il n'y ait pas trop de bruit.

— Et vous n'êtes pas allée livrer cette révélation capitale à la police ?

Les joues de Mariette s'empourprèrent de nouveau, elle chiffonna entre ses doigts un lambeau d'étoffe.

— J'ai eu peur. Peur qu'on m'inculpe. Peur que le criminel se venge sur moi ou sur ma grand-mère. Je suis orpheline, c'est mémé qui m'a élevée. Lorsque j'étais petite, pépé a été soupçonné d'avoir fauché des planches sur un chantier, rue de Grenelle. On l'a emprisonné, l'humidité de sa cellule l'a rendu malade, une pneumonie l'a emporté en moins de deux.

Radouci, Victor hocha le menton.

— Isamu vous avait confié un sac ?

Elle opina, la gorge contractée par l'émotion, et parvint à poursuivre.

— Oui. Il m'a demandé si j'avais vu la mer – il s'exprimait en français avec une certaine difficulté. J'ai répondu que non. Il m'a raconté qu'il était matelot, qu'il passait son existence sur des bateaux qui bourlinguaient autour du monde, et que ce sac était son bien le plus précieux. Il redoutait qu'on le lui dérobe. J'ai consenti à le garder.

— Et vous l'avez toujours ?

Elle se mordilla les lèvres, et, bras croisés, avoua :

— Non. Hier, un monsieur m'a cuisinée pour découvrir si j'avais une idée de ce qu'étaient devenues les affaires du locataire de M. Ichirô. J'ai craint des ennuis. Soit il était de la police, soit c'était une relation d'Isamu. Nous étions seuls ici, lui et moi.

— Vous lui avez remis ce sac.

— Exactement. Supposez qu'il m'ait accusée de vol ? Des tas de pensées me traversaient la cervelle, j'ai manqué de courage et d'astuce, je m'en repens.

— Ce n'est pas votre faute. À quoi ressemblait cet individu ?

— À un grand duc.

Décontenancé, Victor riva ses yeux aux siens. Se moquait-elle de lui ?

— Il vous a avancé ce titre de noblesse ? Un Russe ?

Elle gloussa, son rire s'enraya avant de la secouer, l'empêchant un long moment de répliquer.

— Mais non, un hibou grand duc, vu ses cheveux, deux touffes argentées se dressaient de chaque côté de sa tête.

Victor n'eut pas à se creuser les méninges, cette description correspondait à la figure de Robert Tourette.

— Il m'a forcée à accepter dix francs, et il m'a aussi écrit le nom de l'hôtel où il est descendu au cas où on retrouverait d'autres bricoles appartenant à Isamu. Il m'a dit de les déposer à la réception, à l'intention de l'occupant de la chambre 27.

— Il a évoqué le nom d'Isamu ? C'est très important.

Elle se rongea l'ongle du pouce, geste qui rappela à Victor la manie de Tasha.

— Non, juste un ami japonais dans l'embarras.

— Paraissait-il au courant de son décès ?

— À aucun moment il n'en a pipé mot.

— Mais vous, ce sac, aviez-vous cherché à voir ce qu'il contenait ?

Mariette martelait nerveusement le bord d'un établi drapé d'une couverture.

— J'ai été tentée, je vous le confesse, seulement je me suis retenue, à cause du coquillage. J'aurais été coupable de trahison.

Le silence s'appesantit sur eux, ponctué par les ronflements du poêle et de lointains coups de marteau.

— J'aurais besoin de cette adresse.

Sans un mot elle tira de sa blouse un bout de papier.

Palace Hôtel, 103 à 113, avenue des Champs-Élysées, lut Victor, dont l'excitation croissait. Il s'agissait bien de Robert Tourette !

— Rien de plus ?

— Si, une drôle d'histoire. Ce matin, un gros bonhomme s'est présenté. Poli, élégant, un accent bizarre, pas simple à identifier. Hongrois, espagnol…

— Pourquoi ces nationalités ?

— Sa prononciation des *r*. Il les roulait.

Victor éprouva une subite envie de fumer, mais il tremblait si fort qu'il n'osa extraire une cigarette du paquet encombrant sa poche.

— Lui aussi, il voulait le sac de marin ! Quand je lui ai appris qu'un autre monsieur l'avait emporté hier, ses joues se sont changées en tomates, il a commencé à crier que c'était un scandale, que ce sac lui avait été subtilisé à lui, qu'il déposerait plainte. Il a exigé que je lui décrive le grand duc, j'étais paniquée, et s'il m'étranglait ? Je me suis exécutée et je lui ai même recopié le nom de l'hôtel. J'ai bien assez de tracas, hors de question que je perde mon emploi par le fait de gens qui se soucient de moi comme d'une guigne ! Sinon, mémé et moi on n'aurait plus qu'à crever sous les ponts. J'ai béni le ciel que la patronne ait été absente, et que Violette et Justine, les apprenties, soient là, parce que le gros s'est rué sur les tables à repasser, il les bringuebalait tant qu'il les a presque renversées, et il a cassé une terrine pleine d'amidon. Un saccage ! On s'est carapatées toutes les trois et on a couru chez le forgeron, M. Isambard. Il nous a devancées, armé de sa masse, mais le bonhomme s'était évaporé.

Épuisée par ce discours, Mariette chavira, rattrapée de justesse par Victor qui l'étreignit plus qu'il n'était nécessaire.

Il la mena jusqu'au trottoir, la fit asseoir sur une borne et retourna dans la blanchisserie emplir d'eau une carafe. Mariette but goulûment, le liquide mouillait son corsage qui épousait ses rotondités.

— Vous n'allez pas me faire des tracasseries ? murmura-t-elle.

— Non. Je vous ai menti, je n'ai rien à voir avec la police, je suis un ami de M. Ichirô et mon unique objectif est d'éclaircir cet imbroglio. Vous n'êtes pas la seule qui appréhende d'être impliquée dans une intrigue criminelle. M. Watanabe est terrorisé par la fin violente de son locataire. Vous devriez manger un morceau, reprendre des forces.

Elle se leva et le fixa avec reconnaissance.

— Merci, j'ai de quoi.

Violette et Justine regagnèrent la boutique en jacassant.

— On se laisse conter fleurette, madame Mariette ?

— Mesdemoiselles, je ne vous importunerai pas davantage. À bientôt ! lança Victor, pressé de récupérer son vélo.

— Mais non, restez ! supplia Violette.

Mariette le regarda partir à regret et pria Dieu de le revoir.

Après un dîner léger en compagnie de Tasha et d'Alice, Victor s'était bouclé dans son laboratoire photographique, une remise louée à M. Baudoin. À la belle saison, la salamandre était couverte de tirages classés par sujets : les petits métiers, le travail des enfants, les forains, les bouquinistes.

Au-dessus d'un évier il avait accroché quelques épreuves représentant diverses scènes de l'Exposition. Le jour de l'inauguration, le 14 avril, l'avenue de La Motte-Picquet envahie d'omnibus et de tramways cédant le passage à des files de voitures officielles. Les terrains vagues de l'avenue de Suffren. La porte Binet où se dressait la statue de La Parisienne dont le saut de lit décolleté avait été conçu par Paquin. L'Andalousie au temps des Maures où un diorama transportait les curieux de l'Alhambra à l'Alcazar. La Feria où l'on admirait des danseuses de Séville entre Boni de Castellane et Cléo de Mérode. Un chien égaré sur le trottoir roulant. La section de mécanique du Palais des mines et de la métallurgie avec ses gigantesques cheminées. Son cliché favori était une vue des opérateurs de Louis Lumière eux-mêmes occupés à filmer une bataille de fleurs dans la rue des Nations. Il contempla cette scène à laquelle il eût aimé s'incorporer afin de tourner la manivelle d'une caméra et se jura de rendre le plus tôt possible visite à Georges Méliès à Montreuil-sous-Bois.

« Je veux apprivoiser le temps avec le cinématographe. Quand Tasha, moi, nos proches, ceux qui nous sont chers auront disparu, les enfants de nos enfants nous verront bouger, rire, faire les pitres… Nous ne serons jamais morts pour de vrai… »

Il refoula cette perspective empreinte de morosité et se réfugia dans le présent. Une chape de questions contradictoires s'abattit sur lui. N'était-il pas sur le point de se fourvoyer une autre fois ? Et si Frédéric Daglan-William Finch les menait en bateau, Joseph, Kenji et lui ? Qui était cet Isamu ? Ichirô serait-il capable de mentir ? Désemparé, il se concentra sur Robert Tourette. Quel rôle interprétait-il dans cette énigme ? Que renfermait le sac de marin pour que ce soi-disant dessinateur le soutire à Mariette ? Si ce quidam avait quoi que ce fût à se reprocher, distribuerait-il son adresse à tout venant ?

Quant au gros bonhomme prêt à dévaster la blanchisserie parce que Mariette n'était plus en possession du sac, quelles pouvaient être ses motivations, et qui était-il ?

En détaillant le portrait d'un cabaretier président du Club des cent kilos, il se souvint du personnage rondouillard accosté par le commissaire Valmy devant l'un des hôtels du Trocadéro. Un Anglais, non, un Écossais. Son patronyme ? Joung ou Young, oui, Young.

— Nom d'une pipe en bois, il parlait français en roulant les *r* ! s'écria-t-il.

Il traça un croquis sur une feuille quadrillée. Au centre, un cercle représentait l'*Hôtel du Trocadéro*. Quatre silhouettes y furent reliées par des traits : Anthony Forester, Matthew Walter, William Finch et Young.

— Des flèches ont tué deux de ces hommes, ainsi qu'Isamu Watanabe. Je dois en avoir le cœur net et soumettre Daglan à un interrogatoire rigoureux.

Il fouilla ses poches, y repêcha des cigarettes écrasées, un crayon, un mouchoir, des gants, pesta, se contorsionna et harponna une boulette de papier qu'il lissa à plusieurs reprises.

— *Le Piccolo nouveau*, lundi, mercredi, vers midi, rue de Lyon, énonça-t-il à voix haute.

CHAPITRE XVII

Mercredi 1er août

Frédéric Daglan poussa la porte du *Piccolo nouveau.* Niché dans une arche sous le pont où courait la ligne Paris-Brie-Comte-Robert, le restaurant à prix fixe ressemblait comme un frère à l'ancien *Piccolo* des fortifs, si ce n'est qu'il était nanti d'un entresol.

Anchise et Maria Giacometti avaient économisé sou par sou en vue du jour où ils vendraient leur gargote de Clignancourt afin d'en racheter une dans le XIIe arrondissement. Depuis qu'ils avaient débarqué d'Italie, en 1886, ils gardaient un souvenir attendri de ce quartier. Y finir tranquillement leur existence n'était plus une chimère. Anchise officiait au comptoir, sa minuscule épouse calabraise régnait sur la cuisine. Quant à la clientèle, elle se composait non plus de maraîchers mais de ronds-de-cuir et de cheminots.

Deux fois par semaine, Frédéric Daglan s'installait dans la salle badigeonnée en bleu à l'une des tables recouvertes de nappes à carreaux, face à un dressoir campagnard. Ce décor lui rappelait les années de vaches maigres, quand, sept ans auparavant, en échange d'un repas, sa mallette à *imprimer soi-même* sous le bras, il passait la journée chez Anchise afin de lui copier ses menus d'une cursive appliquée.

Rien n'avait changé, à ceci près que les majestueuses bacchantes du patron et le chignon de son épouse étaient à présent poivre et sel.

— Les affaires sont florissantes ? grommela Anchise.

— La gare est un terrain de chasse giboyeux, surtout quand un long sifflement annonce l'arrivée d'un train. Personne ne m'a réclamé ?

— Personne. Des spaghettis à la bolonaise, ça te va ?

Frédéric Daglan opina. Il observa la rue à travers la vitre. Il se plaisait à baguenauder gare de Lyon. Les voyageurs se ruaient pour retenir un cocher, avant de soumettre leurs bagages aux inspecteurs d'octroi qui les marquaient à la craie. Les commissionnaires s'en chargeaient alors, criaient les numéros des fiacres et y enfournaient leur fardeau. Au milieu de cette sarabande, Frédéric Daglan soulageait de leur portefeuille quelques proies à la mise soignée, puis il allait déjeuner chez Anchise. C'était un gagne-pain moins éreintant que de cheminer des heures au soleil dans les dédales de l'Exposition.

Au cours de ses années d'enquêtes, Victor avait acquis la faculté de localiser tout quidam attaché à ses pas et d'anticiper le moindre signe d'une présence suspecte. Aussi, dans le petit restaurant, enfumé et bondé à l'heure du coup de feu de midi, préféra-t-il laisser la place à un employé de bureau pressé d'être servi, et s'écarta-t-il d'une table où s'empiffrait un citoyen aux yeux exorbités et à la moustache d'étoupe qui n'était qu'un inoffensif fournisseur de papier à lettres.

Par prudence, il avait téléphoné au préalable à Joseph pour le prévenir de sa démarche, et il lui avait donné rendez-vous dans le même restaurant vers huit heures trente.

Enfin, il repéra Frédéric Daglan, attablé dans un coin au-dessus d'une montagne de spaghettis.

— Tiens, Legris, vous tombez pile. Maria ! Une autre assiette et une bouteille de vin de Sienne ! Un conseil, Legris, étalez votre serviette sur votre plastron, sinon on croira que vous avez suriné un pékin ! Je suppose que vous avez quelque chose à me demander ?

— Juste. J'attends de vous deux services qui ne sont pas exempts de péril.

Frédéric Daglan cessa un instant de mâcher et se nettoya les dents de la pointe de son couteau.

— Pas de problème. Je prise l'aventure, sinon je me serais fait fonctionnaire.

Maria Giacometti déposa une assiette brûlante devant Victor et emplit les verres de chianti.

— À la vôtre, Legris, dit Frédéric Daglan en trinquant. Eh bien ?

— Il s'agit de pénétrer dans la chambre d'hôtel d'un certain Robert Tourette et d'y chaparder un sac de marin.

— Mangez pendant que c'est chaud. Enroulez les pâtes autour de votre fourchette, vous vous y prenez comme un lourdaud. Ça me va. Filouter un particulier est mon sport de prédilection, une broutille. Ensuite ?

— Je souhaiterais que vous obteniez des informations concernant un type bedonnant qui, étrange coïncidence, semble être client d'un des hôtels du Trocadéro, Archibald Young, un Écossais s'exprimant avec force roulements de *r*.

— Quel sera le premier de ces messieurs ?

— Tourette. Il loge au *Palace Hôtel,* un luxueux établissement des Champs-Élysées, chambre 42. On pourrait l'apparenter physiquement au Méphistophélès de *Faust* : teint haut en couleur, coiffure caractéristique en forme de cornes.

— Mazette, les Champs-Élysées ! Ça me fera d'autant plus plaisir d'aller fourgonner chez lui. Je vous dois bien ça, Legris ! Qui paie ses dettes s'enrichit.

— La société réprouve ce mode de remboursement, rétorqua Victor.

— La société n'est pas mon amie. Pourquoi les gens sont-ils honnêtes ? Les uns parce qu'une entorse à la loi ne les émoustille guère, les autres parce qu'ils sont nantis d'un compte en banque grassement approvisionné. Songez aussi que notre système financier est fondé sur la ruine de la majorité grâce à une minorité aux mœurs prétendument raffinées mais aux menées véreuses.

— Vous êtes l'avocat du diable. Toutefois s'introduire de jour dans une chambre d'hôtel requiert de l'habileté. Il faut s'assurer que l'occupant n'y est pas et disposer d'un laps de temps suffisant à une fouille en règle.

Frédéric Daglan torcha son assiette.

— Vous avez raison, Legris. Vous mériteriez de vous joindre à la confrérie des tire-laine. J'ai un plan ad hoc, à condition d'embaucher un complice d'une fiabilité absoluc.

— Joseph, ou moi-même ?

— Non, votre Tourette se méfiera, surtout s'il vous a déjà croisés.

— Le fait est qu'il est venu à la librairie et que nous nous sommes rencontrés une deuxième fois ce jour-là à l'Exposition Décennale du Grand Palais.

— Ce n'était pas fortuit, ce zigoto vous filait.

Stupéfait, Victor lâcha sa fourchette.

— Qu'en savez-vous ?

— J'ai assisté à sa manœuvre. Effectivement, son apparence offre une similitude avec un pantin diabolique.

— Vous nous espionniez ?

— Allons, Legris, n'allez pas mettre en doute l'expérience d'un vieux briscard. Je me suis instauré votre protecteur et celui de Kenji Mori, cela implique quelques mystères. Toujours est-il que j'ai surpris ce monsieur vous aborder et se greffer à votre groupe. Aujourd'hui, vous sollicitez mon aide et je suis persuadé que ce Tourette est lié à la lettre de menace que je vous ai remise.

— Lettre dont vous avez délesté le portefeuille d'Anthony Forester sans mentionner aucun détail à ce sujet.

— Votre défiance vous honore, elle prouve le sérieux de votre attitude, on n'est jamais assez avisé. Acceptez que je me couvre. Je suis un sage, Legris. Chuchote ton secret à ton ami, et ton ami, qui a des amis, le divulguera illico assaisonné de la formule traditionnelle : « Surtout ne le dis à personne ! » Vous fréquentez assidûment le commissaire Valmy. Ne faites pas cette bobine, mon petit doigt me l'a soufflé.

— Je ne suis pas un délateur.

— Sauf si votre foi en moi s'émoussait. Choisissez : accordez-moi votre crédit, ou engagez un autre monte-en-l'air pour effectuer votre besogne. Mais n'oubliez pas de le prévenir d'un éventuel tête-à-tête avec un gros Écossais.

— Entendu. Mais je ne connais aucun larron apte à…

— Prêtez-moi votre épouse.

Victor, qui vidait son verre, suffoqua et toussa.

— Quoi ? Vous avez un sacré culot ! parvint-il à riposter.

— Pas de méprise, cet emprunt sera provisoire, en tout bien tout honneur.

— Mais Tasha ignore cette investigation ! Si elle devinait que je mène une énième enquête, elle me le reprocherait jusqu'à la fin de mes jours !

— Crachez donc le morceau avant qu'elle ne vous perce à jour. Les cachotteries sapent la vie conjugale. Elles débouchent sur la suspicion, la jalousie, les tromperies et aboutissent à l'indifférence réciproque. Je vous en parle en connaissance de cause. À la longue, votre charmante moitié se lassera de votre duplicité. Pesez le pour et le contre, et ne vous fardez pas en mari outragé. Alors ?

— Pourquoi elle ?

— C'est votre épouse, elle est intelligente et vous l'adorez au point de lui confier le moindre de vos soucis.

« Et parce qu'elle m'a tapé dans l'œil », pensa Frédéric Daglan, qui agita la main et s'exclama :

— Maria ! Ajoutez l'addition sur mon ardoise !

— Mais non, je… protesta Victor.

— Ah, Legris, quel homme compliqué vous êtes ! Si vous cédiez plus souvent, vous auriez moins de rides en travers de votre front.

Le temps s'étirait comme de la mélasse à tartiner. Engoncé dans la redingote lustrée de feu son père, chaussé de godillots, un panier empli de petits pains au sucre sous un bras, Joseph méditait une vengeance exemplaire à l'encontre de Victor. Sa mission était déplorable, son accoutrement médiocre. Depuis deux heures il arpentait la rue de Paris, de la Maison du rire au théâtre de la Loïe Fuller, la prunelle à l'affût d'un suspect. Il avait repéré deux curés de village en soutane râpée, trois caravanes de Britanniques clients de l'agence Cook, une demi-douzaine d'Espagnols cravatés de rouge ou de vert, une nuée de bonnes en habits du dimanche, un sous-off tiré à quatre épingles, deux pioupious pompettes en goguette. Il avait été éjecté par un restaurateur hargneux qui ressassait sans trêve :

— Mauvais public, ça ne consomme que des rogatons à un sou ! Allez écouler votre camelote ailleurs !

Et il n'avait échappé que de peu au contrôle d'un gardien de la paix sur la piste de vendeurs à la sauvette.

Il mordit dans un de ses petits pains et reprit sa faction devant le théâtre de la Loïe Fuller dont les murs se convulsaient en vagues sinueuses.

Un tireur de pousse-pousse en nage lui imposa sa présence. Joseph lui offrit un petit pain que l'autre refusa en arguant que cela l'étoufferait vu que sa gorge était plus desséchée qu'un hareng saur.

— Ben quand on a soif on boit !

— On n'a pas le droit, c'est interdit par la direction.

— Même de la municipale ?

— Même.

— Mais les cochers, eux, ils ont droit au picrate !

— J'suis pas cocher, j'suis cheval.

Le tireur de pousse-pousse se mit à l'entretenir de la visite du schah, de la souillure de la Seine, de la réforme de l'orthographe, de la manière de capturer une baleine, fort différente de la pêche aux crevettes. Du fils du roi Humbert qui allait lui succéder sous le nom de Victor-Emmanuel III et des gastronomies malgache, suédoise, russe, belge, napolitaine, antillaise, toutes élaborées au bénéfice des touristes de l'Exposition grâce à des produits français : côtelettes normandes, poulets de la Sarthe, lentilles du Puy-en-Velay, beurre du Mont-Valérien.

— Vous en savez, des choses, pour un canasson, maugréa Joseph.

— Avec les rombières que je trimbale, je suis une rossinante érudite. Paraît qu'à Pékin les English sont cernés par les troupes chinoises, ça ne s'arrange pas.

Joseph sifflotait entre ses dents pour couper court à la faconde de l'importun. La tête en feu, il honnit Victor de lui avoir assigné la tâche ingrate de mouche et jeta d'un ton acerbe à l'homme en uniforme vert appuyé à ses brancards :

— Épargnez-moi, je dois me concentrer.

— Sur quoi ? La vente de vos petits pains ? Vous en avez déjà boulotté les trois quarts !

— Cessez de me tarabuster !

— Pourquoi ne pas deviser avec moi ?

— Parce que vous monologuez.

Le tireur de pousse-pousse le gratifia d'un regard offensé, s'attela à sa carriole et rejoignit la rue de Paris en traînant la savate.

Joseph patienta jusqu'à ce que l'autre se fût fondu dans le flot des passants. Victor lui avait enjoint de ne pas gagner *Le Piccolo nouveau* avant que la première représentation de *La Geisha et le Chevalier* n'ait débuté.

— Il m'exploite, gronda Joseph. Cinq heures à tirer. Il considère que je suis novice dans la science des traquenards. Il va voir de quel bois je me chauffe, marmonna-t-il, accablé par la pesanteur de son costume.

Après avoir consacré la matinée au portrait d'Alice, Tasha avait déjeuné avec sa fille et l'avait déposée chez Mme Baudoin. En caraco et jupon, pieds nus, cheveux dénoués, elle profitait de la fraîcheur de l'atelier où la fenêtre à l'espagnolette dispensait un air nettement moins torride que les jours précédents. Elle se fût volontiers allongée une heure dans l'alcôve, mais elle préféra s'asseoir dans un fauteuil et contempler la toile inachevée posée sur le chevalet. Sa conscience se dilua dans la somnolence. Étalée de tout son long sur le tapis, Kochka ronflait.

Ce fut ainsi que Victor trouva sa femme, endormie, désirable. Attendri face à sa vulnérabilité, il n'osait bouger, redoutant la requête qu'il allait lui soumettre. Alertée par un sixième sens, elle entrouvrit les paupières, bâilla, s'étira.

— Oh, zut, j'ai piqué du nez ! Il est tard ?

— Presque trois heures, répondit-il, s'agenouillant près d'elle.

— Tu n'es pas resté à la librairie ?

— Non, Joseph est de garde.

Il regretta ce mensonge inutile. Autant lui avouer la surveillance de Kenji et Ichirô par Joseph, et celle de la librairie par Djina. Mais il temporisa.

— Tu veux que je te coiffe ?

— Je suis ébouriffée ? demanda-t-elle en riant.

Il alla chercher une brosse à monture d'argent. Il aimait lisser son abondante chevelure rousse, c'était un bonheur teinté d'érotisme qu'elle aussi savourait.

Kochka se frotta aux jambes de son maître.

— Tu as envie de câlins ? C'est malin, mon pantalon est couvert de poils !

— Vilaine chatte, va laper ton lait et n'importune pas mon figaro !

Tasha se releva, il l'enlaça. C'était le moment ou jamais.

— Chérie, je te dois la vérité, murmura-t-il. Je suis… Joseph et moi sommes plongés dans une enquête.

Elle interrompit leur étreinte et le dévisagea, en proie à une vive émotion.

— J'en étais sûre ! La visite de ce type, l'attitude saugrenue de Jojo – d'ailleurs Iris avait la puce à l'oreille ! Chaque année, tu jures que c'est terminé, que tu ne recommenceras plus, et tu cèdes à cette obsession. Tu n'as pas de parole !

— Cette fois, je suis contraint d'agir.

— Sornettes !

— C'est une question de vie ou de mort pour Kenji.

Il lui fallut beaucoup d'efforts et de persévérance avant de la convaincre de l'écouter. Elle finit par se calmer. Il lui rapporta par le menu les événements qui s'étaient déroulés jusqu'à ce que Frédéric Daglan lui remît une lettre inquiétante.

— Frédéric Daglan ? Un anarchiste, un voleur, comment gober ses allégations ?

Elle exagérait son courroux, espérant camoufler aux yeux de Victor, et à ses propres yeux, l'attirance éprouvée envers le pseudo-Anglais.

— Je suis obligé de me fier à lui et de l'utiliser provisoirement. Quant à lui, il suggère que nous nous servions de toi dans cette traque au criminel.

— Tu oserais me mêler à cet imbroglio ?

— Oui, je te prie de nous seconder. Tu es la seule qui soit capable de tenir ce rôle.

— La seule, réellement ?

La fierté l'emporta sur la colère, elle se rapprocha de lui.

— Iris est trop impulsive, Djina trop préoccupée par le sort de Kenji, Euphrosine… je n'ai pas besoin de te faire un dessin.

— Et en quoi consistera ma mission ?

Il constata avec plaisir qu'elle avait employé le futur.

— C'est très simple. Tu déploieras tes charmes afin de retenir le plus longtemps possible un homme pendant que Daglan furètera dans sa chambre d'hôtel. Cet homme, tu l'as rencontré au Grand Palais jeudi dernier.

— Autrement dit, je serai la chèvre ?

— Oui, mon amour. Un appât aux appas efficaces, du moins je l'espère.

Lorsque Tasha descendit d'un fiacre, hélé à grand-peine à cause de la grève, devant le *Palace Hôtel*, la peur le disputait en elle à l'exaltation.

Elle inspira, souffla à fond, se forçant à longer d'un pas nonchalant les tables à l'abri d'une verrière. Soudain, elle le repéra. La quarantaine, teint rubicond, mèches poivre et sel au-dessus des tempes, tenue distinguée, canotier de paille blanche à ruban noir. Il sirotait un curaçao et guignait les promeneuses avec convoitise.

« Improvise ! » s'ordonna-t-elle.

Elle l'inspecta avec une telle insistance qu'il se tourna vers elle. Il jaugea d'un air appréciateur cette beauté qui lui témoignait cet intérêt. Se méprenant sur ses intentions, il esquissa un geste de bienvenue mais se figea : l'épouse du libraire !

— Quelle surprise ! Madame Legris ?

Tasha grimpa les quelques marches la séparant de la terrasse et le rejoignit.

— Je me disais bien que vous ne m'étiez pas inconnu, monsieur…

— Tourette, Robert Tourette, dit l'homme en soulevant son canotier. J'ai admiré votre nu masculin à l'Exposition Décennale. Puis-je vous proposer une consommation ?

Tasha hésita, titilla son ombrelle.

— Ce serait inconvenant…

— Allons donc, entre confrères ! Je suis artiste, moi aussi.

Courtois, il se redressa et lui avança une chaise qu'elle accepta avec circonspection.

— Quelle coïncidence, dans cette ville surpeuplée ! observa-t-elle, embarrassée de son indiscrétion à l'étudier.

— Le hasard n'existe pas. Le soir de votre exposition, le marchand de tableaux Maurice Laumier m'avait convié à dîner, j'étais en bout de table, je n'avais d'yeux que pour vous. Et vous revoici.

— Si mon souvenir est exact, vous étiez absorbé par une conversation.

— Effectivement.

— J'ai rendez-vous avec une amie, je suis un peu en avance.

— Pourvu que votre amie soit un peu en retard, madame Legris !

Tasha crut déceler une pointe d'ironie dans ces paroles. Se méfiait-il ? Ses collègues ne la désignaient jamais sous son nom d'épouse, puisqu'elle signait ses œuvres « Kherson ». Victor l'avait-il présentée ainsi ? Elle entrevit une horloge pneumatique.

« L'occuper encore un quart d'heure. »

Elle émit un petit rire.

— Mon amie est une écervelée, la ponctualité n'est pas son fort.

— Tant mieux, cela nous permettra de lier plus ample connaissance. Que désirez-vous boire ?

— Une limonade à la menthe.

Il l'entretint de son métier de peintre animalier jusqu'à ce qu'un garçon lui apportât sa consommation.

— Vous remercierez votre conjoint, le Cercle de la librairie m'a orienté vers des acheteurs virtuels. À votre santé, chère madame.

Chacun avala une gorgée, lui la considérant toujours sans retenue, elle sondant la foule des passants sur le trottoir.

— Estimez-vous l'art oriental ? s'enquit-il tout à trac.

Désarçonnée, elle vira au vermillon et s'empressa de porter son verre à ses lèvres.

— L'Orient est vaste, cher monsieur, balbutia-t-elle. Soyez plus explicite.

— Le Japon, par exemple, est une pépinière de talents dans le domaine pictural. J'ai souvent projeté d'apprendre la calligraphie. C'est stupide, on m'avait fourni le nom et le domicile parisien d'un maître en la matière, hélas il a déménagé.

— Sur ce chapitre, je ne vous serai d'aucun secours, répondit-elle avec un sourire où se mêlaient curiosité et regret. Faites donc un saut chez Samuel Bing, c'est un spécialiste, il vous conseillera.

— Je vais suivre votre avis, peut-être est-il en contact avec M. Ichirô Watanabe, le maître que l'on m'a indiqué, reprit-il sans la quitter du regard.

Elle affecta l'indifférence pendant que son esprit s'affolait. Il savait qu'elle s'était délibérément laissé aborder. Et il savait qu'elle savait qu'il savait.

Frédéric Daglan surgit de l'hôtel, une valise à la main. Tasha repoussa brusquement sa chaise et, se levant, agita son ombrelle.

— C'est elle ! Mon amie ! Quelle gourde, elle s'en va ! Solange, attends-moi ! Navrée, monsieur, merci et à bientôt !

Avant qu'il n'ait eu le temps de l'en empêcher, elle bondit sur l'avenue, joua des coudes à travers la cohue, s'agrippa au bras d'une créature en robe turquoise et au large chapeau fleuri. Robert Tourette assista au manège d'un air goguenard. La femme turquoise pila, se dégagea, rabroua l'insolente et déguerpit aussi vite que l'y autorisait l'étroitesse de sa jupe. Tasha marchait à ses trousses en direction du métropolitain, avant de disparaître à la faveur d'un flux de badauds.

Jetant quelques pièces sur la table, Robert Tourette se précipita. Il ne vit pas Tasha monter dans un fiacre garé près de la station, pas plus qu'il n'aperçut Victor jaillir du même véhicule. Tasha avait eu le temps de glisser à l'oreille de son époux :

— Sois prudent, il connaît Ichirô Watanabe.

Robert Tourette dévala l'escalier sans soupçonner que, de chasseur, il s'était mué en gibier.

Les yeux braqués sur le canotier de paille blanche à ruban noir de Tourette, Victor pénétra dans la station du métropolitain des Champs-Élysées. Baptisé *Les Palais*, le petit édicule surmonté d'un toit en rotonde accueillait de nombreux amateurs de sensations fortes. Il dégringola les marches qui menaient à la gare souterraine. Revêtu de carreaux émaillés blancs, le hall resplendissait de lumière. Contre les parois, de coquets canapés de jardin offraient une aire de repos prisée des femmes et de leur progéniture, heureux de goûter la fraîcheur ambiante. C'était le seul endroit de Paris où régnât une température agréable. Victor fit la queue pour accéder au guichet de vente des billets, supputant ses chances de ne pas lâcher sa proie car beaucoup de canotiers clairs voguaient parmi le flot des voyageurs.

« Me coller à ses basques sans qu'il réalise ma présence va s'avérer coton ! »

Des Champs-Élysées à la porte de Vincennes, cinq stations étaient ouvertes, cependant, en raison de l'affluence, l'homme risquait de lui échapper, surtout s'il ôtait son couvre-chef. Il le vit tendre son billet à une poinçonneuse arborant sur son chignon un bonnet de police et fonça en télescopant plusieurs personnes, sourd à leurs protestations. Il réussit à obtenir son titre de transport quelques secondes après Tourette.

Là-bas, deux canotiers le narguaient. L'un navigua vers le bout du quai, l'autre demeura sur place. Sur lequel se rabattre ? Il tenta d'identifier le visage du deuxième, mais au même moment, un préposé en livrée rouge frappé d'un M se campa devant lui et clama une annonce :

— Le train entre en gare d'ici trois minutes ! Vous n'avez pas trop froid ?

— Il y a du rhume dans l'air, lança un titi, hilare.

— Mais non, c'est délicieux, riposta une femme bien en chair qui, heurtant Victor, le déséquilibra. Le métropolitain, on y passerait ses vacances, n'est-ce pas, monsieur ?

Victor la maudit. Plus de canotier à l'horizon.

Il se mit à sautiller pour tenter de repérer Tourette. Un vrai cauchemar ! Ce n'étaient plus deux canotiers qui luttaient contre le remous des melons, des casquettes et des bibis emplumés, mais trois, quatre, cinq !

Une bouffée de rage le propulsa en avant.

— Pardon, pardon. Mon Dieu ! mon petit garçon, je ne le vois plus !

— Prenez garde, sapristi, il y a du courant électrique sur les lignes, les toucher, c'est la mort !

— Faut lui donner la main à votre lardon !

— Mesdames et messieurs, reculez !

Trois voitures vinrent se ranger le long du quai. Des préposés ouvrirent les portières. Ruée à l'assaut des banquettes.

En dépit de sa résistance, Victor fut refoulé à l'intérieur du wagon de tête où une cabine était occupée par le chef de train et son second.

Le métropolitain s'ébranla, plongea dans le tunnel éclairé à profusion. Victor s'arrima à la barre centrale, prêtant peu d'attention aux braillements d'un récitant en uniforme :

— Ici, mesdames et messieurs, commence la pente des Champs-Élysées. Nous longeons l'égout collecteur. Nous atteindrons la station Palais-Royal dans cinq minutes, pas de bousculade.

Victor sentit des formes rebondies frôler sa colonne vertébrale.

« C'est le “métropolisson” », pensa-t-il en constatant l'aimable abandon des dames grisées de vitesse.

— Satyre ! C'est une honte ! Je vais avoir un bleu ! s'indigna une femme.

Un murmure parcourut le wagon, des dizaines d'yeux toisèrent Victor.

— Ce monsieur a eu un geste déplacé, lança-t-elle.

— Mais, madame, ce n'est pas moi qui…

Il baissa la tête et fixa ses chaussures.

« Il est là ! Oui, c'est Tourette ! Canaille ! Il va m'échapper. Il faut que je me faufile vers la sortie. »

— Mesdames et messieurs, le train entre en gare.

L'agent de service chargé de l'ouverture et de la fermeture manuelle des portes régla la descente et la montée des voyageurs. Le canotier blanc à ruban noir se profilait à quelques mètres. Victor sauta sur le quai, escalada les escaliers. Son cœur tambourinait à coups désordonnés. Il déboucha à l'air libre, chaviré d'avoir couvert si rapidement une telle distance. Le canotier clair au ruban noir rejoignait les Grands Magasins du Louvre, Victor sur ses talons. Il traversa la place en se glissant entre deux files de coupés. Victor crut l'avoir perdu, mais il le vit accoster un olibrius dont la silhouette enveloppée ressemblait étonnamment à celle du gros type qu'il avait croisé la semaine précédente en compagnie du commissaire Valmy, près de l'*Hôtel du Trocadéro*.

« Je rêve ! Young ?… C'est un mirage… »

Il louvoya parmi des groupes de cochers mécontents.

« C'est Young !… Si seulement je pouvais saisir leur conversation ! »

Les deux compères s'engouffraient dans les Grands Magasins du Louvre. Il resta planté devant les vitrines derrière lesquelles des clientes se disputaient des promotions de blanc. Il s'éloigna. Au moins avait-il glané une information de premier choix : Tourette et Young se connaissaient. Il rumina cette révélation en suivant la rue de Rivoli jusqu'à l'arrêt du Madeleine-Bastille.

Joseph commençait à s'ennuyer sérieusement et doutait de l'utilité de sa mission.

« Si ça continue, je m'établis dans un couvent de frères capucins. »

Puis il se rebella et regretta l'absence du tireur de pousse-pousse, car rien n'est pire que la solitude quand le moral est en berne et qu'il ne subsiste pas la moindre miette de petits pains au sucre alors que l'estomac crie famine !

La troupe japonaise s'était égaillée dans le jardinet du théâtre, la deuxième représentation de *La Geisha et le Chevalier* ne débuterait pas avant une heure.

L'électricité enflamma la vaste foire d'une gabegie d'ampoules scintillantes. La lassitude eut raison de sa volonté. Rasséréné sur l'avenir proche de Kenji, Joseph se décida à quitter les lieux non sans s'être offert un billet de loterie qui, espérait-il, lui permettrait d'arrondir la cagnotte destinée à moderniser le logis d'Euphrosine. Il se fraya un passage rue de Paris, embouteillée de fêtards en quête de plaisirs vulgaires. Il était temps de rallier Victor rue de Lyon.

Joseph s'affala sur une banquette à l'entresol du *Piccolo nouveau*.

— J'ai soif, j'ai faim et je ne veux plus jamais entendre parler de théâtre japonais ni de tireur de pousse-pousse ! lança-t-il à Victor et à Daglan assis face à lui.

— Tireur de pousse-pousse ? Pourquoi ? s'étonna Victor.

— Oh, pour rien, si ce n'est que ce moulin à paroles m'a perturbé pendant ma planque, de la vrai glu !

— Nous allons remédier à vos deux premières doléances, repartit son beau-frère. Une escalope à la milanaise et un verre de rouge vous consoleraient-ils de vos déboires ?

— Et comment ! La folie me gagnait, à m'enraciner dans cette rue de Paris où tout le monde vous malmène ! J'exige des explications complètes.

Victor résuma la situation, la participation de Tasha à l'enquête, le vol commis par Daglan.

— Tourette cherchait Ichirô, Young cherchait le sac, et le sac c'est nous qui l'avons, conclut celui-ci. Nous vous attendions pour l'ouvrir.

Ils écartèrent les bords de la sacoche de toile bise ornée d'une ancre marine. Il s'en dégagea une odeur d'antimite. Soigneusement repassées, des chemises occupaient la partie supérieure. Daglan les amoncela au milieu de la banquette. Dessous, l'espace était empli de pochettes de papier empilées les unes sur les autres. Chacune d'elles contenait une magnifique plume. Il y en avait des centaines, beiges, blanches, chamarrées. Daglan siffla.

— À quoi cela rime-t-il ? interrogea Joseph, la bouche pleine.

— Ces merveilles constituent un trésor, expliqua Daglan. Elles me semblent appartenir à des autruches et à des grèbes huppés, il y a aussi des aigrettes, peut-être des paradisiers, je ne suis pas spécialiste. Autant de joyaux dont se sert la mode parisienne afin de parer les chapeaux de nos élégantes. Messieurs, nous avons mis le grappin sur les jalons d'un commerce très lucratif. Isamu en était l'un des chaînons. Tourette est à coup sûr acoquiné à cette clique. Qu'en dites-vous, monsieur Legris ?

Victor resta sans voix, son esprit s'emballait.

— Je crois que… Je crois que… Robert Tourette est ornithologue !

— Tout s'éclaire. Tourette, Forester, Matthew Walter sont de mèche. Des trafiquants ? De la contrebande ? mâchouilla Joseph.

— Étaient. Deux sont morts.

— Il y a d'autres plumes ailleurs, c'est probable, décréta Frédéric Daglan. En tout cas, nous tenons l'assassin.

— Sans preuves ? Quand Tourette découvrira que le sac a été dérobé, il montrera les crocs. Je suis inquiet, Tasha est seule à la maison avec Alice. Et j'ai la certitude que lui et Young travaillent main dans la main, je les ai aperçus ensemble. Je rentre, annonça Victor, jetant sa serviette en boule.

— Je me charge de Young, promit Frédéric Daglan.

Le retour au théâtre de la Loïe Fuller faillit dégénérer en catastrophe. Auparavant, le tireur de pousse-pousse avait remisé son attirail à l'abri des curieux, troqué sa livrée vert pomme et sa casquette contre une veste blanche et un panama. Ensuite, s'assurer du départ de ce crétin blond aux petits pains sucrés n'avait pas été une mince affaire. Le bougre prenait son rôle très au sérieux et ne relâchait pas sa surveillance. Finalement, tiraillé par le besoin de se sustenter, rassuré quant à la sécurité des Nippons qui mangeaient eux-mêmes dans le jardinet jouxtant la salle, il s'était éclipsé.

La présence d'un vendeur de billets de loterie dans l'allée menaça de tout gâcher, il surgit à l'instant où le crétin blond pliait bagage.

— Tentez votre chance ! psalmodiait-il.

Le blond ne résista pas à la tentation du gain et lui acheta un billet tandis que l'ex-tireur de pousse-pousse se ruait vers le théâtre. La collision était inévitable.

— Bravo, vous m'avez écrasé les pieds. C'est drôle, on se connaît ? J'ai l'impression de vous avoir déjà rencontré, grommela Joseph.

L'ex-tireur de pousse-pousse inclina son panama et s'apprêtait à tourner casaque quand une femme éméchée se pendit à son bras.

— On est tout seul, mon prince ?

L'homme au panama s'arracha à la pocharde.

— Vilain prince, qui refuse de réconforter une orpheline dans la mouise.

Un attroupement les cernait. L'homme au panama prit à témoin les passants. Certains souriaient, persuadés que cette scène était un spectacle préparé à leur intention.

— Jusque dans l'Expo, c'est une honte !

La fille éclata de rire et reporta son appétit sur un inspecteur des mœurs au visage grêlé qui l'entraîna sans ménagement. Le blond avait filé.

L'homme au panama plongea la main dans sa poche et considéra les Nippons. Assis en cercle, ils dévoraient du riz gluant à l'aide de baguettes sans échanger un mot. L'un d'eux retint son attention. Bien qu'il fût physionomiste, l'homme au panama ne put mettre un nom sur ce personnage habillé d'un kimono et peinturluré d'un maquillage qui l'apparentait à un chien enragé. À bout de nerfs, il tira de sa veste un objet rond coloré que son poignet fit virevolter à l'extrémité d'une ficelle. Un glapissement fusa derrière lui.

— Papy, je le veux !

Un garçonnet en costume marin, chandelles au nez, pointait l'index sur le yo-yo.

— Donne-le-moi, monsieur !

L'homme au panama tenta un compromis.

— Tiens, mon bonhomme, un sac de pralines, il n'en manque que deux.

— Non ! C'est ce joujou que je veux !

L'homme au panama fronça les sourcils, adoptant une expression propre à décourager le plus féroce des bandits chinois. Le gamin ricana.

— T'es moche !

— Décampe ou je t'en colle une dont tu te rappelleras jusqu'à ce que tu sois un vieillard impotent ! gronda-t-il.

— Papy ! hurla le môme. Le monsieur il est méchant !

Papy, un barbon chancelant et pâlot, geignit d'une voix de brebis :

— Jean-Paul, si tu continues, nous n'irons pas applaudir les Bonshommes Guillaume ! Et vous, monsieur, soyez indulgent, ce n'est qu'un enfant.

— Un morveux oui, vous devriez lui enseigner à se moucher.

L'homme au panama détala et, masqué par un buisson, loucha vers le jardinet. Leur riz ingurgité jusqu'au dernier grain, les Nippons s'introduisaient dans le théâtre à la queue leu leu.

Le yo-yo s'élança et retomba lourdement. Tant d'efforts pour du vent ! C'était fichu pour la soirée. « Je reviendrai, je reviendrai autant de fois qu'il le faudra. »

CHAPITRE XVIII

Jeudi 2 août

À trois heures du matin, en proie à l'insomnie, Joseph tâtonna jusqu'à la cuisine où, tout en se tartinant une demi-baguette de confiture de fraises, il discerna le contour d'un traversin dans le mur craquelé.

Tiré d'un rêve où il cherchait en vain des toilettes, Victor gagna les commodités. Au retour, un de ses pieds nus heurta un objet pressé de valdinguer sous le lit. Il étouffa un juron, se massa le petit orteil puis, à croupetons, s'empara d'une des poupées d'Alice. Elle était chauve. Dénicher sa chevelure décollée nécessita plusieurs minutes.

— Elle se déplume, marmotta-t-il, subitement confronté à une révélation.

Le lendemain matin, sur le coup de dix heures, Joseph, très excité, accueillit Victor dans la librairie par un retentissant :

— La literie d'Ichirô !

— Plumes ! s'exclama Victor. Ôtez le bec-de-cane et suivez-moi, ordonna-t-il en se ruant dans la cour du 18 *bis*.

Ils coupèrent court à une conversation animée entre Mme Primolin et Micheline Ballu. Celle-ci, contrariée de leur requête, conduisit l'ascension jusqu'au cinquième, les reins cambrés.

— Dire que cette vieille bique ne sort presque jamais de son terrier et que c'est elle qui m'affranchit !

— Que vous a-t-elle donc dévoilé ? s'enquit Victor.

— Vous n'êtes pas au courant ? Ce matin, y a un cinglé qui a tenté d'occire le schah alors qu'il quittait son palais de l'avenue de Malakoff. Il venait de monter dans son coupé, quand un type a jailli de la foule assemblée sur le trottoir et a voulu lui loger une balle de revolver dans la citrouille, heureusement le grand vizir, secondé du général Parent, a pu le désarmer. C'n'est pas que j'aurais été inconsolable de la disparition du roi des Perses, mais ça m'a ébranlée, surtout après l'assassinat du roi d'Italie. Ils veulent quoi ces anarchistes, qu'il n'y ait plus d'gouvernements ?

— Quand le schah n'est pas là, les houris dansent, dit Victor.

— C'est malin ! D'abord on dit souris, pas houris ! Il vous manque des dents ou quoi ? Oh, j'vois c'que c'est, vous mettez ma parole en doute ? Demandez à Mme Primolin, elle l'a appris de Mme Bouchardat parce que au *Petit Maure*, un roulier avait assisté à la scène. Ouf, j'n'en peux plus ! C'est bien la première fois que je m'apprête à crocheter une porte, constata Mme Ballu, piquée sur le paillasson de la mansarde.

— Vous ne commettez aucune effraction puisque vous avez un passe, la rassura Victor. Vous êtes ici chez vous.

— C'est juste. Ce monsieur Watanabe, au reste plus correct que je m'le représentais, est mon locataire même si, en définitive, cet endroit vous appartient.

La pièce abritait-elle une seule et même personne ? Son apparence autorisait une interrogation à ce sujet. Une ligne de partage constituée par une succession de trois nattes délimitait d'un côté un monceau de cartons bourrés de vaisselle et d'ustensiles culinaires, de l'autre un décor spartiate : matelas de coton recouvert d'un édredon, tabouret supportant un bougeoir, pile de livres en équilibre précaire.

Joseph examina les bouquins, consacrés aux statistiques et aux rites funéraires de divers pays, et les remit d'aplomb. Victor et lui considérèrent ensuite la literie. Pendant que Joseph tâtait les oreillers, son beau-frère déborda la courtepointe et la secoua. Quelques plumes s'échappèrent des coutures et voltigèrent.

— Hé ! Allez-y doucement, j'ai perdu un temps fou à rafistoler ce fourbi, ça tenait par l'opération du Saint-Esprit, avec des pinces à linge ! grommela Mme Ballu.

Elle fit la grimace.

— Doux Jésus, ces draps ! Une vraie dégoûtation ! Si j'veux les ravoir il m'faudra d'la saponite pour ma lessive, et j'te frotte, et j'te frotte !

Elle tendit la paume vers Victor.

— Ben quoi ? Vous n'imaginez pas que j'vais y aller de ma poche ! Ça coûte, la saponite. Eh mais, vous êtes tombés sur la tête ! Qu'est-ce que vous faites ?

Sans se soucier d'elle, pris d'une rage subite, les deux hommes malmenaient tant les oreillers et l'édredon que la chambre ne tarda pas à s'enneiger. Éternuements et toux n'empêchèrent nullement le saccage de se poursuivre par l'éventration du matelas.

Paniquée, furieuse, Mme Ballu courait de Victor à Joseph pour les forcer à s'arrêter, suffoquait, se figeait, bouche et paupières closes, et réitérait son va-et-vient inutile.

— Assez ! hurla-t-elle.

Ils s'immobilisèrent enfin, les cheveux auréolés de duvet.

— Bah, c'est pas du tout ce que j'espérais, marmonna Joseph.

— Mais qu'est-ce que vous espériez ? Le *Daria-e nour* qui orne la toque d'astrakan du schah ?

— Non, pas un diamant de vingt millions, quelques plumes d'oiseaux exotiques, avoua Victor.

— Vous êtes déments ! Où vous croyez-vous ? Chez un plumassier ? C'est un écrivaillon japonais qui dort là, pas une modiste !

— Répétez exactement ce que vous avez dit, la somma Joseph.

Troublée, Mme Ballu recula, s'étouffant de plus belle.

— Vous êtes déments, murmura-t-elle entre deux quintes.

— Non, après.

— Où vous croyez-vous ? Chez un plumassier ? obtempéra la concierge, gagnée par la terreur.

Joseph claqua des doigts.

— Le plumassier de la rue Dieu ! Souvenez-vous, Victor. La casquette ramassée chez Anthony Forester, la poussière de pavé de bois identifiée par le pharmacien, l'usine de Grenelle, la rue Dieu…

— Il y a un plumassier dans cette voie ?

— Fermé ce jour-là.

— Nous ne serons pas montés pour rien. Au revoir, madame Ballu, excusez le désordre ! s'écria Victor, bondissant vers la porte, talonné par Joseph.

— C'est un comble ! Qui va nettoyer tout ça et réparer ce gâchis ? Vous n'êtes que des sauvages ! Apaches ! Ils vont me cochonner mes escaliers !

— Djina va encore devoir garder la boutique, haleta Joseph, fonçant comme un dératé aux trousses de Victor, à la stupéfaction de Mme Primolin qui se comprima la poitrine.

« Satan et ses pompes », pensa-t-elle avant de se signer.

Livrée aux ouvriers chargés de la paver de neuf, la chaussée ne permettait aucune circulation. Sur le trottoir souillé de gravats alternaient piétons et vélocipédistes.

Un homme en bécane précédait Victor et Joseph. Le nez dans le guidon, il charriait sur ses épaules une haute pile de boîtes noires aux coins de cuivre, liées ensemble par une courroie. Il freina devant le magasin d'un plumassier, et, après s'être délesté au sol de son faix, cala son engin contre la vitrine. Il souleva son fardeau, poussa la porte du pied et entra, suivi des deux compères.

— Holà ! M'sieu Biscornet, c'est moi, Norbert, le placier !

Joseph et Victor pincèrent les narines. Des effluves de cire, de camphre et d'antimite, assaisonnés d'une odeur douceâtre, saturaient l'atmosphère.

Le placier, un individu blême et chétif évoquant un croque-mort, entreprit de libérer de leur lien les boîtes encastrées les unes dans les autres. Celle du dessus constituait le couvercle, celle du fond était munie de roulettes. Toutes paraissaient légères.

Un bonhomme à la maigreur démentie par une bedaine saillant de sa ceinture surgit derrière un comptoir sous lequel il venait d'effectuer des rangements.

— Ah ! Te voilà enfin ! As-tu rencontré les commissionnaires ?

Le placier opina et ouvrit ses boîtes emplies d'oiseaux naturalisés et de plumages de teintes et dimensions variées. Ces collections se mêlaient au foisonnement coloré qu'offrait l'univers exotique du magasin.

Qu'elle fût stockée dans des tiroirs ou dans des sacs de papier, accrochée aux murs ou au plafond, la plume était reine. Victor et Joseph n'avaient que l'embarras du choix pour étudier l'ornithologie en patientant : paradisiers, aigrettes aux ailes déployées, colibris, hérons, et même un aigle, tous empaillés.

Très vite, devant un tel tableau de chasse, Victor ressentit une gêne qui se mua en répulsion, et ce fut avec soulagement qu'il entendit Norbert prendre congé, ses affaires réglées.

— Que puis-je pour vous, messieurs ? demanda M. Biscornet en se frottant les mains.

— Nous sommes journalistes et désirons rédiger un article élogieux sur votre profession. Un de nos correspondants, qui habite cette rue, nous a conseillé de nous adresser à vous.

— Ah oui ? Quel est son nom ?

— Tourette, Robert Tourette, me semble-t-il. Il a une coiffure caractéristique, une mèche argentée de chaque côté du front. Lui-même dessine des volatiles et se passionne pour Audubon.

M. Biscornet gratta son menton imberbe.

— Désolé, ça ne me dit rien.

— Vous êtes sûr, cher ami, que vous ne confondez pas avec Young, cet Écossais à l'accent prononcé ? s'empressa de suggérer Joseph à Victor.

— Un homme en jupe ? Je n'en ai jamais vu un seul, ni de loin ni de près, assura M. Biscornet. Le seul excentrique vivant dans les parages est un type qui ne paie pas de mine, il est vêtu à la bohème, c'est un barbouilleur, il peint des natures mortes.

— Et il s'appelle ?

— Je l'ignore. Il est fréquemment fourré chez moi, il observe les plumes, les oiseaux, je le laisse faire, il est trop fauché pour m'en acheter. C'est curieux que vous ne soyez pas en possession de renseignements plus précis !

« Si c'est Daglan, il est vraiment retors », songea Joseph.

— Ce peintre, est-il bien enveloppé ? s'informa Victor

— Il n'a pas une brioche comparable à la mienne, au contraire, c'est une perche efflanquée, affirma M. Biscornet, l'air méfiant en dépit de sa jovialité.

— Ressemble-t-il à un grand duc ?

Estomaqué, M. Biscornet leva les bras au ciel.

— Vous plaisantez, j'espère.

— A-t-il les cheveux argentés ? insista Victor.

— Est-ce que je sais ? Ce peintre arbore un couvre-chef. Enfin, peu importe, l'essentiel est que vous preniez la défense de notre métier, sur lequel l'opinion de certains amoureux des oiseaux tend à jeter le discrédit. Souhaitez-vous visiter l'atelier ?

— Avec plaisir, agréa Victor.

Ils s'engagèrent dans un couloir qui menait, de l'arrière de la boutique, à une vaste salle éclairée d'une verrière.

— C'est ici que nous réceptionnons la marchandise et que nous la préparons, expliqua M. Biscornet. On la dégraisse dans des bains savonneux avant de la laver à l'eau claire. La « mise en craie », c'est le trempage dans de l'eau chaude où l'on a délayé du blanc d'Espagne, tandis que la « mise au bleu » nécessite l'emploi d'indigo.

M. Biscornet leur montra un teinturier qui « ensoufrait » les rémiges afin de les faire sécher. D'autres ouvriers, des femmes pour la plupart, écartaient les franges et triaient les plumes en fonction de leur aspect et de leur qualité.

— On les passe à la vapeur afin qu'elles retrouvent leur souplesse et leur volume, nous disons que nous les « frimatons ». Notre art, c'est d'obtenir de l'exotique avec du domestique car vous avez là pas mal d'espèces ordinaires auxquelles nous attribuons des noms pompeux. C'est ainsi que la plume de dinde ou de cigogne à sac devient « marabout », que celle de l'oie est rebaptisée « cygne », celle d'émeu « autruche », celle du coq « vautour » et celle des échassiers « aigrette ».

« Les pauvres bêtes qui vous fournissent la matière première se moquent de ce joli vocabulaire », pensa Joseph.

— Nos meilleures travailleuses – et, à Paris, elles ont une réputation à soutenir si nous voulons lutter contre la concurrence anglaise et allemande ! – doivent se familiariser avec les plumes, apprendre à les reconnaître et à les nommer. Il leur faut déceler les plus belles parmi le tout-venant, et…

— Nous aimerions nous entretenir avec l'une de ces dames, le coupa Victor.

Contrarié, M. Biscornet avisa une blondinette plus délurée que ses voisines, des Italiennes renfrognées, et lui adressa un signe.

— Jacqueline, ces messieurs sont des reporters, ils glanent des renseignements sur la profession.

— Oh ! Je cause plutôt mal, protesta-t-elle.

— Ne jouez pas les modestes, mon enfant, intima M. Biscornet.

— Décrivez-nous votre activité en toute simplicité, l'encouragea Victor.

Son charme opéra.

— Ben moi, je monte les plumes sur de petits morceaux de laiton, autrement dit : je les mets sur queue, et puis avec un couteau à parer je les assortis. Des fois je les frise, des fois je les ondule au fer, un peu comme une fleuriste. Mes collègues reproduisent de faux volatiles, ou juste des ailes, ça sert à décorer les chapeaux des dames.

Joseph éternua, le nez enfoui dans les mains.

— Et n'est-ce pas nocif pour les poumons, ces flocons qui volettent partout ? interrogea Victor.

Jacqueline jeta un bref regard à son patron, qui lui accorda son consentement par un clignement d'yeux.

— Le nier serait mentir. C'est dur, parfois. Découper, repeindre, cisailler, laquer ces dizaines de plumes, ça implique d'avoir les doigts couverts de colle et de recracher du duvet plus souvent qu'à son tour. Mais, monsieur, j'adore mon boulot. C'est nettement plus amusant que de coudre à longueur de journée, et moins puant que d'encaquer des sardines ! Et puis c'est beau. Au total, mes collègues et moi on façonne des oiseaux plus fantastiques que ceux des contes de fées !

— Bon nombre valent sans conteste des fortunes, insinua Joseph. J'ai lu que si on leste les plumes exotiques d'épingles, les paquets pèsent davantage et les braconniers passent la douane sans problème.

Jacqueline baissa la tête, confuse.

— Ne croyez pas tout ce que débitent les journaux, vous qui travaillez dans la presse ! Cessez de gober ces inepties, je vous jure que nous sommes honnêtes ! s'écria M. Biscornet.

— N'empêche, on m'a soufflé que les paradisiers sont truqués, ils seraient vendus cinquante francs pièce, ce qui est une somme rondelette, et puis, dépiautés et déchiquetés, ils permettraient d'en reconstituer cinq ou six ! décréta Joseph.

— On vous a induits en erreur, messieurs. Examinez cette manufacture avec soin, vous conviendrez que nous n'avons rien à cacher ! clama M. Biscornet, la main sur le cœur.

Victor et Joseph parcoururent l'atelier et prirent des notes, puis, apparemment satisfaits, signifièrent au patron qu'ils en avaient assez vu.

— Et n'omettez pas de souligner que dans la capitale, près de huit cents maisons similaires à la mienne embauchent six à sept mille personnes ! Y a-t-il beaucoup d'industries capables de procurer autant d'emplois ? conclut M. Biscornet.

Une femme d'une quarantaine d'années, bras croisés, lèvres pincées, montait la garde à côté du comptoir, un cahier sous le coude. Elle scruta les trois hommes à travers un face-à-main, et, se détournant de Victor et Joseph, attaqua le propriétaire. Sa diction très nette était marquée d'une pointe d'intonation britannique.

— Vous imaginez-vous tromper encore longtemps le public en vous alliant à de prétendus ornithologues et en attestant maquiller des plumes domestiques à des fins mercantiles ? Quelle mauvaise foi !

— Madame Padlock, gronda M. Biscornet, je vous implore de ne plus m'honorer de vos attentions ! J'en ai soupé d'être votre tête de Turc ! Je ne suis qu'un modeste commerçant, mes ouvriers et moi n'avons pas signé un pacte avec le diable dans le but de réaliser des merveilles de grâce et de distinction à partir des plumages les plus communs !

Mme Padlock exhiba son cahier tel un pasteur sa bible.

— Vous oubliez que j'appartiens à la Plumage League[1] et que nous sommes parfaitement informés ! Votre commerce contribue à l'éradication d'espèces entières ! Nous déplorons déjà la perte du grand pingouin, du cormoran à lunettes, du canard du Labrador et de la tourte voyageuse !

— Je jure n'avoir jamais approché de près ou de loin une tourte volante ! clama M. Biscornet, dressant en signe de contrition ses mains entrelacées vers son front.

— Sont gravement menacés les aigrettes, le héron aigrette, le héron crosse ou garzette, les lophophores, les satyres, les argus, les faisans dorés, les oiseaux de velours, les sifilets, les nicobars, les lacopodes et les paradisiers, poursuivit, imperturbable, Mme Padlock.

— À supposer que j'utilise les plumes de ces volatiles, ce qui n'est pas le cas, je vous rappelle que des scientifiques ont effectué de coûteuses expéditions d'études et en ont déduit que si l'exploitation de certains oiseaux est conduite de manière rationnelle, il n'y aura aucun danger pour leur survie. Mes confrères plumassiers n'auraient nul intérêt à ce que se tarisse la source de leurs revenus. Et puis vous oubliez que les indigènes eux-mêmes concourent à ces prétendus massacres.

— Je connais vos arguments. Vous vous présentez comme des protecteurs de la nature.

— Est-ce notre faute si les dames cèdent aux exigences de la mode qui varie d'une année à l'autre et ne sortent que le chapeau agrémenté de plumets ou de panaches ? Que ne préfèrent-elles les scorpions et les crotales, on nous ficherait la paix ! Ne sont-elles pas prêtes à se vêtir l'hiver de fourrures ravies

1. Fondée en 1885.

à une faune innocente ? Je n'ai rien à me reprocher, je n'utilise que des plumes d'oiseaux de basse-cour !

— Oserez-vous nier que l'on scalpe les aigrettes vivantes ? Et que c'est à Paris qu'a débuté en 1884 l'industrie des fourrures en plumes d'autruche, ces pauvres bêtes que l'on élève dans des fermes, au Cap, oubliant qu'elles sont acridophages !

— Acrido… quoi ? demanda Joseph.

— Phages. Cela signifie, jeune homme, que les autruches mangent les criquets. Cela leur confère une immense utilité. On ne saurait octroyer un tel mérite à tout un chacun.

Joseph s'empressa de noter cet adjectif qui lui évoqua aussitôt l'invasion de la capitale par une des dix plaies d'Égypte. Son esprit dériva vers une flopée de juteuses catastrophes aptes à pimenter un prochain feuilleton parisien.

« La Seine changée en fleuve de sang. Invasion de moustiques, de taons, de grenouilles, de sauterelles. Aux commandes de sa machine aérienne, l'homme chauve-souris accompagné de Bertrande, sa fidèle autruche, rétablit l'ordre et le bonheur dans l'Exposition où s'affolent les touristes gavés de poisson pourri… Oui, mais quel titre ? *Le Plumeau de Belzébuth* ? *La Flèche du Parthénon* ? *Les Acridophages des sarcophages* ? »

— Oh, en voilà assez ! s'écria M. Biscornet. Ce n'est pas une escouade de vieilles filles disséminées dans nos villes qui va modifier l'ordre des choses.

— Le monde bouge, cher monsieur, et les vieilles filles auxquelles vous faites allusion et avec lesquelles je n'ai d'ailleurs aucun rapport, étant moi-même mariée et mère de quatre enfants, ne sont pas seules à protester. Les Américains ont adopté il y a deux ans une loi prohibant l'importation, le transport et la vente à l'intérieur de leurs territoires des peaux et plumes d'une catégorie d'oiseaux chanteurs. Il y a encore dix ans, cinq millions d'oiseaux étaient massacrés chaque année aux États-Unis pour combler la coquetterie des dames et remplir les tiroirs-caisses.

— Et les Peaux-Rouges, hein, vous y songez, aux Peaux-Rouges ?

— Malheureuses victimes des colons ! Eux se contentent de prélever sur leurs ressources naturelles le strict minimum. Oui, je songe à eux. La nature n'est plus un capital inépuisable pour l'humanité, plusieurs de vos écrivains l'ont pressenti, Prosper Mérimée, Victor Hugo, Sully Prudhomme. Au cas où cela vous aurait échappé, le 19 mai dernier s'est tenue à Londres une convention réunissant les représentants de six pays pour la préservation des animaux, des oiseaux et des poissons d'Afrique. Ce n'est que le premier d'une série d'accords internationaux concernant la protection de notre planète, nommée à juste titre par les Peaux-Rouges *Notre Mère*.

Mme Padlock distribua aux trois hommes des prospectus extraits de son cahier et, après avoir posément rangé son face-à-main, regagna la rue.

M. Biscornet, joues écarlates, mâchoires serrées, chiffonna le papier en une boulette qu'il expédia à la corbeille. Victor et Joseph s'esquivèrent.

— Vous savez, Victor, cette dame m'a donné une idée. Les Indiens d'Amérique ne se parent pas seulement de plumes. Ils emploient aussi des flèches.

— Insinuez-vous que l'un d'eux a traversé l'Atlantique afin de supprimer une brochette d'inconnus en pleine Exposition universelle ? Vous ne feriez que répéter les paroles de Kenji à propos d'Ichirô quand il nous a appris la mort d'Isamu.

— Raillez-moi, j'ai l'habitude. Je maintiens qu'il y a là un truc à creuser.

— N'ajoutons pas de trous aux cavités de cette rue. Vous avez raison, nous devons enquêter sur l'arme des crimes et, sait-on jamais, nous assurer de l'identité du peintre qui fréquente la maison Biscornet : Tourette, Daglan ou Young ?

— Young et Tourette, vous seul pouvez juger s'ils ont une silhouette de perche efflanquée. Daglan, à la rigueur, quoique… je ne l'imagine pas jouer les barbouilleurs de natures mortes !

— C'est tout de même une coïncidence de taille. S'il faut en croire le pharmacien, la poussière de la fameuse casquette provient de pavés en bois, et qu'est-ce qu'on dégote dans la seule voie de Paris en réfection ? Un plumassier ! Je veux en avoir le cœur net, le mystérieux type dans la chambre 26, celle de Forester, signalé par Courson loge peut-être dans le coin.

— Vous envisagez de prospecter chaque immeuble ? Je vous souhaite bien du plaisir.

— Quand j'ai interrogé Courson, il m'a dit que l'homme au largeot pouvait être un peintre… Un peintre, Joseph ! C'est Tourette !

— Vous l'avez décrit à Biscornet, il ne l'a jamais vu… Ah non ! Vous n'allez pas soupçonner ce brave commerçant de tremper dans cet imbroglio !

— Au point où nous en sommes…

— Si vous voulez campez sur place, libre à vous. Moi, je veux éviter de me faire sonner les cloches à la maison, Euphrosine est intraitable sur l'heure de la tambouille.

Victor hésita. Il n'était plus sûr que Courson eût prononcé le mot *peintre*. « Non, c'est moi qui l'ai suggéré, lui a opté pour un chasseur ou un aristo. Il a précisé que le type était chaussé de guêtres, ça je m'en souviens. »

— Joseph, on rentre au bercail.

Téter un cigare après un bon dîner et musarder dans un jardin où personne ne vous regardera de travers parce que vous exhalez de la fumée, telle était pour Archibald Young la meilleure façon de concevoir l'Éden. Il avait jadis cohabité avec une donzelle qui le traitait de cendrier froid lorsqu'il posait sa bouche sur la sienne et s'essuyait les lèvres lorsqu'il insistait.

— Le londrès ou moi, avait-elle fini par exiger.

Il avait choisi le londrès.

Penché au-dessus d'un massif d'hortensias, il se débarrassa discrètement de ses cendres.

— Auriez-vous du feu ? lui jeta-t-on en anglais.

La voix appartenait à un homme en costume à carreaux. Archibald Young se redressa et se haussa sur la pointe des pieds afin que le dandy, courbé vers lui, applique contre le cigare sa propre cigarette jusqu'à ce qu'elle rougeoie.

— Nous sommes-nous déjà rencontrés ? demanda Archibald Young.

— Exact. Percutés serait plus approprié. Ces portes à tambour sont des pièges. Nous séjournons dans le même hôtel, nous sommes tous deux commerçants, et tous deux nous affectionnons le tabac. Je ne serais pas étonné que nous devenions inséparables, prédit Frédéric Daglan.

Il toucha son chapeau et s'éloigna. Archibald Young apprécia la désinvolture de sa démarche et l'élégance de sa mise, avant de poursuivre sa promenade digestive.

Frédéric Daglan était content de lui. Grâce à l'entraînement intensif auquel il se soumettait depuis son arrivée à Paris, loin de perdre la main il avait amélioré sa technique. Escamoter un portefeuille tandis qu'on embrasait sa cigarette s'apparentait à un tour de prestidigitation. Certes, le doigté et la coordination des mouvements étaient essentiels, mais encore fallait-il que ces gestes fussent au service d'une mise en scène crédible. Détourner l'attention de la victime pendant qu'on la détroussait et s'en aller sans que l'autre prît conscience d'avoir été allégé, voilà un tour de force qu'un public amateur des prouesses d'illusionnistes chevronnés eût applaudi sur scène. La moralité réprouvait toutefois ce genre de numéro, et Frédéric Daglan en fut donc quitte pour se féliciter lui-même en silence.

Il pénétra dans l'hôtel, emprunta l'ascenseur où Gédéon, qu'il approvisionnait en condoms raflés dans un magasin de Chester, lui dédia un large sourire, et s'envola au deuxième étage.

Bouclé dans sa chambre, il fouilla l'épais portefeuille de Young, empocha les trois quarts des billets de banque et négligea les cartes de visite, une publicité pour le *Chabanais*[1], le portrait d'une créature en corset qui avait signé à la plume « Fiammetta », ainsi qu'un dépliant de photos d'une gambilleuse dont la jambe en l'air révélait une absence totale de pantalon. Sourcils froncés, il examina une bourse de tissu qui emprisonnait une clé plate portant une inscription gravée dans le métal. Après avoir décollé un fil plaqué à sa veste, il alla ouvrir un sac à soufflets d'où il sortit une boîte emplie de cire de sculpteur, il en souleva le couvercle d'une main et de l'autre y appuya la clé, avers, envers.

Lorsqu'il eut remis la clé dans la bourse puis dans le portefeuille, il rangea la boîte, ferma sa chambre

1. Célèbre maison close située près de la Bibliothèque nationale, fermée en 1946.

et descendit dare-dare au rez-de-chaussée, où il eut la satisfaction de distinguer l'Écossais installé devant le bar dans un fauteuil club. Le garçon venait de lui servir une fine.

— Vous permettez ? demanda Frédéric Daglan en anglais.

— Avec plaisir, monsieur…

— Finch, William Finch. Garçon, la même chose ! lança-t-il, en français.

— Ne seriez-vous pas par hasard le voisin d'Anthony Forester ? s'enquit Young.

— J'étais, mais lui n'est plus le voisin de personne ici-bas.

— Je reconnais bien là l'humour d'un compatriote. Je suppose que cet inspecteur qui se prend pour le Beau Brummell vous en fait voir de toutes les couleurs.

— Ah oui, surtout des vertes et des pas mûres. Il s'imagine que je suis un assassin, moi dont la principale occupation est de tuer le temps. Et vous, vous cuisine-t-il ?

— Évidemment ! Ces Français nous détestent parce qu'ils nous accusent d'avoir brûlé une sainte qui les encombrait et d'avoir combattu un empereur qui les horripilait. Nous nous chargeons du sale boulot, cela les mortifie.

— Je crois que ce qu'ils nous pardonnent le moins, c'est le bœuf à la ficelle. Excusez-moi, je dois appeler de toute urgence un fournisseur, je reviens illico.

Frédéric Daglan courut se barricader dans une cabine téléphonique, décrocha le combiné où il récita le début d'une tirade de *Macbeth*[1] :

Is this a dagger which I see before me,

1. Acte II, scène I.

The handle toward my hand? Come, let me clutch thee...

Pendant ce temps, Archibald Young avala sa fine et en commanda une autre.

Au moment où il allait s'asseoir face à lui, Frédéric Daglan se prit intentionnellement les pieds dans un tapis et trébucha. Il tomba sur Young, replaça subrepticement le portefeuille dans son veston, s'excusa et se laissa choir dans son fauteuil. Archibald Young s'inquiéta de l'état de ses chevilles.

— Une entorse serait malvenue.

— En fait d'entorses, je n'approuve que celles infligées à l'ordre établi. Ma plus redoutable ennemie est la douane.

— Quelle coïncidence ! Il en va de même pour moi. Pourtant, je n'exporte que d'inoffensifs souvenirs de la Ville lumière. Ces tours Eiffel miniatures, ces Arcs de Triomphe en plâtre, ces Opéras en imitation malachite vont détrôner des bonbonnières en Wedgwood, des vases Ming et des bouddhas birmans, cependant je dois m'acquitter de droits exorbitants en vue de telles aberrations...

— Dans mes bras, moralement s'entend, mon cher monsieur, et acceptez que je vous offre une autre fine. Garçon !

Frédéric Daglan se retint de sourire.

« Quand je pense que je t'invite à consommer avec ton pognon, mon lascar, j'en suis tout ébaubi. Profite de ce cadeau, tu es cuit ! »

CHAPITRE XIX

Vendredi 3 août

Djina rêvait de visiter le Palais des fils, tissus et vêtements, mais n'osait l'avouer à sa fille, qui avait toujours affiché du dédain envers les fanfreluches. Aussi quittèrent-elles leur fiacre avenue de La Bourdonnais. De là elles marchèrent le long du Palais des mines et de la métallurgie, jusqu'au Champ-de-Mars. Tasha avait en effet opté pour un concert gratuit en plein air consacré à l'Asie russe. L'orchestre interpréterait les *Chœurs du Prince Igor*, de Borodine, *Sérénade mélancolique* de Tchaïkovski et *Rouslan*, de Glinka.

Elles n'avaient pas eu conscience d'être filées par un second fiacre dont le passager n'était autre que Robert Tourette. Il les suivit de loin et s'assit au milieu de la dernière rangée de chaises. Il avait dissimulé ses cheveux sous un haut-de-forme. La petite femme du libraire attirait plus son attention que les musiciens prenant place sur une estrade dans un brouhaha d'instruments désaccordés.

Inattentive à l'orchestre, Tasha comprenait qu'espérer déloger de son esprit le souci lié aux confidences de Victor était un leurre. La musique opérait d'habitude comme un dérivatif à ses appréhensions, mais, ce jour-là, elle ne réussissait qu'à l'endormir. Elle désertait la réalité l'espace d'une minute, s'assoupissait, sursautait, la nuque endolorie.

— Nous ferions mieux d'aller nous amuser ailleurs, chuchota Djina, c'est une fournaise et ils jouent faux.

Tasha acquiesça. Elles attendirent que la mélodie de Tchaïkovski s'achève et dérangèrent un couple de rentiers et un homme à l'allure de notaire afin de se dégager des chaises trop serrées.

— Quand on n'aime pas les compositeurs russes, on va au Moulin-Rouge, au moins là c'est français, grommela la rentière à son époux.

— Français, Jacob Offenbach ? Certes, mais d'origine allemande, et juif, riposta Djina.

En quête de fraîcheur, elles se dirigèrent vers la gare du Champ-de-Mars, Robert Tourette à leurs basques. Elles étudièrent les affiches de Félix Ziem créées pour la publicité de Venise à Paris.

— Depuis le temps que Victor me fait miroiter une randonnée dans la ville des amoureux, c'est avec ma mamochka que je vais découvrir la reconstitution de la Piazetta ! Et tout ça pour seulement un franc !

Elles s'installèrent dans une embarcation noire dont le gondolier entonna aussitôt une barcarolle tandis qu'il manœuvrait sa perche le long de canaux de brique rouge.

Bien que peints en trompe-l'œil, les places et les palais ornés de mosaïques, les campaniles et les clochetons et la basilique Saint-Marc procuraient un dépaysement agréable.

L'homme en livrée vert pomme avait garé son pousse-pousse sous un boqueteau, non loin du terminus de la flottille. Il se tenait accroupi dans un angle mort, près du pont des Soupirs. Nul ne pouvait déceler sa présence. Sa gorge était sèche mais il ne tremblait pas. Sa proie serait bientôt à sa portée. Chaque fois qu'il bandait son arc, il éprouvait une intense jubilation, comme s'il assistait à la résurrection de sa jeunesse. Ses mâchoires se contractèrent, la gondole accostait.

Quand Djina et Tasha débarquèrent, au débouché d'un tunnel, après un circuit qui leur parut trop court, elles étaient encore sous le coup de l'illusion des vues panoramiques.

Il y eut alors un mouvement de foule assorti d'une clameur. Elles se retournèrent. La gondole succédant à la leur était l'objet d'une curiosité générale. Le gondolier, qui n'avait d'italien que le costume, vociférait :

— J'ai rien vu, fait sombre comme dans un four, là-dessous, comment que j'aurais pu deviner qu'un spadassin étripait mon client !

Djina chercha à retenir sa fille, mais déjà celle-ci se frayait un chemin au milieu des badauds. Elle s'approcha de la gondole. Une silhouette de haute taille était couchée sur le ventre. Son huit-reflets avait roulé sous la banquette avant, révélant une abondante chevelure argentée que Tasha reconnut sur-le-champ. Une flèche était fichée dans le dos de Robert Tourette. Le canal, le quai, la cohue, tout vacilla. Elle trébucha dans les bras d'un tireur de pousse-pousse qui s'exclama :

— Sacrédié ! Ils tombent comme des mouches aujourd'hui !

Djina se précipita et, avec le secours du tireur de pousse-pousse, allongea sa fille sur un banc. L'homme recommanda d'emmener la jeune dame à l'Hôtel-Dieu.

— C'est peut-être une insolation, il y a eu beaucoup de décès, la prudence est requise.

À demi réveillée, Tasha secouait la tête, refusant obstinément d'aller à l'hôpital, mais sa mère la convainquit. Le tireur de pousse-pousse l'installa dans son deux-roues et accompagna les femmes jusqu'à la porte 11, avenue de Suffren, où un cocher de l'Urbaine qui, par chance, ne soutenait pas la grève, accepta de les déposer à l'hôpital de la Charité. Le tireur de pousse-pousse s'appuya contre les brancards de son engin et sortit de sa poche un yo-yo multicolore qu'il fit monter et descendre.

— Je ne sais comment vous remercier de votre obligeance, lui chuchota Djina.

— Mais c'est naturel, madame, répondit-il en se gardant de manifester le soulagement que lui apportait cette promenade inespérée grâce à laquelle il échappait à une enquête auprès des flâneurs agglutinés autour du cadavre.

Il remisa son yo-yo. Désormais, il n'avait plus besoin de jouer les canassons.

Fou d'inquiétude, Victor, alerté par un cocher, s'empêtra dans sa veste, oublia son chapeau et ses gants, se rua au-dehors, sourd aux injonctions de Joseph qui l'exhortait de veiller à ce qu'on ne lui décochât un trait mortel. Assailli de questions dont il se fût dispensé, Jojo envoya paître les amateurs de livres assemblés ce jour-là dans la boutique.

— Faudrait savoir, mon minet, tu n'arrêtes pas de te plaindre que plus personne ne lit et pis quand, par extraordinaire, y a du populo, tu rouspètes ! souffla

Euphrosine avant de se hisser à l'étage, déterminée à harceler Mélie.

Après avoir été examinée par un médecin désabusé qui l'avait engagée à se coiffer d'un bibi plus ample, Tasha se morfondait dans un hall empestant l'éther et l'eau de Javel. Elle se blottit dans les bras de son époux et lui conta l'épisode macabre de l'après-midi.

— C'est affreux, cette fin brutale. J'avais envie de vomir, je me suis fait violence et du coup je me suis évanouie contre la poitrine d'un tireur de pousse-pousse.

Victor s'adressa mille et un reproches. Tout était sa faute, l'assassin aurait pu les supprimer aussi, elle et Djina, jamais il n'aurait dû associer sa chérie à cette traque.

« Que fabriquait Tourette dans cette gondole ? Ce ne peut être une coïncidence. Pourquoi l'avoir tué ? Qui est coupable ? Young ? Daglan ? Daglan… c'est lui qui m'a poussé à cette participation de Tasha. Ne m'a-t-il pas prié de la lui prêter ? »

— Au fait, où est Djina ?

— À la librairie sur mon conseil, vous avez dû vous croiser.

— Je vais te raccompagner rue Fontaine.

— Je préfère la rue des Saints-Pères, Alice est invitée toute la journée chez les Baudoin, ça me détend, j'irai me reposer au salon.

Elle n'eut que le temps de grimper l'escalier à vis pour rejoindre Djina. Le commissaire Valmy, en costume de grand deuil, fit une apparition remarquée dans la librairie que son emportement, joint à la mauvaise humeur de Joseph et à l'anxiété de Victor, acheva de vider de ses occupants.

— Legris, j'exige des explications sur la présence de votre femme devant la gondole où l'on a ramassé le corps d'un certain Robert Tourette il y a deux heures.

— Le hasard, Tasha et sa mère étaient allées au concert et…

— Ne me servez pas vos sornettes habituelles, je suis las d'être ridiculisé par vous. Et puis cette saleté… D'où surgit-elle cette poussière qui envahit tout ? Les rues : poussiéreuses. L'Exposition : un énorme nid à poussière. Vos livres : des sources de poussière. Je me sens souillé, où pourrais-je me laver les mains ? J'étouffe. Le moindre rayon de soleil est un tourbillon de particules poudreuses qui auront ma peau !

Il toussait, arpentant les lieux en quête d'un lavabo, et obliqua en direction de l'arrière-boutique.

— Navré, mais nous n'avons l'eau courante qu'à l'étage, et pour l'instant ma belle-mère s'y repose, car elle aussi était à l'Exposition ce matin.

— Je suis pressé mais je vous coincerai tôt ou tard. Votre épouse va mieux ? Quelle idée de sortir par cette canicule ! Vous bénéficiez d'un sursis, Legris, grâce à la mort d'un collègue, M. André, commissaire de police, chef de la huitième brigade des recherches. Mon ami, chargé de surveiller les anarchistes qui pullulent à Paris cet été, a succombé, frappé d'une congestion cérébrale. La chaleur, cette infernale chaleur, en est la cause. Il n'avait que quarante-cinq ans. J'ai promis de me rendre à la veillée funèbre.

— Mes condoléances, marmonna Victor.

— Ne vous croyez pas obligé d'affecter une tristesse que vous n'éprouvez pas ! La loi des séries, juste au moment de l'attentat contre le schah… Et maintenant, ce quatrième cadavre ! Jouissez de cette accalmie, je n'en ai pas terminé avec vous. Vous serez sous peu convoqué à la préfecture et il faudra bien que vous mangiez le morceau !

La sonnette s'étrangla, le commissaire Valmy avait levé le camp. Joseph bondit, melon sur la tête, canne à la main.

— Ce coup-ci, je mets à exécution mon plan, et rien de ce que vous m'objecterez ne m'en dissuadera. Les flèches !

— Où comptez-vous puiser des renseignements à leur sujet ?

— Chez l'antiquaire de la rue de Tournon.

— Kermarec ? Ne craignez-vous pas ses avances ? Vous n'êtes pas sans savoir qu'il cultive un penchant envers les garçons.

— Je me sacrifierai afin que la lumière resplendisse enfin !

Victor ricana.

— Réservez ce genre de tirade à vos feuilletons.

— Avec des gens comme vous, Christophe Colomb aurait mis cinquante ans pour découvrir l'Amérique.

— C'eût été une bonne chose, les Indiens auraient profité d'un sursis.

— Les Indiens, justement, tout nous ramène à eux.

La boutique, décorée de boiseries Louis XV blanc et or, était saturée d'épinettes et de clavecins enjolivés de peintures. Ces assortiments n'auraient pas déparé le manoir néogothique d'un collectionneur d'esbroufe incapable de déchiffrer une partition. Des guéridons incrustés de marqueterie supportaient des guitares classiques, des violons d'étude, des archets, ainsi que des balalaïkas et des mandolines. Une harpe au cadre sculpté avoisinait un vaisselier empli d'assiettes en porcelaine de Sèvres représentant des joueurs de luth et de mandoline. Récemment, l'antiquaire avait acquis plusieurs pièces rares provenant de la manufacture de porcelaine tendre créée en 1740 dans le château de Vincennes avant d'être transférée seize ans plus tard à Sèvres. Il ne se lassait pas d'admirer la chocolatière, le moutardier, les vases et le service à thé disposés dans une vitrine qu'il s'abstenait d'ouvrir.

Maxence de Kermarec était un échalas vêtu d'un insolite costume de velours grenat prisé par les mites parisiennes, fautives de quelques trous dont le marchand n'avait cure. Maigre, la barbe taillée en pointe, il n'interrompait ses déambulations dans son magasin que pour se sustenter de sandwiches au concombre et de lait parfumé à la fraise. Voyant débouler Joseph, il se précipita, la main tendue.

— Quelle agréable visite ! Cher monsieur Pignot, vous vous bonifiez d'année en année. L'âge mûr fera de vous un Apollon des temps modernes. Asseyez-vous. Thé ? Café ?

— Je suis à la diète.

— La minceur est l'apanage du séducteur. Que me vaut ce plaisir ?

— Je suppose que vous avez entendu parler du goût de mon beau-frère et associé pour les investigations criminelles. Actuellement il suit de près une suite de meurtres commis à l'aide d'un arc et de flèches à plume rouge. Je me suis souvenu de votre jeunesse aux États-Unis, et…

— Et vous avez eu raison ! Mon père a fréquenté George Catlin, le peintre de la culture amérindienne, je l'ai vu une fois chez nous vers la fin des années 1850, j'étais haut comme trois pommes, susurra l'antiquaire en rapprochant son siège doré de celui où se recroquevillait Joseph. J'ai également rencontré Nate Salsbury, le *manager* de William Frederick Cody, le fameux chasseur de bisons célébré sous le nom de Buffalo Bill.

— Oui, bon. Donc vous êtes expert en arcs et en flèches.

— Oh, si peu ! Cette arme de jet est exploitée depuis la préhistoire tant en Europe qu'en Orient et qu'en Amérique.

— Quelles sont les origines de cette tige et de cette plume ?

Maxence de Kermarec tourna le fragment entre ses doigts.

— Vous me posez un problème. Réfléchissons… Réfléchissons… À première vue, c'est amérindien. La plume est en mauvais état, à mon avis ce pourrait être celle d'un dindon sauvage.

— Un dindon rouge ? Ça n'existe pas !

— Elle aura été teinte au vermillon. Quant à cette tige, c'est du roseau des rivières.

— On en trouve partout !

— Certes, mais voyez, l'empenne est exempte de colle. Regardez de près, elle a été ligaturée par un tendon d'animal sans doute ramolli dans de l'eau. Malheureusement, j'ignore quclle famille de Peaux-Rouges utilise ces matériaux. Vous devriez consulter un spécialiste. Auriez-vous d'autres indices à me soumettre ?

— Non. Et l'arc, il a été fabriqué aussi avec du roseau des rivières ?

— En général, il était réalisé à partir d'arbrisseaux – frêne, chêne, érable, acacia – rendus flexibles par un enduit de gélatine obtenue des sabots fondus de cervidés. Des tendons torsadés d'animaux étaient employés pour confectionner la corde, qui de nos jours est métallique. Les flèches étaient longues d'environ soixante centimètres.

— Vous êtes certain que cela vient d'Amérique ?

— Sans trop m'avancer, il y a de fortes chances.

Joseph cogitait à toute allure. De quelle nationalité était Robert Tourette ? Un nom à consonance française, mais cela ne prouvait rien. Matthew Walter était-il américain ?

« Anthony Forester : un British. Frédéric Daglan : un Français qui pastiche un Angliche. Young est écossais, là-bas ils organisent des championnats de lancer de troncs, plutôt que des concours de tir à l'arc, pas commode de se promener avec un morceau d'arbre sous la veste. »

— Se balader avec un attirail d'archer, c'est voyant. Comment le dissimuler ici, à Paris, dans l'Expo, au milieu des touristes ? Qu'en pensez-vous, monsieur de Kermarec ?

— Cela requiert un brin d'imagination, cependant c'est faisable. Je ne sais pas, moi, un outillage de pêcheur, un sac allongé, une cape, un landau d'enfant, une carriole. Nombreux sont les objets susceptibles de servir de caches. Mais je ne connais qu'un moyen de jouir du bonheur, mon cher Joseph, c'est de viser l'amour ainsi que Cupidon.

— Mes tendances m'attirent non vers l'archerie mais vers la course à pied, rétorqua Joseph, pressé d'atteindre la porte. Merci infiniment pour votre précieuse collaboration, monsieur de Kermarec.

— Je suis prêt à travailler étroitement avec vous quand vous le voudrez, jeune homme !

Demeuré seul, Maxence de Kermarec soupira et caressa le dossier du siège délaissé par Joseph.

Frédéric Daglan longea le boulevard Bourdon et le bassin du canal Saint-Martin qui débouchait dans la Seine. Il obliqua à gauche rue de la Cerisaie. Il eût préféré éviter ce quartier de la capitale qui lui rappelait son idylle avec Josette Fatou, même si la rue des Boulets était distante de plus d'un kilomètre.

Le Grenier de Vercingétorix occupait un pâté de maisons à lui seul. Ce nom, gravé sur la clé plate, réplique de celle subtilisée à Young, était celui d'un garde-meuble facilement repéré dans un annuaire des professions. La veille au soir, Daglan avait retenu par pneumatique une voiture de location dont il venait de prendre possession près de la halle aux vins[1]. Il immobilisa le cheval, animal débonnaire et résigné, en tirant sur les rênes, et le gratifia d'un sac de picotin dans lequel le canasson enfouit la tête. Sautant sur le trottoir, Daglan avisa un gamin qui croquait une pomme et l'observait du coin de l'œil. Il lui adressa un signe.

— Ça te dirait de gagner une thune ? lui proposa-t-il en lui montrant l'intérieur d'un porte-monnaie.

Le gosse écarquilla les prunelles, il n'avait jamais vu de pièce de cinq francs. Il opina sans un mot.

— C'est simple, tu n'as qu'à surveiller cette charrette pendant que j'irai chercher des affaires dans ce bâtiment.

Droit comme un soldat de plomb, le gamin attrapa la bride et hocha le menton, cette fois avec enthousiasme. Il s'efforçait de calculer combien il pourrait s'acheter de congolais, son gâteau favori, avec un tel pactole.

Frédéric Daglan marcha résolument vers un vestibule au fond duquel une minuscule vieille était juchée sur un tabouret face à un bureau semée de papiers.

1. Située rive gauche jusque dans les années 1960, sur l'emplacement de l'actuelle faculté des sciences de Jussieu.

— Bonjour, madame, je viens récupérer mon dépôt, annonça-t-il en tendant la clé.

— Quel nom ? interrogea-t-elle d'une voix éraillée.

Il joua son va-tout.

— Young.

Elle feuilleta un gros registre, son index glissa le long d'une colonne de signatures.

— Comment l'écrivez-vous ?

— Y, o, u, n, g.

— Inconnu au bataillon.

— Archibald, ajouta Daglan, après une seconde de réflexion.

De nouveau le doigt s'activa sur les pages quadrillées et tapota un paraphe.

— Archibald Duncan Cameron, c'est cela ?

— Tout à fait.

— Selon le tarif en vigueur, vous nous devez dix francs cinquante.

Il aligna sur la table quelques pièces qui disparurent si vite qu'il douta les avoir eues en sa possession.

— Mon reçu, s'il vous plaît.

— Tout à l'heure, quand vous m'aurez restitué la clé.

Il se dirigea vers un des couloirs qui rayonnaient autour du hall d'accueil.

— Mais non, pas par là, vous galopez vers les salles où sont stockés les armoires et les buffets, par ici, chevrota la vieille en désignant l'accès opposé.

Frédéric Daglan s'aventura dans un corridor faiblement éclairé par des appliques à gaz. Les parois étaient constituées de casiers numérotés. Il vérifia le chiffre de la clé : 46. La serrure correspondante était juste à sa hauteur.

Avec l'émotion d'un orpailleur sur le point de découvrir une pépite, il ouvrit le casier. Dix sacs de jute en occupaient l'espace. Il s'empara de l'un d'eux, surpris de sa souplesse, dénoua le cordon de fermeture. Son visage exprima une déception vite effacée par un sentiment jubilatoire. Malgré le poids, un voyage suffirait, à condition de les réunir cinq par cinq au bout de chaque bras comme il eût fait de bottes de légumes. Il avait la poigne encore solide et la voiture était proche.

Effectuant un crochet par le perchoir de la gardienne, il déposa son fardeau le temps de l'échange entre la clé et une facture, et, après un « Au revoir, chère madame » récompensé d'un bougonnement, il retourna à la voiture toujours sous la garde du gamin suspendu à la têtière du cheval.

La main serrée sur la pièce de cinq francs comme si sa vie en dépendait, le mioche s'enfuit sans un remerciement.

Frédéric Daglan hissa les sacs dans la charrette, ôta la musette d'avoine, et, hue cocotte, rallia la place de la Bastille. Il salua le génie de la Liberté, dépassa la colonne de Juillet et emprunta le boulevard Beaumarchais d'où il continuerait son périple vers la place de la République puis vers la gare du Nord. Son plan était limpide : confier les sacs à la consigne, rapporter la voiture au loueur de la halle aux vins, et récupérer en douce pantalons et portefeuilles à l'*Hôtel du Trocadéro*.

Il n'avait d'autre regret que d'imposer une course épuisante à un percheron qui, étant donné son grand âge, eût mérité une retraite agréable à la campagne. Mais, qu'on fût un animal ou un homme, achever sa vie sans se soucier du lendemain était un luxe réservé soit à ceux qui étaient nés une cuiller en argent dans le bec, soit à ceux auxquels la Providence avait accordé l'aubaine ou le talent de garnir à ras bord quelques bas de laine.

Il se jura incontinent que, pour sa part, il n'attendrait aucun secours d'une société qu'il méprisait, et que, puisque l'occasion lui en était accordée, il allait s'octroyer d'interminables vacances.

CHAPITRE XX

Même jour, après-midi

— Les flèches et l'arc sont originaires d'Amérique du Nord. Cela nous en révèle-t-il plus sur le coupable potentiel ? Tourette peignait des volatiles du sud des États-Unis, mais il a passé l'arme à gauche.

— Young lui a peut-être réglé son compte ?

— Qui sait ? Ne restent en lice que lui et Daglan, constata Victor lorsque Joseph eut fait son rapport. Admirez ces deux jolis volumes in-octavo reliés en chagrin, les œuvres de John Keats éditées en 1848 à Londres. Saviez-vous que ce poète talentueux est mort méconnu à l'âge de vingt-six ans ?

— C'est ça, détournez la conversation, c'est votre spécialité. Il faut agrafer Daglan en vitesse pour en avoir le cœur net. Je vais demander à Djina de nous remplacer une fois de plus. Filons au *Piccolo*.

— Entendu. Seulement la grève des cochers s'étend à plusieurs compagnies, la Métropolitaine, l'Abeille, la Wagram, je crains que l'Urbaine ne s'allie massivement au mouvement. Je vais sortir ma bicyclette, vous grimperez sur le guidon.

— Pour que vous fonciez dans le brouillard et que je sois un bouclier vivant ! Je préfère le porte-bagages, je vous tiendrai par la taille.

— Pas trop tendrement.

— Avec ce qu'il faudra de fermeté.

— C'n'est pas son jour, il n'a pas déjeuné ici, maugréa Anchise, qui n'ouvrit le restaurant qu'après force coups frappés à la porte.

Désemparés, Victor et Joseph se regardèrent et décidèrent d'aller à l'*Hôtel du Trocadéro*.

— J'ai mal au département du Bas-Rhin, se plaignit Joseph.

— Et moi, je suis rompu, vous pesez lourd, mon cher.

— Il va falloir songer à acquérir un tandem.

Tout en pédalant, Victor, le souffle court, révéla à son beau-frère la véritable identité de Finch. Quand la réponse scandalisée fusa dans son dos, Victor fit une embardée.

— Daglan ? Bravo ! Comment voulez-vous que je vous seconde si vous me cachez un élément essentiel !

— Mes excuses. Je redoutais de vous entraîner dans des chausse-trappes, remarqua Victor.

— Si vous me prenez par les sentiments… Il a affirmé au gérant de l'hôtel qu'on lui a ratiboisé son pantalon. Une mise en scène ? Il est capable de tout, ce brigand !

Lorsqu'ils abordèrent l'hôtel, et que leurs crampes se furent dissipées, ils laissèrent la bicyclette à la garde d'un chasseur et pilèrent. Semblable à la statue du Commandeur, le commissaire Valmy se dressait devant eux, la mine lugubre.

— Une veillée funèbre, un entretien avec le préfet Lépine à propos de la sécurité du schah, une entrevue avec l'auteur de l'attentat au commissariat de la rue Mesnil, la fouille de la chambre du trucidé de Venise Robert Tourette, qui logeait au *Palace Hôtel*, et maintenant la disparition de M. Finch. Voilà une de ces journées qui abrégeront la vie d'un des meilleurs limiers de la préfecture et lui feront regretter d'avoir embrassé une profession nuisible à son équilibre mental.

— Vous nous en voyez désolés. Nous avons brusquement eu des doutes sur William Finch, qui nous a récemment contactés Joseph et moi, en tant que libraires, car il cherchait des éditions de…

— Tututut, Legris, foin de vos déclarations. Apprenez que le sieur Robert Tourette était, en dépit de son nom, un Américain de La Nouvelle-Orléans.

— Un Américain ! Mais ça change tout ! clama Joseph.

— Ah oui, sous quel rapport ? s'enquit Augustin Valmy.

— Eh ben… sous le rapport de son immense intérêt pour les portraits de chefs indiens de Charles Bird King !

— Qui est cet oiseau-là ?… Il faudra que je m'informe à son sujet. Je me suis contenté de dénicher un calepin et je vais vous communiquer les quelques renseignements que j'y ai glanés, au cas où vous seriez aptes à éclairer ma lanterne. J'avoue être totalement perdu.

Tandis que Valmy lisait, Joseph notait dans son propre carnet les lignes rédigées par Tourette.

09/97

Plan « Mary C. » au point.
Cameron est d'accord. Forester aussi.
Trouver un pigeon.

02/98

Hawaï.

Jeune Nippon I. W. appâté. Cousin à Paris.

05/98

Pigeon I. W. prend son envol. Élève doué. Enrôlé sur K.

05/99

Après périple San Francisco, Hong Kong, New York, K. appareille pour St-L.

10/99

Plan parachevé, éliminé L. Cargaison à bord. I. W disparu St-L.

Assurance ok.

06/1900

Hommes et marchandise Paris.

— Eh bien, messieurs ? Éprouveriez-vous le besoin de soulager votre conscience en me livrant des révélations ?

— I, W, K, St-L., ce Tourette s'intéressait de près à l'alphabet… Un code ? insinua Joseph.

Le commissaire fut pris d'une quinte de toux.

— La poussière, les nerfs… Legris, il va falloir que vous vous surpassiez dans l'art de mentir, où vous êtes passé maître, pour justifier la présence de votre carte de visite parmi les papiers de feu Robert Tourette.

— Cet homme m'avait accosté au Grand Palais. Je lui ai remis un bristol parce qu'il était aquarelliste et appréciait le tableau de mon épouse.

— Un nu masculin, si je ne m'abuse. Des collègues m'ont fait part de leur indignation, ils ont été choqués par une certaine obscénité qui m'étonne de la part d'une femme aussi distinguée que Mme Legris.

— Je doute que l'anatomie d'un gentleman représenté de dos – en l'occurrence il s'agit de moi – soit de nature à offusquer qui que ce soit. Mais admettons.

En revanche, la prolifération des dames dévêtues n'a que rarement soulevé de tollé, sans quoi les musées d'Europe ne regorgeraient pas de plantureuses nymphes peintes par Rubens.

— Oublions l'art pictural et concentrons-nous sur les meurtres de l'Exposition. Je vous attends tous les deux à six heures dans mon bureau de la préfecture. Serviteur, messieurs.

Victor remonta en selle, Joseph de nouveau agrippé à lui. Il escalada à grand-peine la colline du Trocadéro et ne tarda pas à exiger une halte. Ils longeaient la section tunisienne, où, séduits par la fraîcheur des souks, ils flânèrent au milieu d'échoppes, hélés par des potiers, des tisserands, des chaudronniers, et finirent par céder au charme d'un restaurant en plein air où on leur servit un thé à la menthe, une assiette de pignons et deux portions de baklawa. Joseph montra à Victor ses gribouillages. Celui-ci, le menton dans la main, s'efforça de décrypter l'énigmatique journal de Tourette.

— Plutôt lapidaire, ce style. Bon, selon moi, Tourette est le cerveau. Il s'est acoquiné avec Duncan Cameron, capitaine du *Komodo*, ainsi qu'avec Antony Forester, capitaine de l'*Esméralda*. Puis il a fait engager Isamu Watanabe sur le *Komodo* en tant que cuistot. Le *Komodo* a appareillé pour Saint-Louis du Sénégal. Qu'est-il arrivé là-bas ? Un nommé L. a été tué et Isamu a été abandonné à Saint-Louis.

— Vous avez la lettre que Daglan a volée à Forester ?

— Oui, je comptais justement la relire. L... Lacouteux ? Qui est Lacouteux ?

— Ensuite, en mer, arrêtez-moi si vous n'êtes pas d'accord, ces types ont imaginé une arnaque inspirée de l'histoire de la *Mary Celeste*. Puis, en juin 1900, les hommes – Tourette itou – et la marchandise sont à Paris, poursuivit Joseph.

— La marchandise ? Laquelle ? Des plumes ? Mais comment Isamu a-t-il gagné Paris ? Quel était son rôle ? demanda Victor en vidant son verre de thé.

Puisque Walter et Tourette étaient morts, Kenji et Ichirô semblaient hors de danger aussi longtemps qu'ils resteraient dans leur cachette. Il n'en demeurait pas moins que l'assassin hantait l'Expo. Daglan introuvable, intercepter l'Écossais devenait une priorité.

À trois heures précises, Archibald Young ouvrit le casier n° 46 du *Grenier de Vercingétorix*. Sa stupeur fut telle qu'il ne put bouger pendant trois longues minutes au cours desquelles il eut l'impression d'être la proie d'un cauchemar. Non, il ne divaguait pas, le casier était vide. Il y enfouit la main pour s'en assurer malgré l'évidence. Il s'aperçut alors qu'il ne parvenait plus à saliver et que son cœur battait le tam-tam. Il se précipita vers le bureau de la vieille qui jouait les cerbères.

— Il n'y a plus rien ! On m'a volé ! Vous entendez ce que je dis ? Volé !

— J'entends, mais c'est une erreur, il n'y a jamais de vol chez nous. Vous aurez prêté votre clé à une personne indélicate.

— Moi ? Vérifiez votre registre ! Quelqu'un a usurpé mon nom !

La vieille posa l'index sur la signature apposée par celui dont elle se souvenait parfaitement.

— On a signé « Archibald Duncan Cameron », c'est bien votre nom.

— Était-il jeune ? Vieux ? Un Français ?

— Quelconque. Quoi qu'il en soit, il avait la clé de votre casier, il me l'a rendue.

Elle ouvrit un tiroir et y remua quelques trousseaux avant d'en exhiber un, muni de la sœur jumelle de la clé plate que tenait Young.

— Impossible, murmura-t-il, ils sont morts… Je ne comprends pas.

— Excusez-moi, monsieur, mais je dois récupérer votre clé. Étant donné les circonstances, je ne vous compterai que la moitié de la location du casier. Ça fait cinq francs vingt-cinq.

Young continuait de marmonner et de secouer la tête, sans lâcher la clé, seul réconfort tangible. Il finit par la fourrer dans sa poche, recula vers la sortie, fit demi-tour et se propulsa près de son fiacre sans se soucier de la vieille ni de ses glapissements. Il congédia le cocher.

Il suivit le boulevard Bourdon jusqu'à la maison de l'éclusier, et se figea face au port Henri-IV sans vraiment voir le va-et-vient sur la Seine des bateaux-mouches et des chalands. Les débardeurs s'épuisaient à vider les entrailles de péniches emplies de cailloux ou de sable. Le cou entouré d'un mouchoir, les coltineurs, coiffés d'un chapeau de cuir achevé en bourrelet sur l'épaule, s'attaquaient au charbon. Les malfrats, maquillés de poudre blanche, se consacraient au transport du plâtre. Dans ce remue-ménage se bousculaient les horticulteurs friands de pierre meulière ou des femmes encapuchonnées qui rapportaient aux manœuvres les sacs de jute qu'elles avaient raccommodés. Sous les grues à vapeur dominant ce décor cavalaient des enfants à moitié nus, des chiens, des chats, des poules. Le brouhaha ne troublait pas plus les pêcheurs à la ligne qu'il n'éveillait de sa léthargie Archibald Young, indifférent aux dérouleurs occupés, sur la rive opposée, à manœuvrer les tonneaux affectés à la halle aux vins.

Young revint sur ses pas et s'assit au bord de l'écluse. Il s'épongea le front de son mouchoir, fit claquer sa langue, déshydraté. Ce fut alors qu'il perçut la voix étouffée et sifflante. Elle provenait d'en bas, elle paraissait naître de l'ombre du tunnel reliant le bassin de l'Arsenal au fleuve.

— Archibald ! Je l'ai, je suis en possession du trésor, viens, il y a un escalier juste à côté de toi, prends garde à ne pas tomber, ça glisse…

Young se pencha, ne repéra personne, se redressa.

— Allez, un effort, tu ne regretteras pas tes acrobaties !

Young observa les alentours, l'éclusier était absent, aucune péniche ne s'avançait sur le canal. Il descendit avec prudence, guidé par la voix.

— Là, c'est bien, plus que deux marches, appuie-toi au mur…

— Où êtes-vous ?

Il ressentit un choc, oscilla, retrouva l'assiette et constata qu'une tige lui battait le flanc. Il n'avait pas mal et se demanda ce qui était arrivé.

Il y eut un bruissement sous ses pieds.

Deux mains surgirent de l'obscurité et se refermèrent sur son cou, l'attirant en arrière contre sa résistance.

À quatre heures moins vingt, Archibald Young, de son vrai nom Duncan Cameron, avait cessé de respirer.

Quelques instants plus tard, un homme vêtu d'un pardessus gris, surmonté d'un melon gris d'où s'échappait une mèche, musardait sur le boulevard Bourdon, un yo-yo agité de hoquets au bout du bras droit.

Trois quarts d'heure s'écoulèrent avant que des gosses qui se baignaient dans le bassin ne s'agrippent à une barque apparemment vide. L'embarcation contenait le cadavre d'un homme corpulent allongé sur le ventre, une flèche plantée dans le flanc.

Le bureau du commissaire Valmy s'était enjolivé de plusieurs reproductions de Greuze et d'une gouache napolitaine représentant le Vésuve embrasé.

— Je ne soupçonnais pas que vous vous intéressiez aux volcans, remarqua Victor d'un ton uni.

— Votre ignorance n'a d'égale que votre arrogance, Legris. Nous n'avons pas surveillé de troupeaux ensemble, et vous ne savez rien de moi. En revanche, je commence à connaître assez votre fourberie, ainsi que la vôtre, monsieur Pignot, pour être en mesure d'écrire un bouquin à votre sujet. Vous pourriez ensuite le faire éditer, et je le dédicacerais aux lecteurs les plus méritants. Assez radoté. Le corps d'Archibald Young a été transporté à la morgue voilà une heure et demie. En le déshabillant, nous nous sommes rendu compte qu'il portait un harnachement qui le grossissait considérablement. Une flèche censée le tuer était plantée dans une épaisse bourre emprisonnant son thorax et, de ce fait n'avait causé aucune injure physique.

— Mais alors, à quoi est dû son décès ?

— On l'a étranglé.

Sur une table étaient disposés les objets repêchés dans les poches de Young, portefeuille, clé plate, pièces de monnaie, mouchoir, ficelle à laquelle était accrochée une petite boule de corde tressée.

— Ceci, messieurs, est une pomme de touline, autrement dit un nœud de poing de singe. Ce qui signifie que Young avait travaillé dans la marine ou fréquentait des gens de mer. Quant à la clé, elle nous a menés dans un garde-meuble tout proche du lieu où on a découvert son corps, *Le Grenier de Vercingétorix*, rue de la Cerisaie. La dame chargée des casiers nous a dit qu'il venait de passer et s'était plaint de ce qu'on avait vidé son coffre.

— Que lui a-t-on chipé ? demanda Joseph, très excité.

— Si elle l'avait su, elle nous l'aurait conté ! Mais ce qu'elle nous a appris vaut, selon une locution chère à votre cœur, monsieur Pignot, son pesant de cacahuètes. Elle nous a décrit William Finch, le client de l'*Hôtel du Trocadéro* à qui l'on aurait dérobé son pantalon. Cet homme, muni d'une clé similaire à celle-ci, est venu ce matin même emporter les possessions d'Archibald Young. Je vais donc lancer un mandat d'arrêt contre ce triste sire, et comme ce rendez-vous était destiné à un interrogatoire concernant vos accointances avec lui, je vous propose de faire d'une pierre deux coups et de tout me déballer sur les liens qui vous unissent à lui.

Victor et Joseph adoptèrent l'un et l'autre une expression d'étonnement douloureux qui fit sortir de ses gonds le commissaire Valmy.

— Libre à vous de rester muets, mais je vous préviens, vous courez le risque d'être appréhendés si la fouille que je vais ordonner dans les chambres de Finch et de Young révèle quoi que ce soit de compromettant à votre encontre !

Ils quittèrent la préfecture sans échanger une parole. Place Dauphine, ils marquèrent une pause sous les marronniers. Une fillette avait tracé une marelle au milieu de la chaussée et sautait à cloche-pied de la terre au ciel en poussant une boîte de pastilles Géraudel de la pointe de sa semelle. Affalés sur un banc, des clochards tétaient des bouteilles de rouge. Calé sur une chaise en fer, un plaideur compulsait une liasse de papiers, parlait seul, hochait la tête, découragé.

— Décidément, je suis bon pour Charenton ! s'écria Joseph, soulagé de se libérer d'une tension trop longtemps contenue.

— J'ai pesé et repesé les présomptions, la seule qui réponde aux critères du coupable idéal, c'est Daglan. Il faut alerter Kenji et Ichirô. Le théâtre de la Loïe Fuller n'est plus sûr, ils doivent se réfugier rue Fontaine.

Victor parlait avec difficulté, sous le coup d'une lassitude si profonde qu'il se fût volontiers endormi sur le banc occupé par les clochards.

— J'y vais, dit Joseph. Mettez Tasha en condition, si elle nous accueillait avec hargne, ce serait le pompon ! Et surtout veillez à ce qu'elle et la petite soient à l'abri, au cas où nous serions suivis. Secouez-vous !

Victor opina. Il redoutait que son épouse n'apprécie guère la situation. « Mais puisqu'elle a accepté de collaborer… »

Non contente d'être furieuse, Tasha refusait d'admettre que l'assassin pût être Frédéric Daglan. Elle le défendit avec une telle véhémence que Victor ressentit les aiguillons de la jalousie lui picoter les entrailles.

— Quelle que soit l'identité du criminel, à supposer qu'il talonne notre trio, j'exige qu'Alice et toi demeuriez en sécurité. Retranchez-vous dans l'atelier, interdiction d'en bouger, je serai à deux pas, au labo. Peux-tu au moins m'accorder cela ? demanda-t-il.

Tasha bouda, pour la forme, puis acquiesça.

— Avoue que tu me traites davantage en pièce rapportée qu'en partenaire.

— Une pièce rare, une porcelaine de Saxe à laquelle je tiens par-dessus tout, affirma-t-il en caressant les cheveux de sa fille. Bouclez-vous à double tour !

Victor arpentait son laboratoire photo, l'œil rivé à sa montre : 7 h 31, 7 h 32, 7 h 33. Chaque bond de la trotteuse augmentait sa nervosité. Son esprit se fissurait. Il endurait une panique identique à celle éprouvée un soir lointain de son enfance où son père, en guise de punition, l'avait enfermé dans la cave de leur maison de Sloane Square. Un frôlement pelucheux avait frôlé sa jambe, un couinement aigu avait fait écho à son cri. Un rat.

Il essaya de se calmer en se remémorant la succession des faits qui l'avait conduit à cette attente. La mort d'Isamu. La mort de Forester. La mort de…

Il se figea. Les portraits d'enfants au travail, de bouquinistes, de forains dispersés sur la salamandre le dévisageaient, leurs bouches se tordaient, pareilles à celles des masques de tragédie. Des voix déformées chuchotaient dans le crépuscule. Qui parlait ? Que disait-on ? Il s'adossa à l'évier et se contraignit à écouter. Un mot se détacha de ces murmures. Il se précipita hors du labo sans cadenasser la porte, traversa la cour et se rua sur un fiacre en maraude.

— *Hôtel du Trocadéro* !

CHAPITRE XXI

Même jour, soir

Gédéon parcourait une revue consacrée à l'anatomie de jeunes et plantureuses demoiselles en maillot chair. Il s'attendait si peu à être interrompu qu'il déchira une page, froissa le journal et fourra le tout sous le comptoir, les joues empourprées.

— Vous ! Quelle trouille vous m'avez flanquée !

— Que s'est-il passé exactement lorsqu'on a découvert le corps d'Anthony Forester ? Plongez dans vos souvenirs, c'est capital. Efforcez-vous de reconstituer cette scène comme si elle venait d'avoir lieu.

— Oh ! Encore cette histoire ! C'est une obsession ! Déjà que la police est en train de saccager les chambres de m'sieu Finch et de m'sieu Young !

— Ceci serait-il de nature à vous rafraîchir les idées ?

Victor aligna trois pièces à côté de la sonnette en cuivre. Gédéon les empocha illico.

— Bon, entendu. Je dois me concentrer, soufflat-il, les yeux mi-clos, les index collés aux tempes. Ça vient, ça vient… La vieille Philaminte a déboulé en hurlant, elle a rameuté le personnel. On a cavalé jusqu'au deuxième étage, chambre 26. Le type, pardon,

M. Forester, était dans la salle de bains, une flèche plantée en plein estomac, même que Paulette a tourné de l'œil et que le patron…

— Comment était-il habillé ? Allez, allez, un effort !

— Veste à carreaux et caleçon. Ses godasses étaient dans le bidet. J'ai honte, mais je n'ai pas pu m'empêcher de rigoler tellement c'était incongru. On a cherché partout son pantalon et son portefeuille, ils avaient disparu comme ceux de M. Finch.

— Qui était avec vous lorsque vous avez constaté l'assassinat de Forester ? Réfléchissez bien, c'est d'une extrême importance.

Les index de Gédéon massèrent ses tempes comme pour y forer des trous.

— Ben y avait… M. Doutremont, l'administrateur de l'hôtel, M. Jodier, le réceptionniste, Paulette, une des femmes de chambre, et Philaminte.

— Et celui dont vous m'avez parlé, le serveur, Courson ?

Les index se décollèrent des tempes, Gédéon ouvrit les paupières.

— Alors là, j'ai la cervelle vide, c'était l'affolement… Minute ! Non… Si… Oh, zut, ça se mélange ! Vaudrait mieux interroger les autres. Vous voulez que je vous rende vos pièces ?

— Non, non.

— En tout cas, juste avant l'arrivée de la police, le Courson m'a confié une casquette et il est allé se planquer dans le Vieux Paris, vous le savez déjà.

— Il vous l'a confiée ou il vous a indiqué où elle se trouvait ?

— Il me l'a confiée en précisant qu'elle appartenait au type qui boulottait le petit déjeuner de M. Forester.

— Où sont Paulette et Philaminte ?

— À cette heure, aux cuisines. Elles préparent les tasses et les couverts du déjeuner de demain. L'escalier au fond du hall.

Philaminte inspectait un verre à la lueur d'une applique à gaz.

— Ma petite Paulette, celui qui a lavé la vaisselle est un gros cochon, ça, je t'en fiche mon billet.

— Rien d'étonnant, c'est Ferdinand, c'n'est pas des poils qu'il a dans les pognes, c'est des baobabs !

Victor toussota.

— Gédéon m'a conseillé de m'informer auprès de vous, mesdames. Je suis policier.

— Vous n'avez pas l'uniforme, bougonna la vieille Philaminte.

— Je débute. Le commissaire Valmy voudrait savoir si M. Courson était avec vous quand vous avez trouvé M. Forester.

— J'étais seule.

— Oui mais après ?

— Après, après, j'avais la tête au plafond, après. Courson, vous dites ? Ah ça, non ! Ce fainéant peignait la girafe ! Toujours à se défiler, ce zig ! Marre des extras !

— Il était pire que Ferdinand, jamais disponible quand on avait besoin de lui, ajouta Paulette. Aimable qu'il s'appelle, j't'en ficherai des Aimables !

Victor porta deux doigts à son chapeau et remonta, en proie à une vive agitation.

— Alors ? s'enquit Gédéon.

— Il n'était pas avec vous.

— Maintenant que ces dames ont donné leur avis, je confirme. Il avait déjà filé.

Craignant de se heurter à Augustin Valmy, Victor franchit discrètement le seuil de l'hôtel. Pressé de gagner le pont de l'Alma, il descendit rapidement la colline de Chaillot, indifférent aux mille et un feux de l'Exposition.

— Bon Dieu ! Pourvu que je me trompe !

Satisfait, Gédéon avait repris sa lecture en images.

Victor eut la désagréable surprise de devoir payer quatre francs le billet d'accès au Vieux Paris sous prétexte que le vendredi soir était le moment le plus select de la semaine. Il repoussa un camelot qui l'asticotait pour lui vendre le guide spécial contenant les cent dessins originaux d'Albert Robida. Perdu dans ce labyrinthe qu'il avait visité de jour, il regretta bientôt son refus. Il joua des coudes au milieu de gueux, de gueuses, de bateleurs, de ménestrels à la voix éraillée, de cocottes, de bourgeois, de diseuses de bonne aventure, croisa de pâles avatars du joueur de flûte de Hamelin escortés d'Esméraldas de pacotille, s'empêtra dans une tapisserie de la reine Mathilde déployée en travers d'une ruelle et buta contre un attroupement formé autour de Hugo, le géant de deux mètres vingt-neuf, dont les chaussures d'une pointure cinquante-neuf fascinaient la galerie.

Il finit par atteindre la *Taverne du Pot d'étain*. Un échanson ventripotent, en tunique bleu azur et chapeau de feutre safran, emplissait sans relâche des pichets de bière puisée dans un tonneau.

— Puis-je m'entretenir avec le patron ? demanda Victor.

— C'est moi, je suis sieur Gauvain de Ménilmontant, posez votre auguste fondement sur un trépied, gentil damoiseau. Sapristi, quelle chaleur !

Le sieur Gauvain se redressa et s'épongea le cou avec un mouchoir à carreaux qui n'avait rien de médiéval.

— Juste un renseignement, insista Victor.

— Patience, je ne puis être à la ville et aux champs. J'ai les ripatons en compote, ces maudites poulaines, une engeance !

— Aimable Courson est-il de service ?

— Courson ? Ah, celui-là je le retiens ! Je l'avais engagé pour la durée de l'Expo, il m'a semblé fiable, et subitement, il s'est envolé avec son costume. Vous savez ce que coûtent ces oripeaux ? Le fleuve Pactole en entier ne fournirait jamais assez de paillettes d'or en échange de ces nippes !

— Où puis-je le joindre ?

Le sieur Gauvain ôta son couvre-chef, puis une perruque bouclée sous laquelle apparut un crâne luisant qu'il essuya d'un coup de mouchoir.

— Si je le savais, j'irais lui secouer les puces… On devait officialiser son embauche cette semaine… Paul !

Un garçon fagoté en vivandier s'approcha.

— Paul, le type que tu m'as présenté, Courson, celui qui nous a plaqués en plein travail, tu sais où il crèche ?

— Ben, il m'a expliqué qu'il était sans logis parce que le bonhomme qui l'hébergeait se retirait à la campagne. On a plusieurs fois turbiné ensemble dans des cafés, des hôtels, vous recrutiez, alors…

— Quel bonhomme ? demanda Victor.

— Un marchand de coco, M. Mathilde. Il boucle ses fins de mois en tirant clandestinement un pousse-pousse au nez et à la barbe des concessionnaires. Je serais bien en peine de vous procurer son adresse.

Victor se rua à l'extérieur.

— Un tireur de pousse-pousse ! Seigneur, par pitié ! Faites que ce ne soit pas trop tard !

Il courait comme un dératé sans se soucier des passants et renversa l'attirail d'un écrivain public qui se mit à brailler :

— Belzébuth ! Béhémoth ! À l'aide, les démons se déchaînent !

Les curieux se pressèrent autour de lui, à la recherche des créatures de l'enfer, ils ne virent qu'un vieillard aspergé d'encre, brandissant son porte-plume au nez de marmots qui lui tiraient la langue.

Irradié de multiples lumières, le ciel n'en virait pas moins au gris foncé. À intervalles réguliers, les établissements bordant la rue de Paris recrachaient des grappes d'humains surexcités vite éparpillées le long de la Seine où les attendaient des bateaux-mouches.

Hors d'haleine, Victor vola vers l'entrée du théâtre de la Loïe Fuller qui lui résista. Il donna plusieurs coups d'épaule, se meurtrit, entendit la serrure cliqueter. L'avait-il forcée ou avait-elle été actionnée de l'intérieur ? N'y voyant goutte, il progressa prudemment. Obscurité et solitude l'enveloppaient, d'autant plus étranges qu'un univers festif se manifestait aux alentours. Il eut l'impression qu'un linceul l'étouffait.

Il frotta une allumette et tressaillit. Il tâtonna jusqu'à la salle imprégnée d'odeurs de poussière et d'encens. Il se tenait à l'orée des fauteuils, hypnotisé par la noirceur où, une heure auparavant, des spectateurs avaient ovationné une actrice japonaise et une danseuse américaine. Il caressa les dossiers et scruta vainement les ténèbres. Impossible de discerner si quelqu'un se cachait à l'orchestre.

Une porte claqua. Il eut le réflexe de fuir, fit front. C'était là, tout près. Une présence invisible palpitait, à l'affût. Il se rappela la description des lieux livrée par Joseph. On accédait aux coulisses par la droite.

Il s'accrocha aux sièges, brassa le vide, sa main frôla une paroi, glissa sur une poignée qu'elle manœuvra sans heurt.

Des ombres se profilaient sur un côté. Probablement des costumes de scène rangés sur des cintres, éclairés par une lueur blafarde dont il était incapable de déterminer la source. Quelque chose clochait. Ces ombres en rang d'oignons paraissaient plus tangibles que de simples kimonos. Il achoppa contre un obstacle et manqua s'étaler. Il se baissa : quatre marches de bois menaient à une estrade sur laquelle se découpait le portant où étaient suspendus les vêtements. L'allumette le brûla, il la jeta, la piétina, en gratta une autre.

Il rata la première marche, jura à voix basse, vacilla, tendit la main vers un pilier. Une luciole mordorée vibrionnait derrière les cintres et le narguait. Chaque fois qu'il était sur le point de la localiser, elle disparaissait. Était-il le jouet d'une illusion ? Essayait-il, ainsi que les enfants aisément bernés, d'attraper le reflet d'un prisme ? Pourtant, cette virgule orangée évoquait à s'y méprendre la flamme d'une chandelle. Il sursauta, fit volte-face : un bruissement suivi d'un craquement avait brisé le silence. Une des ombres ne s'était-elle pas déplacée ? Crispé, il recula, aussi perdu que si un bandeau avait recouvert ses paupières.

Une soudaine morsure l'agressa sous le plexus. Il lâcha la seconde allumette et tituba, surprise et douleur confondues. Son gilet était humide. Ses doigts palpèrent son flanc. Une flèche était plantée dans son torse. Il suffoquait, son cœur s'emballait à se rompre. Il bascula lentement en arrière. Un bruit sourd résonna, s'accéléra : des pas. Une figure se pencha sur lui. Aveuglé par la clarté d'un bougeoir, Victor se contraignit à regarder le personnage surgi des cintres.

Ce visage souriant. Le visage d'Aimable Courson. L'homme tenait un objet recourbé qu'il posa délicatement à ses pieds. Victor était certain d'avoir identifié un arc.

— Ne remuez pas, monsieur Legris, vous risquez de vous vider de votre sang.

Il s'assura que la flèche était toujours là. Victor hurla. Courson comprima aussitôt la plaie avec son mouchoir.

— Appuyez dessus, très fort. Respirez posément, nous avons encore des choses à nous dire. Comment avez-vous deviné que c'était moi ?

Victor fit un effort pour ouvrir la bouche, il avait soif et souffrait tant qu'il doutait de pouvoir s'exprimer. Il réussit à chuchoter :

— Je me suis souvenu de notre conversation au *Pot d'étain*. Vous m'avez affirmé avoir accompagné le personnel à l'annonce de la mort de Forester, vous… vous m'avez précisé que son cadavre était revêtu d'un complet à carreaux. C'était un boniment. Forester avait été dépouillé de son pantalon et de ses souliers, il gisait en caleçon dans la salle de bains… Ce soir, ce mot « pantalon » s'est mis à clignoter en moi.

— J'aurais pu me tromper.

— Non, vous m'avez menti intentionnellement. Vous n'êtes pas remonté avec les autres, on me l'a confirmé. Le type en largeot et casquette à qui vous prétendez avoir servi le petit déjeuner, pure invention.

— Vous croyez, monsieur Legris ? Je n'en suis pas si sûr. J'ai commis une erreur, on a beau être minutieux…

Victor haletait, il était aspiré par l'envie de céder à l'évanouissement, de dormir, loin de ce cauchemar. La voix de l'homme lui parvenait à travers un brouillard cotonneux.

— Je suis allé plusieurs fois à la plumasserie Biscornet, pour des haricots. Comment aurais-je pu prévoir que mon couvre-chef me trahirait... Cessez de vous tortiller, monsieur Legris, une hémorragie vous serait fatale, il me suffirait d'arracher cette flèche...

Doucereux, Aimable Courson s'était composé un masque de compassion d'autant plus répugnant que ses prunelles exsudaient une haine presque joyeuse.

Victor ferma les yeux. Deux silhouettes floues apparurent, elles lui adressaient de grands signes, le suppliaient de les rejoindre. Pour l'amour de Tasha et d'Alice, il devait combattre la tentation de couler dans la léthargie. Garder entière conscience.

— Pour en aboutir à cette brillante déduction, il vous en a fallu du temps, monsieur Legris ! J'ai mis vos tergiversations à profit, elles ont payé. Pas facile de soupçonner qu'un modeste serveur puisse être un assassin plein de ressources.

— Qui êtes-vous réellement ?

— Un revenant.

Victor sentait ses forces faiblir et imagina un stratagème mnémotechnique afin de conserver la tête froide : se réciter l'une après l'autre les tables de multiplication.

— Pourquoi ? demanda-t-il dans un souffle.

— Vous aimeriez comprendre, hein ?

— Où sont mes amis ?

— Question hors de propos, monsieur Legris. Vous ne voulez pas que je vous raconte la suite ? J'ai improvisé le meurtre de Forester. J'ai abandonné ma casquette sur le lit pour faire penser qu'elle appartenait à un visiteur. J'ai confié cette pièce à conviction au groom et je lui ai révélé où j'allais me réfugier. C'était le meilleur alibi à ma portée. Je savais que ce crétin ne pourrait tenir sa langue et que les flics viendraient m'interroger, mais je ne flairais pas que cette satanée casquette allait vous mettre sur ma piste. Après vous avoir raté, j'ai décidé de me fondre dans la foule de l'Expo. Je suis devenu marchand de coco. Il m'était ainsi loisible de circuler incognito. Ensuite je me suis transformé en tireur de pousse-pousse, sale métier, mais on ne gagne pas le paradis sans sacrifice. Entre nous, votre collaborateur est un imbécile, il ne s'est pas méfié de moi un instant, pourtant j'ai collé à ses trousses. Vous m'avez causé beaucoup de tracas mais je ne suis pas rancunier, et même, c'est étrange, je suis attristé d'être dans l'obligation de vous tuer.

— Où sont-ils… ? Kenji ? Joseph ? Ichirô ?

Victor contemplait la flamme de la bougie, en proie à une sorte d'euphorie bien qu'il se sentît fébrile et inerte. C'était comme s'il était ivre, le décor tournoyait autour de lui, rien n'avait de sens, il n'allait pas tarder à s'éveiller, mais d'abord il devait à tout prix élucider ce mystère : l'univers était constitué de dents aiguës qui s'enfonçaient dans la chair des humains et les broyaient sans pitié. Deux multiplié par deux, quatre, quatre multiplié par quatre…

Sans un mot, Courson se releva et banda son arc.

Il allait décocher une flèche quand un rugissement retentit dans son dos.

Il esquissa un saut de carpe. Un taureau aux cornes énormes se découpait dans l'entrée.

— Je te mets au défi de m'attraper, espèce de larve ! hurla une voix de rogomme.

Le taureau détala sur deux jambes d'apparence humaine, se cogna contre un obstacle, plongea rue de Paris. Il zigzagua à la façon d'un cheval victime de taons jusqu'à ce que ses poumons le brûlent. Évaporée, la souplesse d'antan ! Il eût donné cher pour posséder encore ne fût-ce que le tonus de ses quarante ans.

Il avait de l'avance mais sa vigueur s'amenuisait, le feu qui l'alimentait se muait en braise. Des crampes tiraillaient ses mollets, et ses orteils imploraient grâce. Il tourna sur lui-même, déguerpit en sens inverse, ne s'astreignant qu'à un but : entraîner son poursuivant à l'intérieur de la salle de spectacle.

Au bord de la syncope, le taureau pila. L'armure de samouraï dont il était affublé le gênait aux entournures et entravait ses mouvements. Il perçut une galopade, avala une goulée d'air, reprit son élan et s'engouffra dans la gueule du théâtre.

Il s'accroupit. Ce souffle était-il le sien ? Celui de Victor ? Celui de l'inconnu ?

Il fut secoué par un choc violent, une claque s'était abattue sur son dos. Projeté en avant par une contraction sourde, il s'écroula au sol. Sa joue effleura un tapis rêche, il se démena, cherchant à éviter ce contact désagréable. Sa main droite remonta vers sa hanche puis atteignit ses reins. Un objet pointu et rigide s'était planté dans une des lattes en bambou de son armure. Sans qu'il sût si cette découverte en était le mobile, la souffrance s'intensifia et rayonna vers ses omoplates. Il fut le jouet d'un bref étourdissement.

Son corps ne lui obéissait plus. On le traînait par les pieds, il entrevit une rangée de costumes. Comment résister ?

« L'énergie du désespoir », répétait en lui une voix surgie du passé. C'était lui qui parlait, celui qu'il avait été bien des années plus tôt à Londres, quand il lisait des contes orientaux à un petit garçon prénommé Victor, anxieux de savoir comment le héros échapperait au dragon prêt à le calciner de son expiration brûlante. Il rassembla ses forces, les concentra dans l'extrémité de son bras, saisit au passage un morceau de tissu, une longue et large bande soyeuse. Ses doigts se replièrent sur cet objet salvateur. Insoucieux de l'élancement douloureux dû à ce brusque changement de position, il se redressa, torsada rapidement la ceinture, un bout dans chaque main, puis il la lança au jugé autour de la gorge de son agresseur. Il tira sans relâcher son étreinte. L'assaillant perdit l'équilibre et laissa tomber son arc pour tenter de se dégager. Kenji s'affala, le plaqua à terre et accentua la pression sur sa gorge. Leurs bouches se frôlaient, leurs haleines n'en constituaient plus qu'une, ils s'agrippaient l'un à l'autre, mais cet accouplement n'avait rien de tendre, il ne visait qu'à la reddition d'un des deux combattants.

Kenji maîtrisait l'art de briser les réactions de son adversaire sans le tuer. Aimable Courson se contenta de s'évanouir. Quand il l'eut ligoté et bâillonné, Kenji tordit son arc puis s'agenouilla au côté de Victor afin d'examiner sa blessure. D'un geste sûr, il extirpa la flèche.

— Désolé, grommela-t-il. C'est superficiel, une chance. C'est douloureux ?

— Oh non, à peine, dit Victor en grimaçant. Seriez-vous devenu sentimental ?

— Non, je ne suis jamais sentimental.

Kenji se releva et disparut derrière les cintres. Un raclement de semelles et des grognements marquèrent l'arrivée de Joseph se massant l'occiput.

— Le salaud, il nous a stoppés par surprise. Nous étions aux abords du théâtre quand il nous a assommés. Mais vous saignez !

— Où est Ichirô ? demanda Victor.

— Je viens de l'apercevoir près de la sortie, il était penché vers Kenji et lui ôtait une tige fichée dans son armure.

— Cette tige se nomme une flèche, Joseph, décréta Kenji qui, soutenu par Ichirô lui-même mal en point, revenait en boitillant. Par bonheur, l'armure m'a protégé et je pense n'avoir qu'une égratignure. Attendez ici, je vais chercher du secours.

Il se dépouilla de son armure et jeta une obi à Joseph.

— Comprimez sa plaie et s'il tombe dans les pommes, ne l'imitez pas, ordonna-t-il.

Avant de partir, il tint à vérifier que Courson était hors d'état de nuire. Allongé sur le plancher, l'homme émergeait de son malaise et remuait en tous sens dans l'espoir de se débarrasser de ses liens. Kenji les resserra. Un objet multicolore jaillit hors d'une poche et roula jusqu'aux marches. C'était un yo-yo.

CHAPITRE XXII

Jeudi 9 août

Le commissaire Valmy étrennait un habit de coton beige clair et redoutait par conséquent tout ce qui, animal, végétal ou humain, serait susceptible de le tacher. Lorsqu'il avisa Kochka, attirée par son pantalon comme par un Eldorado vierge de poils, il grimpa sur un tabouret de peur que la chatte ne se frottât à lui. Il fut aussitôt confronté à un nouveau danger : la vapeur issue d'une marmite où mijotait une compote de pêches qu'Alice, juchée sur un autre tabouret, couvait des yeux.

Appuyé sur une canne, Victor s'empressa de l'entraîner en claudiquant hors de la cuisine où sa visite intempestive les avait surpris, Tasha, la fillette et lui.

— Allons dans l'atelier, nous serons plus tranquilles, proposa-t-il, piochant au vol un croûton de pain et quelques rondelles de saucisson.

— Madame, mes hommages, proféra le commissaire sans demander son reste.

Tasha soupira d'aise. La compagnie de ce fonctionnaire maniaque l'incommodait.

— Eh bien, mesdemoiselles, on peut dire que vous vous y entendez à décourager les mâles ! déclara-t-elle à sa fille et à Kochka.

La cour traversée, Victor alla fouiner en mâchant un sandwich improvisé derrière un mille-feuille de toiles entassées contre un mur et produisit une bouteille de cognac. Il posa deux verres sur un guéridon.

— Un petit remontant vous détendra, commissaire. Vous déplacer jusqu'à mon domicile sachant que j'ai du mal à marcher, quelle courtoisie ! Alors ? Il a dévidé son peloton ?

— Si vous aviez éclairé ma lanterne dès le début, nous aurions peut-être évité plusieurs morts violentes. Mais les années s'envolent et vous ne changez pas, vous vous figurez être le Tout-Puissant, capable de maîtriser les situations les plus inextricables. Oui, il a avoué, enfin il s'est confessé par écrit, il est inapte à la parole. M. Mori n'y est pas allé de main morte. Voulez-vous que je vous débite sa thèse ?

— Avec plaisir, commissaire.

Valmy sortit des feuillets d'une serviette de cuir fauve qu'il ne put s'empêcher d'astiquer du plat de la main.

— Je vous épargne les préliminaires administratifs.

Il se cala dans un fauteuil en rotin, dédaignant le verre que Victor lui avait empli, et se plongea dans ses paperasses.

> « Je me nomme Raymond Lacouteux. Je suis né en Floride de parents français. J'ai appris de bonne heure à me servir d'un arc. Mon mentor était un Indien séminole, il m'a enseigné la chasse aux oiseaux exotiques. En 1880, j'ai rencontré un peintre ornithologue, Robert Tourette. Il m'achetait des plumes de héron mâle, très recherchées pour les garnitures des chapeaux de dames. Nous nous sommes associés. Je le fournissais, il écoulait la camelote. En 1885, j'ai voyagé jusqu'au

Sénégal où j'ai acquis une plantation de bois précieux. En réalité c'était une couverture afin de masquer un trafic d'oiseaux.

Il y a deux ans, un matelot asiatique s'est échoué à mon domicile. Un Japonais, Isamu Watanabe. Il avait pour but de me supprimer et de me spolier. J'ai été assez habile pour le manipuler. D'ennemi, il est devenu allié. En échange de plumes de grande valeur il m'a révélé le plan de Tourette. »

— Vous ne perdez pas le fil ? Ici , Courson effectue un retour en arrière, annonça le commissaire Valmy.

— Effectuez, je suis tout ouïe.

« Tourette avait embauché trois comparses. Les deux premiers étaient le capitaine d'un bateau de commerce, Duncan Cameron, et son maître d'équipage, Matthew Walter. Ils avaient enregistré leur bateau sous le nom de *Komodo.* Le troisième larron, Anthony Forester, un Britannique, commandait l'*Esméralda.*

Il s'agissait pour eux de réaliser un coup infaillible déjà expérimenté jadis... »

Le commissaire Valmy redressa la tête.

— Je suppose que vous saisissez l'allusion, Legris. Je vous imagine, votre beau-frère et vous, épluchant les journaux en quête de mystères marins non résolus, comme ce gamin inventé par Robert Louis Stevenson qui sillonnait l'océan sur la piste d'une île au trésor.

Victor haussa les sourcils, l'air d'un benêt contemplant la lune.

— Je n'en ai pas la moindre idée, commissaire.

— Vous êtes un satané comédien, Legris, et

par-dessus le marché vous vous payez ma fiole ! Votre cher associé, M. Pignot, m'a déballé vos secrets.

— Je plaisantais, commissaire, buvez donc.

Valmy examina son verre avec suspicion.

— N'ayez crainte, il est propre, précisa Victor.

À contrecœur, Valmy avala une gorgée, toussa et reprit sa lecture.

> « Afin de ne pas se compromettre, ils avaient besoin d'un pigeon. C'est Tourette qui avait déniché Isamu Watanabe, émigrant japonais d'Hawaï suffisamment déterminé pour participer à l'arnaque… »

— Pourquoi lui, commissaire ?

— Décidément, Legris, vous avez raté votre vocation. Voyant extralucide eût été un métier taillé à vos mesures. À la question : « Pourquoi lui ? » Lacouteux a répondu :

> « Les raisons sont multiples. Isamu Watanabe était un paria enfui d'une plantation de canne à sucre. Il désirait à tout prix échapper à sa condition. Il avait un cousin à Paris, un certain Ichirô, un homme qu'il n'avait jamais rencontré mais chez qui il espérait trouver refuge.
>
> Durant des mois, pour gagner sa confiance, Tourette lui a dispensé des leçons intensives de français et l'a finalement inscrit sur le rôle d'équipage du voilier commandé par Duncan Cameron. Une fois à bord, l'Écossais lui a exposé ce qu'il attendait de lui : débarquer à Saint-Louis du Sénégal, entrer en contact avec moi, me loger une balle dans le crâne et embarquer les kilos de plumes rares sur le *Komodo*.

Quant à Tourette il a rallié la France à l'insu des autres. C'était lui le maître d'œuvre. Les trois compères, eux, avaient convenu de retrouvailles à l'Exposition universelle dans l'un des hôtels du Trocadéro. Ils prétendraient s'ignorer mutuellement. Supposé disparu en mer, Duncan Cameron a changé d'apparence et s'est métamorphosé en Archibald Young. »

— C'est un récit alambiqué, constata Victor, que les fumées du cognac assoupissaient.

— Alors soyez attentif et ne m'interrompez pas !

« Quelques mois plus tard, le *Komodo* a mouillé à Saint-Louis pour charger du bois précieux. Isamu Watanabe a engagé des porteurs et s'est enquis de moi. C'était un homme beaucoup plus retors qu'il n'y paraissait. Il m'a soumis une transaction : ma vie contre un lot de plumes exotiques, ce qui représentait une petite fortune, et il a exigé une part sur le gros du butin. Bien entendu j'ai agréé. Il m'a tout expliqué : la date à laquelle les comparses séjourneraient à Paris, le lieu où serait entreposé l'objet de son larcin, un garde-meuble de la capitale dont malheureusement l'adresse exacte lui était encore inconnue. Nous avons décidé qu'il exécuterait le plan initialement prévu, excepté ma mort, cela va de soi. Je lui ai livré des ballots de plumes qu'il a réussi à importer sur le *Komodo*. Lui-même est resté à quai et s'est calfeutré dans un boxon du port, propriété d'une amie. Je l'y ai rejoint.

Dès lors, nous étions liés comme les piquets d'un radeau. Je lui ai payé une cabine sur un bateau de ligne Saint-Louis-Marseille. De là, il est monté à Paris se planquer chez son cousin, Ichirô Watanabe.

Quant à moi, je me jurai de traquer ces fumiers et de leur régler leur compte. Il n'existerait dorénavant aucun abri au monde propice à leur salut.

À quelques miles de Gibraltar, Duncan Cameron, alias Archibald Young, assisté de Matthew Arnold, a reproduit le scénario de la *Mary Celeste* : feu à bord, affolement, équipage de cinq ou six hommes évacués dans une chaloupe qui coula certainement puisque jamais l'on ne repêcha de survivants.

Les deux acolytes ramèrent dans une seconde chaloupe emplie de plumes et accostèrent à Gibraltar. Tout avait été préparé avec la plus extrême minutie. Le *Komodo,* désormais bateau fantôme, fut arraisonné en mer par l'*Esméralda.* Son capitaine, Anthony Forester, remorqua l'épave et empocha la prime, destinée à couvrir les frais des trois hommes à Paris.

De mon côté j'ai rallié la capitale.

Grâce à la lettre d'une de mes maîtresses, une comtesse hongroise qui dirige une maison de rendez-vous à Saint-Louis, j'ai été recruté comme extra à mi-temps dans l'un des quatre hôtels du Trocadéro où logeaient les complices qui avaient organisé ma mort. Je suis devenu serveur sous le pseudonyme d'Aimable Courson… »

Augustin Valmy se tamponna le front et rangea ses papiers dans sa serviette.

— Auriez-vous de l'eau fraîche, Legris ? L'alcool ne me vaut rien. Non, ne vous levez pas, j'y vais.

Dans le cabinet de toilette, Valmy, qui avait emporté son verre, le vida et le rinça avant de l'essuyer avec un mouchoir immaculé extrait d'une de ses poches et de se laver les mains. Il se réinstalla face à Victor, se débarrassa du verre sur le guéridon et continua d'une voix atone :

— Je résume. Avec la ferme intention d'éliminer les quatre hommes et de vendre son trésor, Lacouteux-Courson commence par abattre d'une flèche Isamu qui était au fait de sa véritable identité et représentait donc une menace. Il fouille sa cambuse, saccage sa literie, sans succès : les plumes qu'il veut récupérer demeurent invisibles. Il se persuade alors que le cousin, Ichirô Watanabe, les a déménagées rue des Saints-Pères. Seulement, rue des Saints-Pères, il y a deux Japonais. Lequel est le bon ?

— Comment a-t-il appris qu'Ichirô s'était réfugié là-bas ?

— Il l'a suivi, ce qui l'a contraint à poireauter à la belle étoile sous l'auvent d'une boutique d'emballeur, en face de la librairie Elzévir. Je peux continuer ?

— Je vous en prie, commissaire.

— Lacouteux-Courson est prêt à tout pour obtenir l'adresse du garde-meuble où les comparses ont stocké l'essentiel des plumes. Le casse-tête, c'est qu'il doit aussi accomplir son travail, si épisodique soit-il. Pas simple de concilier remplissage de pots à café et surveillance. Il abandonne la rue des Saints-Pères, regagne l'*Hôtel du Trocadéro*. Il guette le moment favorable. Après sa prestation aux cuisines, il se grime dans les vestiaires. Il a troqué son uniforme contre un costume blanc et un panama et lorgne la sortie en priant qu'un des trois types s'y montre. Hélas, ces messieurs lèvent toujours le camp durant son service. Enfin, au bout de quatre jours, la récompense. Forester émerge de l'hôtel à une heure acceptable. Lacouteux-Courson rédige en vitesse un mot comminatoire et parvient à le lui glisser dans une poche. Un garde-meuble y est mentionné. Il est persuadé que Forester va l'y mener. Or celui-ci regimbe, revient à l'hôtel, s'habille, se précipite rue Saint-Augustin, surgit d'un immeuble avec la femme qu'il a levée au Village suisse. Ils dînent chez *Maxim's*, reparaissent de concert à l'hôtel en fin de soirée pour se livrer à… passons.

Augustin Valmy se frotta les mains, la bouche crispée de dégoût.

— La femme s'en va aux alentours de minuit. Lacouteux-Courson ne peut agir, le groom de l'hôtel rôde à l'étage. D'où une improvisation le lendemain matin. Courson propose de monter les plateaux. Il moleste Forester pour qu'il lui livre l'adresse du garde-meuble, mais l'Anglais n'est au courant de rien. Courson le transperce. Pour couvrir son meurtre, il invente un personnage présent dans la chambre et laisse des traces, en l'occurrence une casquette qui lui appartient et est imprégnée de poussière de pin des Landes, ce qui va vous mettre sur une piste, monsieur Legris, et embroussailler mon enquête. Lacouteux-Courson se fond dans le Vieux Paris. C'est compter sans un aigrefin professionnel, votre ami William Finch, qui va bousiller ses plans. Inutile que je me dessèche davantage la langue, la suite vous est familière. Vous-même êtes la cible de Courson, vous frôlez la mort de peu… Une fois qu'il a quitté l'*Hôtel du Trocadéro*, Lacouteux-Courson a tout loisir d'organiser ses filatures à sa guise. Mais au fait, ce William Finch, s'est-il volatilisé ? Aurait-il eu le culot de truffer ses bagages des plumes subtilisées dans le garde-meuble ? Et comment s'appelle-t-il en réalité ?

Car je suppose qu'il n'est pas plus commerçant de Bristol que vous n'êtes danseur tahitien.

Victor se reversa une rasade de cognac et la siffla d'un trait, pressé de fausser compagnie aux contingences de la réalité.

— Danseur tahitien… Voilà un joli dérivatif à l'ennui qui m'accable. Un commerçant de Bristol, comme c'est vulgaire. Ce William Finch exerce une triste profession. Souhaitons-lui d'en changer prochainement sans pour autant plumer d'innocentes victimes, enfin, innocentes c'est vite dit. Excusez-moi, commissaire, n'ayant aucune révélation à vous dispenser, je ne priverai pas plus longtemps mon épouse et ma fille de ma protection en dépit de ma légère ébriété.

D'un pas hasardeux, il s'approcha de la porte, le commissaire sur ses talons.

— Vous êtes un fieffé coquin, Legris. Sans preuves, je ne puis vous incriminer, mais soyez convaincu qu'en ce qui me concerne cette affaire n'est pas close. Où qu'il soit, j'épinglerai William Finch, et alors je l'obligerai à me conter les tenants et les aboutissants de votre collaboration !

ÉPILOGUE

Dimanche 26 août

L'éponge flottait sur le dos paresseux du canal. Elle vit se dresser devant elle un mur menaçant. Elle eût aimé l'éviter mais le courant l'entraînait. Derrière elle, un bruit de moteur enflait : une péniche voguant vers l'écluse. « Je suis perdue ! » Sur le point d'être écrasée, l'éponge se sentit happée et propulsée vers le ciel.

— Qui es-tu ? demanda-t-elle à l'oiseau noir.

— Une corneille. Mon amie la libellule m'a tressé tes louanges. Mais que tu es lourde !

Le bec s'ouvrit, l'éponge dégringola vers une immense surface bleue. Ballottée en tous sens, elle s'affolait. Cette eau avait mauvais goût, elle était salée.

Une vague déposa l'éponge sur une étendue de sable, une petite main s'empara d'elle.

Et l'enfant courut sur la plage, tout heureux de consolider les douves de son château.

Fin, nota Iris au bas de la page de son cahier.

Elle écouta un moment. Les enfants dormaient, leurs souffles tissaient une mélodie syncopée qu'interrompaient parfois les ronflements de Joseph.

Sans lâcher le stylo à réservoir emprunté à son mari, Iris disposa sur la table de la salle à manger un bloc de papier vergé gris souris et rédigea la lettre qu'elle projetait d'écrire depuis quelques jours.

Chère mademoiselle Bontemps,

Voilà bien longtemps que je ne vous ai donné de mes nouvelles. Je suis ravie que vous ayez pris la décision de vendre votre institution de jeunes filles à Saint-Mandé et que vous ayez pu vous offrir la maison de vos rêves à côté de cette si jolie ville de Nice dont vous me parliez sans cesse. J'espère vous y visiter un jour avec les enfants, le climat maussade de la capitale ne leur convient guère, mais le destin semble vouloir nous lier à Paris et au nord en général. Moi qui ne prisais pas la lecture, je suis en passe d'être femme de libraire. Rien n'est définitif. Pourtant, Victor et Tasha ont pour projet de s'installer à Londres où mon frère désire ouvrir un magasin de livres anciens dans le quartier de Sloane Square qui l'a vu grandir. Il me l'a avoué récemment, à la suite d'une de ses enquêtes policières qui ont le don de m'exaspérer et de rendre son épouse folle d'angoisse. Cette fois, cela a failli tourner au drame, Victor a été blessé, superficiellement par bonheur, mais il boite encore et ses nerfs ont été ébranlés. Vous avez peut-être suivi cette affaire de trafic de plumes dans les quotidiens, qui s'en sont délectés, et je ne vous ennuierai pas en vous la relatant de nouveau.

Vous imaginez l'effet que les projets de Victor ont eu sur Joseph et moi. S'ils partent, mon père et Djina, la mère de Tasha, ma belle-mère, veulent les accompagner ! Kenji adore Londres, lui aussi, cependant il serait navré de se priver de la présence des enfants et de la mienne, aussi m'a-t-il fait jurer de traverser la Manche plusieurs fois par an. Moi qui préférerais voyager vers le sud, je suis décidément vouée aux contrées septentrionales ! Joseph resterait seul maître à bord de la librairie Elzévir, ce qui d'une part l'emplit de gratitude, mais de l'autre l'effraie au plus haut point. Il a toujours douté de lui, en dépit de ses connaissances des auteurs et de la bibliophilie. Par ailleurs, ses feuilletons et ses romans remportent un succès qui empiète sur le temps qu'il lui faudrait consacrer au commerce. Aussi souhaite-t-il que je le seconde à tenir cette boutique où il a passé tant d'années heureuses. Comment lui refuser mon aide ?

Toutefois, j'ai moi aussi mon jardin secret, les contes auxquels je voue mes rares loisirs, et qu'illustre Tasha. J'en ai justement achevé un et je vais le soumettre à un éditeur. Un jour prochain, Daphné et Arthur liront ma modeste production. Daphné s'intéresse de plus en plus à la musique et au piano, pour lequel elle a des dispositions certaines. Arthur ressemble à son père et feuillette les livres qui lui tombent sous la main. Il a un faible pour les illustrations de Christophe.

Victor et Tasha préparent un voyage de plusieurs semaines en Angleterre afin d'y louer une maison. Je soupçonne mon frère d'avoir l'intention d'y rencontrer des exploitants de films. Le père de Tasha va développer son commerce de Nickel-Odéon à Londres, et l'encourage à s'investir dans le cinématographe, ce qu'il fait depuis plusieurs années ici même, où il fréquente assidûment Georges Méliès, qui a construit il y a trois ans un studio à Montreuil-sous-Bois.

Pinkus Kherson est père d'un petit garçon prénommé Jeremy. Tasha n'a pas de certitude à ce sujet mais croit que la mère est une amie d'enfance, Doucia. Celle-ci lui a adressé une lettre postée de Californie il y a quatre mois, l'informant qu'elle ne supporte plus New York et emménage à Los Angeles. Elle ne précise pas ses coordonnées, mais assure qu'elle les enverra dès qu'elle aura une résidence fixe. Elle ne fait aucune allusion à un enfant. Pinkus conserve le silence sur ce point. Tasha et Djina sont inquiètes, elles ont fini par se soucier de ce petit dont, au début, elles n'appréciaient pas l'existence, et elles ne comprennent pas pourquoi on leur cache son devenir. Ruhléa, la sœur de Tasha, qui vit à Cracovie, ignore tout le concernant.

Triste époque, que celle où les familles se disloquent ! J'ai beau goûter l'aventure, je ne conçois pas que l'on choisisse la séparation d'avec ceux qu'on chérit. J'appartiens probablement à un monde révolu. Le XXᵉ siècle sera celui des exodes ! Vous-même nous montrez la voie.

Euphrosine, elle, nous est indéfectiblement attachée, et seule la mort pourrait l'obliger à s'éloigner de nous ! Elle m'a souvent agacée, avec ses « ah, j'la porte, ma croix » et autres « Jésus-Marie-Joseph », mais sans son intendance je suppose qu'il m'aurait été difficile d'élever nos garnements et de me dédier à notre intérieur. Je suis une piètre cuisinière et le ménage n'est pas mon fort !

Si vraiment mon père et Djina s'en vont, Joseph et moi nous installerons au premier étage de la librairie, ce sera une grosse économie de loyer, et Euphrosine jouira d'une vieillesse plus facile. Elle s'est habituée à la présence de Mélie, notre second ange tutélaire, et les disputes entre elles se raréfient. Quant à la concierge, Mme Ballu, elle met tout en œuvre pour se rendre utile. Elle est ravie d'avoir récupéré la mansarde que lui loue mon frère et qu'il veut lui faire la surprise de mettre à son nom, afin qu'elle en soit propriétaire !

Celui qui y logeait momentanément, Ichirô Watanabe, a été enlevé, il n'y a pas d'autre mot, par cette sulfureuse ex-gambilleuse de cancan, Eudoxie Allard, qui fut aussi une comtesse russe, et s'est entichée de lui au point de le persuader de partager son domicile, rue Saint-Augustin.

Victor, Joseph et Kenji continuent de recevoir la visite de clientes fidèles, qu'autrefois nous avions coutume de désigner sous le sobriquet de moukères. Mme de Flavignol – elle a un penchant pour mon frère et se désolera de son absence ! Mme de Gouveline et ses chiens adulés, Helga Becker, cette dame allemande friande de vélocipède puis d'automobile qui s'est consolée de son mariage avorté en se passionnant pour les machines volantes ! Un Brésilien, Alberto Santos-Dumont, est son dieu, elle le poursuit de ses assiduités.

Je me passerais volontiers de la venue à intervalles irréguliers d'une nommée Valentine, récemment divorcée, envers qui Joseph éprouva un amour contrarié, mais j'ai récemment découvert qu'elle est fiancée avec Renaud Clusel, journaliste, neveu du directeur du Passe-partout, *j'en suis bien aise même si je m'étonne qu'on puisse élire pour compagnon et père de ses enfants un homme plus jeune que soi.*

La grande Exposition bat son plein, elle fermera ses portes en novembre. Nous nous apprêtons à admirer le banquet des vingt-deux mille maires de France. Ce sera, révérence parler, le point d'orgue de cette fête splendide, endeuillée par des meurtres.

Prions la Providence qu'elle nous épargne d'autres vicissitudes avant la clôture de cette apothéose du siècle !

Je vous prie, d'agréer, chère mademoiselle, l'expression de ma sincère amitié.

En catimini, Victor quitta l'appartement où Alice, Tasha et Kochka étaient plongées dans un profond sommeil. Il alluma une cigarette et inspira une longue bouffée, le poids de l'insomnie s'allégea aussitôt. Combattre une image par une autre, noyer dans la Tamise la flèche qui volait vers lui, écraser sous la Tour de Londres ce trait hostile déterminé à le tuer. Supporterait-il jusqu'au 14 octobre, date de leur départ pour l'Angleterre, cette source de ses nuits blanches ? Il l'espérait. Soulagé de sentir sous sa paume l'enveloppe muée en talisman, il s'approcha du réverbère piqué face au porche du 36 *bis*, et parcourut une fois de plus la lettre reçue la veille.

Cher monsieur Legris,
ou plutôt cher Victor !

J'ai appris l'épilogue de l'affaire par les journaux. Il me semble indispensable de vous faire connaître mon point de vue, car je sais que vous avez douté de moi jusqu'au dénouement. Je ne travaille pas pour l'argent, je n'ai plus soif de richesse. J'eusse aimé être un nouveau Robin des bois, si tant est qu'un gaillard de cette trempe ait jamais existé, hormis dans la légende. Vous savez comme moi que dans le monde où nous vivons, le profit est devenu une fin en soi, du moins pour les nantis qui en veulent toujours davantage au détriment d'une majorité qui, elle, a du mal à survivre. Aujourd'hui, l'argent est l'idole devant laquelle tous les systèmes piétinent les plus beaux idéaux de l'homme. Il me reste un trésor pour lequel je lutterai jusqu'à mon dernier souffle : la liberté de dire non. Mais je ne suis pas stupide au point de ne pas sauvegarder de quoi vieillir tranquille, à l'abri de la misère.

Je me retire loin de ce cloaque et je vous souhaite de réaliser vos aspirations avant que l'édifice ne sombre dans le chaos.

Très amicalement à vous et à votre intrépide beau-frère.

Frédéric Daglan.

P.-S. *Les plumes, responsables de ces meurtres, divaguent au milieu de la Manche. Je n'ai gardé que le strict nécessaire à mes besoins. Un jour, peut-être, si vous vous promenez sur une plage de Normandie, en trouverez-vous une, échouée parmi les algues et les coquillages ?*

Vous la ramasserez, vous l'enfouirez dans votre poche, et, les jours de spleen, vous la caresserez en pensant aux péripéties palpitantes que nous avons vécues ensemble.

Ou vous en ferez don à cette merveilleuse femme qui est vôtre, et dont j'aurais bien aimé qu'elle fût mienne.

POSTFACE

« Cette vie que nous menons n'est plus une vie. Dans tous les domaines, la fantaisie, la flânerie agonisent. Que voulez-vous faire à l'époque des bars automatiques, des buffets de gare, des vêtements de confection et de l'amour vénal ? » demande un Parisien grognon anonyme cité par Robert Burnand[1].

Il faut avouer qu'entre 1877 et 1900 l'apparition de la bicyclette, du cinématographe, de l'automobile, du métropolitain, de l'acétylène, du téléphone, du ballon dirigeable, du tramway électrique, du phonographe, de la lampe Pigeon, et de tant d'autres merveilles, a gavé les appétits les plus insatiables.

En 1897, lors de l'inauguration de la rue Réaumur, le président du conseil municipal, Pierre Baudin, s'écriait d'une voix vibrante : « Nous pouvons garder une certitude, c'est que l'œuvre de la Science est inséparable de la démocratie et que par la conjoncture de leurs forces s'élabore une humanité supérieure fondée sur la philosophie de la bonté et de la raison. »

1. *Paris 1900*, Hachette, 1951.

Dès le mois de janvier 1900, il est permis d'en douter ! Le 6, les journaux du monde entier annoncent qu'une terrible famine a causé des milliers de morts en Inde.

En Afrique du Sud, la seconde guerre des Boers, qui a débuté en octobre 1899, se poursuit, ainsi que le siège de Mafeking (13 octobre 1899-17 mai 1900).

Le 9 juin, en Chine, la révolte des Boxers, nom attribué par les Occidentaux à un mouvement populaire radical pratiquant les arts martiaux et composé de paysans, de bateliers, de porteurs, d'artisans, atteint son paroxysme. Depuis plus d'un demi-siècle, les grandes puissances étrangères sont avides d'ouvrir la Chine à leur commerce afin d'y écouler leurs marchandises, opium inclus en ce qui concerne la Grande-Bretagne. Cette révolte des Boxers vient bouleverser les visées expansionnistes de la France, de l'Angleterre, de l'Italie, de l'Autriche-Hongrie, des États-Unis, de l'Allemagne, de la Russie, du Japon, représentés sur une gravure en train de se partager le « gâteau chinois ».

Le 10 juin 1900, le ministre japonais Sugiyama est assassiné. Le 20 juin, le baron allemand von Ketteler subit le même sort. Le siège des légations étrangères, alliées en la circonstance, débute à Pékin. Il durera cinquante-cinq jours et se soldera en août par la défaite des Boxers.

Les troupes occidentales entrent à Pékin, les contingents des huit nations, chargés de leur butin, regagnent leurs pays. La Chine est « pacifiée ».

Les concessions accordées aux puissances étrangères sont confirmées. Le gouvernement chinois doit :

— Présenter des excuses à l'Allemagne pour l'assassinat du baron von Ketteler et ériger des monuments expiatoires ;

— indemniser le Japon pour l'assassinat du ministre Sugiyama ;

— punir tous les fonctionnaires complices des Boxers ;

— détruire les fortifications de Taku et assurer la liberté des routes entre la mer et Pékin ;

— interdire l'importation d'armes et payer, sur trente-neuf ans, aux puissances occidentales, à titre de réparations, une indemnité d'environ 1 587 millions de francs-or.

Le traité mettant fin au conflit sera ratifié en septembre 1901.

En France, l'*Annuaire du Bureau des longitudes* annonce en janvier 1900 que le XXe siècle commencera le 1er janvier 1901 et déclare que dorénavant les heures devront être chiffrées de zéro à vingt-quatre sur le cadran des horloges.

En janvier également la Haute Cour condamne Paul Déroulède à dix ans de bannissement et Jules Guérin à dix ans de détention pour avoir voulu fomenter une révolte contre le gouvernement.

Paul Deschanel est président de la Chambre. Armand Fallières, celui du Sénat. Quant au chef de l'État, Émile Loubet, il mène le pays en toute discrétion. Son teint rose et son accent de Montélimar attirent davantage la sympathie que la morosité du vrai dirigeant du gouvernement, le taciturne Waldeck-Rousseau, président du Conseil. Tandis que, parmi les députés de gauche, monte l'étoile d'un nommé Paul Doumer, âgé de quarante-trois ans.

Le début de l'année est endeuillé par l'incendie de la Comédie-Française, le jeudi 8 mars. Le rideau est annoncé pour 13 h 45 mais, vers midi, le feu prend au théâtre. Bientôt la scène, la salle, les magasins s'embrasent, puis c'est le tour des étages où sont situées les loges d'artistes. On ordonne l'évacuation générale. L'actrice Jane Henriot, âgée de vingt-deux ans, périt brûlée.

Place du Châtelet, dans le théâtre qui porte son nom depuis un an, Sarah Bernhardt apparaît le 15 mars dans l'habit de *L'Aiglon* dessiné par le jeune couturier Paul Poiret qui travaille également chez Doucet. L'actrice soulève l'enthousiasme de la salle, où certaines places se sont vendues jusqu'à six cents francs. Edmond Rostand, aussi pâle que son héros, remporte un triomphe. Ce qui n'empêche pas Jules Renard de noter dans son *Journal* : « Des gens bayeront d'admiration, on est comme devant une belle chute d'eau : bientôt, on voudrait s'en aller. »

Le 14 avril a lieu l'inauguration officielle de l'Exposition universelle. Ce jour-là, on compte 118 630 entrées. On annonce l'apothéose d'une civilisation. Le commissaire général, Alfred Picard, décrète : « Il faut que l'Exposition de 1900 soit la philosophie et la synthèse du siècle, qu'elle ait à la fois grandeur, grâce et beauté ; qu'elle reflète le clair génie de la France, qu'elle nous montre, de même que par le passé, à l'avant-garde du progrès. »

Dans l'avenue de La Motte-Picquet, les véhicules s'immobilisent pour céder le passage à des files de voitures emplies de plastrons crème, d'habits verts d'académiciens, de robes rouges de magistrats. Une pluie de discours s'abat sur les Parisiens, émerveillés par cette ville magique.

Le 15 mai, aux accents de *La Marseillaise*, le président de la République et son cortège défilent du Champ-de-Mars jusqu'au pont d'Iéna, via le Palais de l'électricité et la tour Eiffel (qui accueillera cette année-là plus d'un million de visiteurs). Les conseillers municipaux, les députés se bousculent sur des bateaux-mouches, et, au son de l'hymne russe, Émile Loubet inaugure le pont Alexandre-III. Une nouvelle perspective apparaît ainsi entre les Invalides et les Champs-Élysées.

« L'Exposition de 1900 (…) s'engage à n'offrir à ses visiteurs que des spectacles de haute moralité », claironne *L'Illustration*. « Et sans danger la mère y conduira la fille », ajoute M. Picard.

Aussi le pays tout entier, mais aussi les étrangers se précipitent-ils dans cette gigantesque foire où se côtoient les gondoles vénitiennes, les maisons de bois nordiques, les palais des Beaux-Arts, les décorations Modern Style avec leurs spirales et leurs entrelacs de lianes, les statues de Rodin. Monter sur le trottoir roulant est une grande aventure qui risque de faire perdre l'équilibre aux plus téméraires, même s'ils se contentent de la plate-forme la moins rapide et s'agrippent à la rampe. Mais quels dangers n'affronterait-on pas pour lorgner les danseuses javanaises ou mauresques qui, n'en déplaise au sénateur Bérenger, dit le *Père la Pudeur*, exécutent leurs entrechats lascifs aux quatre coins de l'immense caravansérail ! Le prince de Sagan, guêtres blanches et bottines vernies, côtoie le pimpant Boni de Castellane et la ravissante Émilienne d'Alençon qui, les jambes gainées d'un maillot chair, présente ses lapins savants au Cirque d'Été.

Selon *Paris Exposition*, publié par la librairie Hachette et Cie : « Il y a 45 entrées tout autour de l'enceinte de l'exposition », sans compter la grande porte principale. L'Exposition est ouverte de 8 heures à 23 heures. Il faut se munir de tickets auprès du Syndicat des bons de l'exposition avant de se présenter aux guichets, qui n'en délivrent pas. Les prix sont variables et dépendent des heures et des jours. En moyenne cela coûte un franc.

Une fois à l'intérieur, il faut parfois payer de nouveau pour accéder à certaines attractions. On trouve des bureaux de change, des succursales, de grandes banques, un service médical, sept bureaux de poste, des barrières de douane et d'octroi, des cabines téléphoniques publiques qui nécessitent une carte d'admission d'une valeur de vingt francs. Il y a aussi un important service d'ordre, des agents cyclistes, des agents-nageurs pour les éventuels sauvetages dans la Seine. Un commissariat spécial a été installé à la porte Rapp. Si l'on veut laisser sa bicyclette ou son automobile en dépôt, des garages ont été prévus à cet effet. Enfin, on rencontre sur son chemin de nombreux cabinets inodores, que les Anglais nomment Water Closets ou WC, soit ordinaires (dix centimes), soit dotés d'un lavabo (vingt-cinq centimes), soit plus luxueux encore et pourvus de l'eau chaude (soixante-quinze centimes).

Aux portes de l'Exposition, les touristes se disputent les voitures marquées de l'inscription *British driver* ou *deutscher Führer*. Ou bien hèlent un pousse-pousse.

On attendait les visites de nombreux souverains. Seuls se montrèrent Oscar II, roi de Suède et de Norvège, et le schah, Sa Majesté Mozaffer ed-Dine, paré de diamants et presque aussitôt agressé par un dénommé François Salsou qui tenta de lui loger une balle de revolver dans la tempe. Le tsar préféra rester chez lui. Au cours d'une triomphale tournée en Europe, Paul Kruger, le président de la République sud-africaine du Transvaal, apparut au balcon de l'hôtel *Scribe* pour remercier la foule de son ovation. Le prince de Galles, le roi Léopold II de Belgique et le grand-duc Vladimir Alexandrovitch firent de courtes apparitions.

Dans des dizaines de restaurants, à la carte ou à prix fixe (de 1,25 à 3,50 francs), on peut goûter aux cuisines du monde entier, avec une nette préférence pour les gastronomies française et chinoise. Les nids d'hirondelles et les soles normandes se partagent les faveurs des gourmets. Une buvette de Jérusalem propose des fioles cachetées aux armes du roi Salomon contenant de l'eau du Jourdain.

Une des attractions les plus prisées est, sur la rive droite, entre le pont de l'Alma et la passerelle reliant la porte ouest au palais des Armées, le Vieux Paris qui déroule quai de Billy, sur près de six cents mètres carrés, ses rues et ses édifices d'autrefois : porte Saint-Michel, tour du Louvre, Saint-Julien-des-Ménétriers, anciennes halles, Grand Châtelet, tour de l'Archevêché, mais aussi maisons de Molière, de Théophraste Renaudot et de Nicolas Flamel, Pré-aux-Clercs, foire Saint-Laurent, et tant d'autres. Telle est la cité médiévale, Renaissance, XVIe et XVIIe siècles reconstituée en dur grâce aux talents du dessinateur-écrivain Albert Robida. Il ne s'est pas borné à un décor architectural, il a tenu à y incorporer boutiques d'artisans, cabarets, démonstrations de bateleurs, et une armée de figurants en costumes accueillent les promeneurs.

Le Code civil allemand entre en vigueur.

À Paris, du 23 au 27 septembre se tient le Congrès socialiste international.

Le 28 mai, à la Chambre, une séance tumultueuse oppose les députés à propos de l'affaire Dreyfus.

Le 2 juin, le Sénat vote l'amnistie sauf pour le capitaine Alfred Dreyfus et les condamnés de la Haute Cour.

Le 10 novembre, François Salsou est condamné aux travaux forcés à perpétuité pour sa tentative avortée d'assassinat contre le schah.

Aux États-Unis, William McKinley est réélu président.

En décembre, une loi est votée qui permet aux femmes munies du diplôme de licenciée en droit de prêter le serment d'avocat et d'exercer cette profession. Les deux premières bénéficiaires sont Mlle Olga Petit, d'origine russe, et Mlle Jeanne Chauvin. Afin de paraître devant le premier président en robe et toque, il leur a fallu des mois de démarches et de bataille.

Les dames fument de plus en plus.

En Crète, Arthur Evans commence la fouille du site de Cnossos.

10 décembre : M. J. Kelsey parvient à transmettre à plus de trois cents mètres de distance des messages par le téléphone sans fil, l'ancêtre du portable est né.

L'année 1900 voit la parution du premier Guide Michelin, édité à l'occasion de l'Exposition, par André Michelin et son frère Édouard.

Le premier numéro des *Cahiers de la Quinzaine*, dirigés par Charles Péguy, sort des presses ainsi que :

Le Rire, du philosophe Henri Bergson.

L'Interprétation des rêves, de Sigmund Freud.

Journal d'une femme de chambre, d'Octave Mirbeau.

Claudine à l'école, cosigné Willy et Colette.

Le Magicien d'Oz (The Wonderful Wizard of Oz), de Lyman Frank Baum.

Le Fils du loup, de Jack London.

Lord Jim, de Joseph Conrad.

Le Testament d'un excentrique, de Jules Verne.

L'éditeur Paul Ollendorff publie *Imitations*, de Léon Tolstoï.

Le Colporteur, de Guy de Maupassant, initialement publié dans *Le Figaro* en 1893, reparaît dans un recueil posthume portant le même titre.

À vingt-neuf ans, Paul Valéry est expéditionnaire au ministère de la Guerre.

Joris-Karl Huysmans est chef de division à l'Intérieur.

Paul Claudel est consul en Chine. Il a déjà écrit *Tête d'Or*, *La Ville*, *La Jeune Fille Violaine.*

Alphonse Allais publie *Ne nous frappons pas.*

Au carrefour Sèvres-Montparnasse-Invalides, le soir, le poète François Coppée fume sa cigarette à la terrasse du *Café des Vosges* et salue Raoul Ponchon qui, son bâton à la main, part pour sa promenade quotidienne à Versailles.

Paul Margueritte tire à 5 000 exemplaires et gagne 2 500 francs de droits d'auteur. Les deux Rosny ne dépassent pas 1 500 exemplaires.

Le 14 janvier 1900, *Tosca*, de Giacomo Puccini, d'après la pièce de Victorien Sardou, est créé au Teatro Costanzi, à Rome.

Lucien Guitry se prépare à mettre en scène, au théâtre de la Porte-Saint-Martin, *L'Assommoir*, d'après le roman éponyme d'Émile Zola.

Le 2 mars, c'est la première, au Théâtre-Antoine, de *Poil de carotte.* Cette pièce en un acte de Jules Renard est tirée de son roman paru en 1894.

Le 12 décembre, ce même théâtre affiche *L'Article 330*, pièce de Courteline, qui s'inspire de l'inculpation d'un de ses amis, M. La Brige, accusé d'attentat public à la pudeur pour avoir, de sa fenêtre, montré son postérieur aux passagers du trottoir roulant. La boutade célèbre de cette œuvre fait rire le Tout-Paris : « Neuf fois sur dix, la loi, cette bonne fille, sourit à celui qui la viole. »

Alfred Jarry publie *Ubu enchaîné*, qui ne sera créé qu'en 1937.

Parmi la multitude de nouveau-nés qui déboulent sur cette terre, on compte de futurs écrivains, poètes, scénaristes, cinéastes, scientifiques : Jacques Prévert, Luis Buñuel, Frédéric Joliot-Curie, Antoine de Saint-Exupéry, Robert Desnos, Nathalie Sarraute…

La roue du temps tourne. Sculpteurs, philosophes, romanciers plient bagage : John Ruskin, Alexandre Falguière, Friedrich Nietzsche. Oscar Wilde, âgé de quarante-six ans, après avoir passé six mois en Italie, est arrivé à Paris en plein milieu de l'Exposition. Il voit des amis, dont Rachilde, mais le plus clair de son temps s'enferme dans sa chambre de l'*Hôtel d'Alsace*, rue des Beaux-Arts, essaie sans succès d'écrire, relit Balzac. Il contemple le papier peint à fleurs rouges et décrète : « Il faudra bientôt que l'un ou l'autre nous disparaissions. » C'est lui qui part le premier, en novembre. Quelques connaissances défilent devant son lit de mort, dont Jehan Rictus, Raymond de la Tailhède et Robert d'Humières. Les patrons de l'hôtel, les Duperrier, déposent sur son cercueil une couronne portant ces mots : « À notre client. » Une cinquantaine de personnes, dont Pierre Louÿs, Paul Fort et Stuart Merrill, assistent à la cérémonie religieuse qui a lieu à l'église Saint-Germain-des-Prés. Parmi elles, Lord Douglas.

Le trio Maurice Denis-Vuillard-Bonnard épate les bourgeois, ils ont de trente à trente-trois ans.

Renoir a cinquante-neuf ans, et malgré la paralysie progressive de ses mains, continue à peindre, un pinceau fixé à son poignet, pendant que Degas perd peu à peu la vue.

Toulouse-Lautrec a trente-six ans, William Bouguereau en a soixante-quinze.

Un jeune peintre nommé Pablo Picasso débarque à Paris.

Claude Debussy est considéré comme un génie. Il vient d'écrire ses *Nocturnes*. Il lui faudra attendre 1902 pour que *Pelléas et Mélisande* triomphe à l'Opéra-Comique.

Les musiciens reconnus sont Jules Massenet et Camille Saint-Saëns.

Le 2 février, Gustave Charpentier accède à la gloire avec son roman musical *Louise* créé en mars à l'Opéra-Comique. Mécontent de sa fameuse scène d'amour (« depuis le jour où je me suis donnée »), il l'a récrite et harmonisée de nouveau en huit jours.

On commence à entendre parler d'un débutant nommé Maurice Ravel, dont la *Pavane pour une infante défunte* sera interprétée en 1902.

Les familles désireuses de s'instruire fréquentent le dimanche les concerts Lamoureux ou les concerts Colonne.

Willy tient la rubrique musicale dans la revue *Art et Critique*. Il signe ses articles « L'Ouvreuse du Cirque d'Été ». Ses calembours mettent ses lecteurs en joie : « Il a fallu avaler *la Marche slave de Tchaïkovski.* Je *Cronstadt* que cette *moujik* a ramassé une *verste*. Il n'y a *caviar* le public ! » Ou encore : « M. Reynaldo Hahn avait déjà fait *Ciboulette*. Avec son Mozart, cela fait sept. » Il s'affiche avec sa femme Colette et leur amie, l'actrice Polaire.

Léon Blum, lui, assure la chronique théâtrale de la *Revue blanche* des frères Natanson.

On inaugure le tramway électrique Porte Maillot-Suresnes-Val-de-Grâce, la gare d'Orsay et la première ligne du métropolitain. 50 000 voitures à chevaux et quelques automobiles contribuent à créer d'inextricables embouteillages.

Par ces temps de canicule, le métropolitain est le seul endroit de la capitale où il fasse frais. On loue la propreté des trois wagons, dont un de première classe, et l'amabilité des dames poinçonneuses coiffées d'un bonnet de police.

Le funiculaire de Montmartre escalade la pente du Sacré-Cœur où, en attendant son achèvement, on dresse une croix au faîte de la coupole principale.

C'est Au Bon Marché – qui a un pavillon dans l'Exposition – qu'on trouve le meilleur « blanc » de Paris. Les actions de ce grand magasin, émises en 1880, sont cotées en 1900 320 000 francs et en rapportent chacune 18 000.

À Saint-Germain-l'Auxerrois, le carillonneur vient de monter un mécanisme permettant à ses quarante-quatre cloches de sonner des marches guerrières du temps de Louis XIV. À midi, le quartier se presse au pas cadencé.

Quai d'Orsay, l'établissement Deligny est en 1900 la piscine la plus chère de la capitale : 60 centimes le billet d'entrée + 10 sous pour la location de linge, caleçon, peignoir et serviette. 1,10 franc pour un bain d'une demi-heure : c'est un luxe.

Sur la colline de Chaillot, on ne voit guère de maisons. Anatole France y a situé l'hôtel particulier du comte Martin-Bellême (*Le Lys rouge*). La pompe à feu, qui date de la fin du XVIIIe siècle, sera détruite en 1902.

Le boulevard Raspail n'est encore qu'une succession de tronçons au numérotage incertain, il éventre la rue de Sèvres.

L'avenue de la Grande-Armée est graduellement envahie par l'industrie du cycle et de l'automobile.

Le parc et le château de Bagatelle sont toujours la propriété privée de Sir Richard Wallace, l'homme des fameuses fontaines.

On ne compte que 983 « foyers électriques » sur la voie publique. Si l'électricité rayonne à l'Exposition, elle piétine dans la vie quotidienne des Parisiens.

Pour être gardien de la paix, il faut justifier à la toise de 1,70 mètre au moins.

En 1900 est créée la brigade cycliste.

Un timbre-poste est émis : il représente une République laurée assise tenant la Déclaration des droits de l'homme et une main de justice. Il en coûte 15 centimes pour envoyer une lettre en France. Les cartes postales illustrées connaissent une grande vogue. Le personnel des Postes doit prêter serment de ne jamais lire le verso de ces correspondances.

Pour envoyer un « petit bleu » on doit débourser 6 sous, il arrive à destination en moins de deux heures.

Si le téléphone est encore une rareté, certains ne craignent pas de l'utiliser d'un pays à l'autre : le 1er avril, M. Kohler, célèbre chocolatier suisse, inaugure une correspondance entre Paris et Lausanne, il lui faut payer 4 francs pour une conversation de trois minutes avec sa famille demeurée au pays de Vaud.

Les cochers vivent sous le régime de la « moyenne », une indemnité forfaitaire étant versée par le cocher au loueur (ce système est aussi employé par les garçons de café ou les ouvreuses). Ils ont leur quartier général dans un cabaret de la rue Coustou chez une dame énergique surnommée « la mère des cochers » et chargée de régler les conflits.

Il y a 90 000 arbres à Paris au bord des trottoirs, dans les squares, les jardins, les parcs, les bois.

Le pavé de bois couvre 1 200 000 mètres carrés.

On dénombre 350 kiosques à fleurs, à musique, à journaux. Des centaines de colonnes Morris, de baraques provisoires, de vespasiennes envahies de réclames.

Dans la maison mère des bouillons Duval, rue Montesquieu, le service de la salle est masculin. Alexandre Duval, le fils du fondateur de ces fourneaux économiques, Pierre Louis Duval, a eu l'idée de proposer aux clients de ses autres établissements des serveuses vêtues d'un uniforme. Il invente le contrôle des additions au moyen de fiches.

Un incendie ravage l'Élysée-Montmartre, où avait débuté Louise Weber, la future Goulue.

De nouvelles statues parsèment la « Ville lumière » : Alphonse Daudet pose dans le jardin des Champs-Élysées, Jean-Charles Alphand, organisateur des bois de Boulogne, de Vincennes et du parc des Buttes-Chaumont, trône à l'entrée de l'avenue du Bois (actuelle avenue Foch), tandis que Jean Macé, auteur de l'*Histoire d'une bouchée de pain*, siège place Armand-Carrel, devant la mairie du XIXe.

L'Exposition a été cause de deux accidents graves. Le 29 avril, la rupture d'une passerelle reliant le Globe céleste au Champ-de-Mars a fait dix morts et neuf blessés. Et, le 18 août, c'est une balustrade qui se brise, boulevard de La Tour-Maubourg. Bilan : cinq morts et de nombreux blessés.

Le bois de Vincennes a été réquisitionné pour les manifestations sportives. On y fait des essais d'aérostation, des courses de bicyclettes, de la natation, du tennis, des courses de chevaux, d'automobiles.

Pendant l'été, Émile Loubet s'installe à Rambouillet pour fuir la canicule et attendre le banquet des maires, la rentrée des Chambres et celle des classes ainsi que l'ouverture de la chasse.

À la fin du mois d'août, Alfred Picard, surnommé « le père la Faillite », préside aux récompenses offertes aux lauréats de divers prix. On distribue des médailles et des diplômes. Sur ces derniers figurent une jeune femme lisant à côté d'un jeune homme studieux, symbole de la poésie lyrique, ou une mère allaitant un nouveau-né, symbole de la force physique.

Puis vient, le 22 septembre, jour anniversaire de la proclamation de la Ire République cent huit ans plus tôt, le banquet des 22 000 maires de France qui, sur les 36 772 invités, ont accepté le voyage à Paris. 1 215 maîtres d'hôtel commandent chacun à 18 serveurs. Étalé sur un kilomètre de long sur les terrasses des Tuileries, un immense réseau téléphonique est installé d'une table à l'autre. Tout le monde crie : « Vive la République ! Vive Loubet ! » Après le banquet, on a chaud, on a soif, on dégrafe son gilet et on marche un peu de travers. Des pancartes portant le nom des départements participants dominent une forêt de canotiers et de chapeaux melons.

En cette année d'Exposition universelle, Paris a englouti des tonnes de nourriture, ce qui n'a pas empêché le jeûne d'être mis à l'honneur par le signor Giovanni Succi, qui s'est fait mettre sous scellés par huissier dans une cage de verre, du 8 septembre au 8 octobre. On paie 10 sous afin de s'extasier sur son courage, on l'applaudit fumant une cigarette assis sur une chaise. On soupçonne une arnaque, mais on ne rechigne pas, après tout l'argent sera reversé à l'œuvre de la Bouchée de Pain.

Près de 51 millions de personnes, dont presque 2,5 millions pour l'annexe de Vincennes, ont visité l'Exposition universelle. Ces nuées de curieux en garderont un souvenir ému, le grand moment de leur vie.

Les caisses publiques, les fortunes privées ont réussi à réunir les 120 millions nécessaires au financement de cette énorme manifestation. Sept mois de fastes au cours desquels le gouvernement républicain aura tout de même trouvé le temps de voter une loi, dite loi Millerand, qui limite désormais le travail des femmes et des jeunes de 16 à 18 ans à dix heures par jour. On commence timidement à évoquer la possibilité du repos dominical.

La fête s'achève le 12 novembre, sous une pluie de mauvais augure. Les huissiers surgissent, traînant leurs souliers dans la boue. Ils sont chargés de verbaliser et, au besoin, de saisir. Car aucun entrepreneur de spectacle n'a vraiment fait fortune. Endettés, ceux-ci refusent de payer. Dans la rue de Paris, les caisses sont vides.

Les lampions s'éteignent, les palais s'effritent, les allées ne sont plus que des fondrières.

Alors qu'on descend de son piédestal l'énorme statue de La Parisienne, juchée place de la Concorde sur la porte monumentale, dite porte Binet, habillée par Paquin d'un saut de lit au décolleté généreux, chapeautée du bateau de Lutèce, la tête délavée se détache. Les marronniers dégoulinants du Cours-la-Reine assistent à un bien étrange spectacle : des collectionneurs, dont certains sont américains, se disputent ce chef. La légende veut que ce soit un riche Hongrois qui l'ait emporté. Nul ne sait ce qu'il est devenu.

Présage menaçant la paix universelle que l'Exposition était censée représenter…

Dans quelques années, les tranchées de la Somme et de Verdun s'ouvriront sous les pas des dames couvertes de plumes et de paillettes, des ouvrières en cheveux, des cochers de fiacre, des marchands de plaisir, des dreyfusards, des antidreyfusards, des universitaires à lorgnon, des dandys à haut-de-forme, des crieurs de journaux, des forts des Halles, des demi-vierges et des demi-mondaines, des gambilleuses du Moulin-Rouge, des ouvriers à casquette, des symbolistes et des naturalistes, des touristes anglais et des grands-ducs russes, des petits rats de l'Opéra et des serveuses des bouillons Duval. La fin de siècle et l'époque qu'après la Grande Guerre on qualifiera de « belle » s'achèveront le 3 août 1914.

MIXTE
Papier issu de
sources responsables
FSC® C003309
FSC
www.fsc.org

10/18, une marque d'Univers Poche,
est un éditeur qui s'engage pour
la préservation de son environnement
et qui utilise du papier fabriqué à partir
de bois provenant de forêts gérées
de manière responsable.

Impression réalisée par

CPI
BRODARD & TAUPIN

La Flèche (Sarthe), 3004004
Dépôt légal : mars 2014
X05468/01

Imprimé en France